ullstein

Das Buch

Eines Nachts wacht Isabel Schwarz auf und befindet sich mitten in einem Alptraum: Ein Fremder sitzt auf dem Sessel neben ihrem Bett. Er hat sie gefesselt und geknebelt. Isabel hat Todesangst, und doch empfindet sie diese beängstigende und erniedrigende Situation als aufregend, da sie spürt, dass von dem Mann keine Gefahr ausgeht. Bevor er verschwindet, warnt er sie: »Komm nie nach Hamburg.« Am nächsten Tag aber klingelt das Telefon. Der Anwalt von Isabels Tante ist am Apparat. Sie soll nach Hamburg kommen. Ihre Tante ist gestorben. In Hamburg angekommen, kümmert sich der Anwalt nicht nur um Isabels Erbschaftsangelegenheiten – er führt sie auch in einen Freundeskreis ein, der sich zu ausgefallenen erotischen Spielen trifft. Isabel erlebt ein Feuerwerk der Lust. Doch jemand scheint dagegen zu sein, dass sie ihre Erbschaft antritt ...

Die Autorin

Jule Winter, geboren 1979, hat sieben Jahre im Buchhandel gearbeitet und studierte Geschichte und Antike Kulturen an der Heinrich-Heine-Universität Düsseldorf. Seit Anfang 2008 ist sie als freiberufliche Schriftstellerin und Übersetzerin tätig.

Jule Winter

FESSLE MICH!

Erotischer Roman

Ullstein

Besuchen Sie uns im Internet:
www.ullstein-taschenbuch.de

Originalausgabe im Ullstein Taschenbuch
1. Auflage April 2010

Umschlaggestaltung: HildenDesign, München
Titelabbildung: © Günter Hagedorn, www.hagedorn-photography.com
Satz: Pinkuin Satz und Datentechnik, Berlin
Gesetzt aus der Sabon
Papier: Pamo Super von Arctic Paper Mochenwangen GmbH
Druck und Bindearbeiten: CPI – Ebner & Spiegel, Ulm
Printed in Germany
ISBN 978-3-548-28181-0

1. Kapitel

Sie wachte abrupt auf.

In ihrem Schlafzimmer war es still. Zu still.

Isabel richtete sich auf und lauschte. Warum war sie aufgewacht? Was hatte sie aus dem Schlaf gerissen? Normalerweise schlief sie tief und traumlos, ohne mitten in der Nacht aufzuwachen …

Sie blickte auf den Radiowecker. Halb vier.

Isabel seufzte und warf sich wieder in die Kissen. Die Stille war nahezu erdrückend. War es das, was sie geweckt hatte? Aber warum?

Ihr Herz pochte heftig. Als hätte sie sich aufgeregt oder als wäre sie erregt … Ja, wenn sie einen Alptraum gehabt hätte, dann hätte sie es verstanden. Eigentlich gab es keinen Grund für dieses plötzliche Aufwachen.

Sie überlegte, ob sie aufstehen und sich eine heiße Milch mit Honig machen sollte. Aber wenn sie jetzt aufstand, kam sie bestimmt nicht mehr zur Ruhe. Nein, das Beste war, wenn sie sich auf einen alten Trick verließ, den sie schon als junges Mädchen angewandt hatte. Damals hatte sie oft abends nicht einschlafen können, und sie schaffte es schließlich, indem sie sich einredete, sie dürfe auf keinen Fall einschlafen. Sonst passierte etwas Schreckliches.

Ich darf auf keinen Fall einschlafen, sonst … sonst …

Aber was sollte ihr hier schon passieren? Sie war in ihrer kleinen Zweizimmerwohnung allein, im Haus war alles ruhig.

Zu ruhig.

Sie setzte sich wieder auf. Das war es ... die Stille war zu absolut. Das Mietshaus, in dem sie wohnte, hatte acht Parteien. Und es war ein altes Gebäude. Da hörte man selbst nachts irgendwelche Geräusche. Den Nachbarn zum Beispiel, der immer erst nach Mitternacht seine Waschmaschine einschaltete. Oder die alte Frau aus dem Erdgeschoss, die hin und wieder durch den Flur tapste und nach ihrer Katze rief, die ihr durch die Wohnungstür entwischt war. Oder einfach nur ein leises Gluckern in den Wasserrohren.

Doch in dieser Nacht hörte Isabel nichts. Und vielleicht war es das, was sie geweckt hatte.

Sie stand auf und warf sich den Morgenmantel über, ehe sie in die Küche ging. Dann machte sie sich eben noch eine heiße Milch. Sie stellte einen Becher mit Milch in die Mikrowelle und schaltete das Gerät ein. Wenn sie nicht bald wieder in den Schlaf fand, würde sie morgen schrecklich unausgeruht sein ...

Ich darf auf keinen Fall einschlafen, sonst ...

Isabel schüttelte über sich selbst den Kopf. Was für ein dummes Spiel. War sie früher wirklich auf diesen billigen Trick hereingefallen?

Während sie wartete, dass die Mikrowelle ihre Milch erhitzte, gähnte sie. Vielleicht sollte sie ohne heiße Milch ins Bett gehen, sie war ja jetzt schon todmüde ...

Ein Knacken ließ sie herumfahren.

»Hallo?«, flüsterte sie. »Ist da jemand?« Im selben Moment kam sie sich furchtbar lächerlich vor. Wer sollte schon in ihrer Wohnung sein? Bestimmt stammte das Geräusch von der alten Frau, die wieder durch den Hausflur schlich ...

Isabel ging in den Flur. Ohne das Licht einzuschalten, schlich sie an der offenen Wohnzimmertür und der Badezimmertür vorbei. Sie öffnete die Wohnungstür und lauschte. Unwillkürlich hielt sie die Luft an.

Nichts.

Höchste Zeit für die heiße Milch. Ihre Nerven waren total überspannt.

In dem Moment, als sie die Wohnungstür wieder schloss, legte sich plötzlich ein Arm um ihren Oberkörper. Bevor Isabel schreien konnte, presste ihr jemand ein Tuch auf den Mund.

Oh, mein …

Ein süßlicher Geruch erfüllte Mund und Nase. Sie schnappte nach Luft, ihr Herz raste zum Zerspringen.

Dann war plötzlich alles um sie herum dunkel. Ein Nichts.

Sie schaffte es nicht einmal, den Gedanken zu Ende zu denken.

Als Isabel erwachte, dröhnte ihr Kopf, und ihr war übel. Sie hatte das Gefühl, die Welt drehe sich um sie. Außerdem hing der Geruch nach verbrannter Milch in der Luft.

Sie hielt die Augen geschlossen und lauschte. Versuchte zu ergründen, wo sie sich befand. Vermutlich lag sie wieder im Bett. Ja, das war die Matratze unter ihrem Körper. Ihre Arme waren seltsam verdreht und über ihrem Kopf gefesselt. Sie konnte den plastikartigen Geruch des Klebebands, mit dem ihr Mund verschlossen war, förmlich schmecken.

Panik stieg in ihr auf.

Mein Gott … Jemand war in ihre Wohnung eingedrungen und hatte sie außer Gefecht gesetzt. Und jetzt lag sie hier, wehrlos gefesselt und diesem Fremden ganz und gar ausgeliefert … Ihr wurde übel. Krampfhaft schluckte sie und kämpfte gegen den Brechreiz an.

Sie öffnete die Augen und versuchte, in der Dunkelheit ihres Schlafzimmers etwas zu erkennen. Wo war er? Was wollte er von ihr?

»Ganz ruhig.«

Ihr Kopf fuhr herum. Er saß auf dem Sessel unter dem Fenster, gegen das fahle Licht der anbrechenden Morgendämmerung war er bloß ein dunkler Schatten. Isabel versuchte, sich Details einzuprägen. Doch es gab keine Details, die sie sich einprägen konnte. Sie sah nur eine Gestalt, die scheinbar keine klar definierte Formen hatte und in ihrem Sessel am Fußende des Bettes saß. Jetzt beugte die Gestalt sich vor und streckte die Hand nach ihrem Fuß aus.

Sie versuchte, nach ihm zu treten.

»Bleib ruhig«, flüsterte er.

Dass es sich bei dem Fremden um einen Mann handeln musste, bezweifelte sie keinen Augenblick lang.

»Ich möchte dir nicht weh tun, hast du verstanden? Bleib ruhig, und dir geschieht nichts. Ich verspreche es dir.«

Sie glaubte ihm kein Wort.

Warum hatte er sie denn mitten in der Nacht überfallen, betäubt, gefesselt und geknebelt? Was sollte diese Scharade, wenn er ihr nicht weh tun wollte?

»Ich will dich nicht töten.«

Und das sollte sie trösten?

Er sprach weiter beruhigend auf sie ein, als könnten seine Worte irgendwas ändern. Doch Isabel konnte sich nicht auf seine Worte konzentrieren und zerrte verzweifelt an den Fesseln. Er hatte keine Nylonschnüre oder andere dünne Seile verwendet, sondern weiche Seidentücher. Doch die Knoten saßen fest, und je mehr sie an den Fesseln zerrte, umso tiefer gruben sich die Seidentücher schmerzhaft in ihre Handgelenke.

Ihr Herz klopfte zum Zerspringen laut. Was ging hier vor sich? Wie sollte sie jemandem glauben, der so hinterrücks in ihre Wohnung eindrang und sie überfiel?

Und dann sagte er zum ersten Mal etwas, das sie aufhorchen ließ, das nicht nur beruhigendes Gewäsch war.

»Ich will nur mit dir reden.«

Sie zerrte wieder an den Fesseln, versuchte, den Mund zu öffnen und irgendwas zu sagen. Er wollte nur mit ihr reden? Oh, da war sie aber erleichtert, denn wenn er nur zum Plaudern oder Kaffeetrinken vorbeigekommen war, hätte man das alles auch ein bisschen unauffälliger gestalten können. Er hätte an ihrer Tür klingeln können, tagsüber zum Beispiel, dann hätte sie ihn hereinbitten können, und sie hätten bei einer Tasse Kaffee im Wohnzimmer sitzen und reden können. Aber nein, er musste sie ans Bett fesseln.

Plötzlich wurde sie unglaublich wütend. Und es war ihr egal, was er mit ihr machte, wenn sie sich jetzt wie eine Furie aufführte. Sie versuchte, nach ihm zu treten, doch ihr nackter Fuß rutschte von seinem Knie ab, ohne ihm weh zu tun, und als sie ein zweites Mal nach ihm ausholte, fing er ihren Fuß mit Leichtigkeit auf.

Obwohl er Lederhandschuhe trug, fühlte sich seine Hand unter dem Leder warm an. Sanft strich sein Daumen über ihre Fußsohle. Es war eine Liebkosung, die ihre Verzweiflung nur noch verschlimmerte und ihr die Tränen in die Augen trieb. Er sollte sie doch einfach in Ruhe lassen!

Sie versuchte, mit dem anderen Fuß nach ihm zu treten. Wieder fing er ihn mühelos ab, umfasste ihren Knöchel. Seine Finger strichen an ihrem Unterschenkel langsam hinauf. Sie hielt den Atem an.

»Ich will dir nichts tun.«

Er stand auf und kniete sich neben ihren Beinen auf die Matratze.

»Versprichst du, nicht zu schreien, wenn ich dir das Klebeband abnehme? Versprichst du, dass wir vernünftig miteinander reden können?«

Vernünftig miteinander reden? Er muss wahnsinnig sein.

»Ich wollte nicht, dass es so weit kommt.« Er schob sich neben sie. Jetzt saß er direkt neben ihrer Hüfte und beugte sich über sie. Im Dämmerlicht konnte sie seine Augen kaum erkennen. Das Gesicht? O ja, jetzt sah sie es – eine Skimaske verbarg seine Gesichtszüge und ließ nur Platz für Augen und Mund. Er musterte sie geradezu besorgt.

»Ich tu dir nichts«, flüsterte er. Langsam hob er die Hand, packte das Klebeband und riss es von ihrem Mund.

Isabel keuchte auf. Im nächsten Moment schon presste er die andere Hand auf ihre Lippen und erstickte jeden Laut.

»Still«, flüsterte er. »Dieses Haus ist verdammt hellhörig.«

Sie hätte gelacht, wenn die Situation nicht so beängstigend gewesen wäre. Sie wollte sein Gesicht sehen. Wollte nicht nur in seinen Augen, die in der Dämmerung keine klar definierbare Farbe annahmen, seine Besorgnis lesen.

Seine Lippen verzogen sich zu einem leisen Lächeln. »Nicht schreien«, beschwor er sie. »Ich beantworte deine Fragen, aber bitte nicht schreien …«

Sie hätte ihm in dieser Situation alles versprochen, alles. Doch selbst wenn sie hätte schreien wollen, war ihre Kehle so ausgedörrt, dass sie kaum mehr als ein Krächzen hervorgebracht hätte. Isabel nickte mit weit aufgerissenen Augen.

Ganz langsam löste sich seine Hand, die so schwer auf ihren Lippen gelegen hatte, von ihr. Sie schnappte nach Luft, atmete verzweifelt ein und aus. Die Panik schwappte wie bittere Galle in ihr hoch.

»Es tut mir leid«, murmelte er.

Sie wollte die Hand nach dem Wasserglas auf ihrem Nachttisch ausstrecken, das dort immer stand. Er verstand ihr Zerren an den Fesseln und ihren Blick richtig und nahm das Glas vom Nachttisch. Mit der anderen Hand stützte er ihren Kopf, als er ihr schweigend ein paar Schlucke Wasser einflößte.

Isabel hustete, weil sie zu gierig trank.

Seine Fürsorge war beunruhigend. Ein Zittern lief über ihre nackte Haut. Sie hätte gerne vergessen, dass sie nur mit T-Shirt und Slip bekleidet vor ihm lag. Ihm wehrlos ausgeliefert war, wenn er wollte.

Doch etwas an ihm ließ sie daran zweifeln, dass er ihr wirklich weh tun wollte. Seine Stimme ... Er klang so besorgt. Und seine Finger, die tröstend über ihren Hals strichen, nachdem sie ihren Durst gestillt hatte.

Isabel hätte sich gerne aufgesetzt, doch noch immer schnitten die Fesseln in ihre Haut. Sie ruckelte daran, doch er schüttelte stumm den Kopf.

»Bitte«, flüsterte sie. »Ich spüre meine Hände schon gar nicht mehr.«

»Tut mir leid«, wiederholte er. Jetzt stand er auf und trat zwei Schritte zurück. Zurück in die Dunkelheit ihres Zimmers. Er ließ sich auf dem Sessel nieder und beobachtete sie. Als hätte nicht sie Angst vor ihm, sondern umgekehrt.

»Wer sind Sie?« Ihre Stimme war nur ein raues Flüstern.

»Ausgerechnet die Frage kann ich dir nicht beantworten.« Er seufzte und lehnte sich zurück.

»Sie wollen sie nur nicht ... beantworten.« Isabel keuchte. Ihr Hals fühlte sich an, als hätte ihn jemand mit einer grobkörnigen Feile abgeraspelt. Aufgeraut und wund.

»Noch etwas Wasser?«, fragte er. Seine Besorgnis stürzte sie erneut in Verwirrung. Was kümmerte es ihn, ob sie Durst hatte?

»Was wollen Sie von mir?«

Er kniete wieder neben ihr und flößte ihr ein paar Schlucke Wasser ein. Erst dann antwortete er: »Ich will gar nichts von dir. Ich hatte einen Auftrag.« Er wich ihrem Blick aus.

Isabel verschluckte sich. Ein paar Tropfen Wasser rannen von ihrem Mundwinkel herab und hinterließen eine Spur auf ihrem Hals. Sie erschauderte. Es fühlte sich gut an …

»Was für einen … Auftrag?«

Er schwieg so lange, dass Isabel schon glaubte, nie eine Antwort zu bekommen.

Dann stand er auf, trat ans Fenster und schob die Gardine ein Stückchen beiseite. Es wurde bereits heller. Bald schon könnte sie wenigstens seine Augenfarbe erkennen, könnte die Gesichtszüge unter der Skimaske erahnen, vielleicht ergab sich eine Möglichkeit, ihm dieses Ding vom Kopf zu reißen …

»Mein Auftrag war, dich zu finden und …« Er sprach nicht weiter, aber sie ahnte, was er sagen wollte.

Er sollte mich finden und umbringen.

Im ersten Augenblick konnte sie seine Worte nicht fassen. Doch dann begriff sie. Darum war er in ihre Wohnung eingedrungen. Nur aus diesem Grund hatte er sie außer Gefecht gesetzt und sie an ihr eigenes Bett gefesselt.

Sie schloss für einen Augenblick die Augen. »Dann tun Sie's halt«, wisperte sie müde. »Und hören Sie auf, mich in Sicherheit zu wiegen.«

Erst brachte er sie in seine Gewalt, dann wiegte er sie mit seinem Gerede in Sicherheit, um sie anschließend umzubringen?

»Nein, nein, du verstehst mich falsch.« Er war mit zwei Schritten wieder an ihrem Bett und setzte sich zu ihr. Seine Hand glitt zu ihren gefesselten Händen und berührte sie geradezu zaghaft. Als wüsste er nicht, ob es ihr behagte, wenn er sie berührte.

Das Erstaunliche war, dass bei all dem Schrecken, den er ihr bereitete, von seinen Berührungen etwas Tröstliches ausging. So verhielt sich kein Mörder, der bereit war, im nächsten Moment seinen schmutzigen Auftrag zu vollenden. Tapfer erwiderte Isabel seinen überraschend besorgten Blick.

»Ich sagte doch, dass mein Auftrag war, dich ausfindig zu machen. Dich töten ... das könnte ich nicht. Ich glaube, ich wusste es von Anfang an, dass ich es nicht tun könnte.«

»Aber warum ...«

»Warum ich dich finden sollte?« Wieder schwieg er lange. So lange, dass Isabel bereits kurz vorm Einschlafen war. »Mein Auftraggeber hat sich den Falschen für diesen Job ausgesucht.«

Das warf eine neue Frage auf. »Wer?«, fragte sie nur und blickte ihn forschend an.

Meine Güte! Er schien ehrlich besorgt um sie zu sein, mehr noch – er schien bereit zu sein, einiges von dem preiszugeben, was er wusste.

Isabel war klar, dass sie diese Chance nutzen musste. Denn sie hatte keinen blassen Schimmer, wer sie tot sehen wollte. Für sie gab es nur eine Erklärung: Das alles musste ein riesiger Irrtum sein!

»Das darf ich dir nicht verraten«, gestand der Fremde. »Es ist in diesem Job nicht üblich, dass man den Auftraggeber verrät. Ich kann dich nur warnen.«

Wie absurd! Kurz erwog Isabel, dass es sich nur um einen bösen Scherz handelte. Dass dieser Fremde mit ihr und ihrer Angst spielte.

Doch dann fügte er hinzu: »Aber eines weiß ich. Und du musst mir versprechen, genau das zu tun, was ich dir jetzt sage. Verstanden?«

Sie nickte. Alles würde sie ihm versprechen, alles. Wenn er sie nur danach in Ruhe ließ.

»Komm nie nach Hamburg.«

»Wie bitte?«

Abgesehen davon, dass sie nicht vorhatte, in naher Zukunft oder überhaupt irgendwann nach Hamburg zu reisen, war diese Warnung vollkommen unverständlich. Warum sollte sie nicht nach Hamburg fahren dürfen?

»Glaub mir einfach.« Plötzlich hatte seine Stimme etwas Eindringliches, geradezu Beschwörendes. »Du darfst nicht nach Hamburg kommen, Isabel.«

»Warum? Ich meine ... Warum denken Sie, ich könnte nach Hamburg kommen wollen?«

Er seufzte. Seine Hand streichelte plötzlich ihre Wange, und statt den Kopf von ihm wegzudrehen, verspürte Isabel den Drang, ihr Gesicht an seine Hand zu schmiegen.

»Glaub mir einfach«, flüsterte er. »Dort ist es zu gefährlich für dich. Dort kann ich nicht ... ich kann nicht für deine Sicherheit garantieren.«

Isabel hätte am liebsten laut gelacht. Doch ihr gelang nur ein müdes Lächeln.

»Ich bin ja nicht mal in meiner eigenen Wohnung sicher«, bemerkte sie ironisch.

Er lachte leise. Seine Stimme, sie musste versuchen, sich seine Stimme einzuprägen, damit sie der Polizei wenigstens ein halbwegs klares Bild von ihm liefern konnte ...

»Du wirst in großer Gefahr schweben. Man wird dir unter Umständen nach dem Leben trachten. Und ich will nicht, dass dir etwas passiert.«

Wieder streichelte er sie, diesmal glitten seine Finger an ihrem Hals hinab und verharrten am Ausschnitt ihres T-Shirts. Isabels Brust hob und senkte sich mit jedem heftigen Atemzug. Ihr Herzschlag, der sich gerade erst halbwegs beruhigt hatte, begann wieder zu rasen. Doch es war nicht die Angst, die ihr Herz antrieb, sondern eine köstliche Mischung aus verschiedenen Empfindungen: Seine Liebkosung, gepaart mit ihrer Hilflosigkeit, erzeugte ein Flattern – das leise Aufflackern ihrer Erregung. Sie war ihm ganz und gar ausgeliefert. Und obwohl er ursprünglich hergekommen war, um sie zu ermorden, konnte sie sich seiner erotischen Anziehungskraft nicht entziehen.

Sie wollte ihn.

Und kaum hatte sie diesen verrückten Gedanken gedacht, als ihr auch schon bewusst wurde, dass sie sich inzwischen nicht mehr gegen die Fesseln wehrte, sondern das Gefühl genoss, ihm ausgeliefert zu sein. Dass sie nicht länger versuchte, seinen Berührungen auszuweichen, sondern ihm entgegenkam. Ihre Nippel waren hart, und als sie sich leicht bewegte, spürte sie, wie nass ihre Möse war.

Das war schon merkwürdig genug … Aber plötzlich war alles anders. Sie genoss es, sich nach seinen Berührungen zu sehnen. Sie wollte ihn spüren. Doch zugleich wünschte sie sich, er würde mit ihr spielen, würde ihr gerade das an Liebkosung zugestehen, was ihr Feuer weiterhin lodern ließ. Und kein bisschen mehr.

Er zog die Hand zurück, als hätte er sich an ihrer Haut verbrannt.

Isabel wimmerte leise. Sie wollte mehr. Nicht nur den kühlen Lederhandschuh, sondern seine Finger. Nicht nur seinen Atem, der wie zufällig über ihre Haut strich, sondern seine Lippen auf ihrem Mund, der sich vom Klebeband noch immer geschwollen anfühlte.

Was war nur mit ihr los? Hatte er ihr nicht nur ein Betäubungsmittel verabreicht, sondern auch eine Droge, die sie sexuell gefügig machte? Sie lachte auf.

»Was ist?«, fragte er verwirrt.

»Ich habe mich gerade gefragt, was … was hier passiert.«

Er runzelte die Stirn. Aber nicht fragend, sondern zweifelnd. Als spürte auch er die sexuelle Anziehung, die Isabel unruhig auf der Matratze herumrutschen ließ. Und als könnte er es ebenso wenig glauben wie Isabel, dass sie in dieser demütigenden, gefährlichen Situation nicht nur in der Lage war, Lust zu empfinden, sondern diese auch zeigte – durch das unbewusste sanfte Kreisen ihrer Hüften, ihren beschleunigten Atem. Und wäre es hell genug, hätte er auch die zarte Röte sehen können, die ihr Gesicht überzog und sich bis zu ihren Brüsten auf ihrer blassen Haut abzeichnete.

»Das kann nicht sein«, murmelte er.

Sie lächelte ihn vorsichtig an. »Sie meinen, dass ich ausgerechnet jetzt ...«

»Das darf nicht sein«, bekräftigte er. Doch er konnte den Blick nicht von ihren spitzen Nippeln lassen, die sich unter ihrem T-Shirt deutlich abzeichneten.

Isabel schluckte. Obwohl sie eine Vielzahl von Empfindungen durchlebte, war doch das Schlimmste nicht die Tatsache, dass sie sich zu einem Fremden hingezogen fühlte, sondern eher die Umstände. Ihr Körper verriet sie. Warum empfand sie dieses ihr bisher unbekannte Vergnügen daran, gefesselt vor einem Fremden zu liegen? In ihr wuchs das Verlangen, sich ihm ganz hinzugeben ...

Sie wimmerte, als er sich über sie beugte. Seine Lippen waren dicht an ihren, berührten sie fast.

»Küss mich«, flüsterte sie.

Er prallte zurück. Seine Augen weiteten sich. Offensichtlich hatte er mit allem gerechnet, nur nicht damit. Er zögerte, doch dann beugte er sich wieder über sie. Seine Augen forschten in ihren, ob sie das hier wirklich wollte.

O ja, und wie sehr sie es wollte.

Seine Lippen schmeckten fremd. Und doch war es, als hätte sie ihn schon immer gekannt. Sie hob sich ihm mit ihrem ganzen Oberkörper entgegen. Wie sehr sie sich wünschte, ihn mit ihren Armen zu umfangen und die Hände über seine breiten Schultern und den Rücken gleiten zu lassen. Seinen Körper ganz zu spüren, schwer auf ihrem Körper … nackt …

Sie stöhnte verhalten, und atemlos ließ er von ihr ab.

»Isabel, nicht …«

»Bitte«, flehte sie. »Bitte, ich …«

Er schüttelte den Kopf, trat einen Schritt zurück und wandte sich von ihr ab. Draußen war es schon fast hell, und in dem Moment, als er das sah, wirbelte er zu ihr herum.

»Ich muss gehen.«

Ungeduldig zerrte sie an ihren Fesseln.

»Tut mir leid, aber ich kann dich nicht befreien. Du hast mir versprochen, nicht zu schreien, ja? Versprichst du es mir auch für die nächsten zehn Minuten? Schrei das Haus erst zusammen, wenn ich fort bin.«

Ihr Herz pochte laut, das Blut rauschte in ihren Ohren. Der Kuss hatte ihre Leidenschaft nicht verstummen, sondern auflodern lassen wie Glut, in die man blies, um sie anzufachen. Dieser eine Kuss hatte ihr mehr Lust bereitet als alles, was sie in den letzten Jahren mit anderen Männern erlebt hatte. Nicht dass sie zahlreiche Erfahrungen gesammelt hatte. Bisher hatte sie immer das Gefühl gehabt, dass ihr etwas fehlte – und jetzt wusste sie, was dieses Etwas war. Lust. Die Lust, die sie empfand, wenn der Fremde sie begehrend anblickte. Wenn er sie nur berührte, stand ihre Haut in Flammen. Sein Kuss schließlich hatte sie vollends davon überzeugt, dass sie es nicht ertrug, ihn jetzt gehen zu lassen.

Sie musste ihn wiedersehen.

»Ich werde nicht schreien«, versprach sie ihm. »Aber ich will dich wiedersehen.«

Er lachte auf. »Das ist absurd.«

Sie hielt seinem Blick stand. Absurd oder nicht, sie musste ihn wiedersehen. Sie wollte wissen, wie es war, von ihm ausgezogen zu werden. Wie es war, wenn er auf ihr lag. Oder hinter ihr kniete. Oder ... Sie biss sich auf die Unterlippe. Sie wollte alles.

Vor allem aber: Sie wollte diesen Mann.

»Bitte. Ich will dich wiedersehen«, wiederholte sie stur.

Er schüttelte den Kopf. »Nein«, erwiderte er bestimmt. »Das dürfen wir nicht.«

»Warum?«

Er seufzte. Dann kontrollierte er ein letztes Mal ihre Fesseln. »Du wirst dich mit etwas Mühe selbst befreien können«, sagte er, nachdem er die Fesseln ein wenig gelockert hatte. Er stand über sie gebeugt. Hungrig sog sie seinen Geruch auf und versuchte, ihn sich einzuprägen.

»Und noch einmal ... Ich flehe dich an, Isabel. Komm nicht nach Hamburg. Was auch passiert, bleib hier. Hast du verstanden?«

Sein Gesicht war ihrem so nahe, dass sie glaubte, er würde sie im nächsten Moment erneut küssen. Sie nickte leicht. Ja, sie hatte verstanden.

»Gut.« Er richtete sich auf, nahm einen schwarzen Rucksack, der neben ihrem Sessel gestanden hatte, und zögerte ein letztes Mal. Doch er sagte nichts, wandte sich einfach ab und verließ ihr Schlafzimmer. Sie hörte, wie er durch ihre Wohnung ging, noch einmal all ihre Räume abschritt – Küche, Badezimmer, Flur, Wohnzimmer. Atemlos lauschte sie. Zugleich zerrten ihre Hände schon ungeduldig an den Seidentuchfesseln. Doch er kannte sich aus und würde recht behalten: Es würde sie einige Mühe kosten, sich zu befreien.

Das leise Klicken, als die Wohnungstür behutsam ins Schloss gezogen wurde, war das Letzte, was sie von ihm hörte. Dann war er fort.

Isabel schloss die Augen. Noch immer glaubte sie, ihn zu spüren. Und wenn seine Warnung auch noch so eindringlich gewesen war, wusste sie doch, wo sie ihn suchen konnte.

Komm nicht nach Hamburg …

Das klang doch geradezu nach einer Einladung, oder?

Er verließ den Tatort so schnell und lautlos, wie er gekommen war. Das Treppenhaus war still, als er die Stufen hinabeilte und ins Freie trat. Ein herrlicher, milder Frühsommertag kündigte sich an.

Er zerrte die Skimaske vom Kopf und stopfte sie in den Rucksack. Seinen Wagen hatte er in einiger Entfernung geparkt. Im Grunde hatte er alle Vorsichtsmaßnahmen ergriffen, die für diesen Auftrag notwendig waren.

Er hatte nur nicht mit Isabel gerechnet.

Drei Tage hatte er sie beobachtet. Drei Tage, in denen ihm immer mehr bewusst geworden war, dass es ein Wahnsinn war, diesen Auftrag auszuführen. Schon bevor er die Wohnung betrat und sie überwältigte, hatte er gewusst, dass er es nicht tun konnte.

Er konnte Isabel nicht verraten. Er durfte sie nicht ins Verderben stürzen. Aber er hatte einen Auftrag … und wenn er diesen Auftrag nicht erfüllte, fand sich ein anderer. Es würde Isabel nicht retten, wenn er jetzt versuchte, den Helden zu spielen.

Sein Auftraggeber war ihm von diesem Moment an egal. Mit ihm würde er sich auseinandersetzen, wenn er zurück war. Ihm würde schon etwas einfallen, warum er Isabels Identität nicht preisgab.

Sie war zu schön, um verdorben zu werden. Zu sinnlich. Er lächelte grimmig. Ja, verdammt, es war wohl tatsächlich mit seiner Karriere vorbei, wenn er einen Job nicht ausführte, weil das Zielobjekt sein Herz höherschlagen ließ.

Er hoffte, sie würde seine Warnung beherzigen. Denn auch wenn er nicht wusste, warum er Isabel ausfindig machen sollte – eines wusste er sicher: In Hamburg wäre sie nicht sicher. Und er ahnte, dass man sie schon bald einladen würde, nach Hamburg zu kommen.

Diesmal wollte er alles richtig machen. Er wollte Isabel nicht nur beschützen, weil ihr unter Umständen Gefahr drohte. Denn wahrscheinlich würde sie sich von seiner Warnung nicht abhalten lassen. Schlimmer noch: Eine stille Freude erfasste ihn, als er daran dachte, dass er sie schon bald wiedersehen würde.

Er freute sich auf sie. Doch er musste vorbereitet sein, damit er sie beschützen konnte. Und im Stillen hoffte er, schon bald die Chance auf einen zweiten Kuss zu erhalten – und auf mehr.

2. Kapitel

Es dauerte geschlagene vierzig Minuten, bis es Isabel gelang, eine Hand aus der Fessel zu befreien. Sie stöhnte auf, als das Blut in ihre Hände zurückströmte und schmerzhaft darin kribbelte. Einige Minuten blieb sie einfach liegen, die Hände auf ihren Bauch gelegt. Erst dann richtete sie sich vorsichtig auf.

Ihr war schwindelig. Vermutlich lag das am Schock, an dem Betäubungsmittel, vor allem aber an der Erregung, die nur langsam abflaute.

Sie wäre am liebsten sofort auf die Straße gelaufen und hätte nach ihm gesucht. Doch der Fremde war vermutlich in der Zwischenzeit längst über alle Berge. Unterwegs nach Hamburg.

Sie stand vorsichtig auf und lief barfuß ins Wohnzimmer, wo ihr Telefon lag. Sie wollte den Notruf wählen, zögerte aber. Sollte sie wirklich die Polizei rufen? Vermutlich hielt man sie für verrückt. Sie hörte schon die ungläubigen Fragen der Polizisten. »Er ist in Ihre Wohnung eingedrungen und hat Sie betäubt? Und er hat Sie ans Bett gefesselt? Warum haben Sie nicht um Hilfe geschrien, als er Ihnen das Klebeband vom Mund riss? Warum haben Sie nicht geschrien, als er Ihre Wohnung verließ?«

Besonders auf die letzten beiden Fragen wusste sie keine Antwort. Isabel ließ das Telefon sinken. Plötzlich war ihr schrecklich kalt, und ihre Knie zitterten. Das war vermutlich der Schock … Fröstelnd wählte sie die Nummer ihrer besten Freundin Alyson. Auf Alyson konnte sie sich immer verlassen.

»Kannst du herkommen?«, fragte Isabel, sobald Alyson sich am anderen Ende der Leitung meldete.

»Bin schon unterwegs. Soll ich was mitbringen? Kaffee? Schokokuchen? Taschentücher?«

»Nein. Komm einfach.«

Mehr brauchte sie nicht zu sagen. Alyson würde so schnell wie möglich kommen.

Aber ob ihre Freundin ihr die Geschichte glauben würde? Vermutlich würde Alyson behaupten, Isabel sei urlaubsreif.

Genauso kam es, als Alyson eine halbe Stunde später mit zwei Pappbechern von Starbucks vor der Tür stand.

»Süße, du bist ja völlig überdreht! Am besten nimmst du dir erst mal ein paar Tage frei.« Mit dem Zeigefinger fuhr sie über den Rand ihres Pappbechers und leckte ihn anschließend genießerisch ab. »Mh, es geht doch nichts über Latte macchiato mit Karamellsirup.«

»Alyson, bitte! Ich hab das nicht geträumt! Dieser Fremde war in meiner Wohnung und hat mich ans Bett gefesselt. Hier, er hat meinen schönen Seidenschal benutzt.« Anklagend hielt Isabel ihrer Freundin den Seidenschal hin.

»Ach Süße …« Alyson legte den Arm um Isabels Schulter und führte sie zum Sofa. »Ich will dir ja glauben, aber du gibst schon zu, dass das eine mehr als merkwürdige Geschichte ist, oder?«

Isabel senkte den Kopf. »Darum hab ich die Polizei auch nicht angerufen. Ich hatte Angst, sie würden mir nicht glauben.«

»Die Angst ist gar nicht so unbegründet.« Alyson seufzte.

»Und was soll ich jetzt machen?«, flüsterte Isabel.

»Ein paar Tage freinehmen. Ruf deinen Chef an, der hat sicher Verständnis. Und dann, wer weiß? Vielleicht solltest du die Warnungen von Mister Unbekannt in den

Wind schlagen und mal für ein paar Tage nach Hamburg fliegen?«

Komm nicht nach Hamburg … Die Worte hallten wie eine Endlosschleife in ihrem Kopf wider. Der Gedanke war ihr auch schon gekommen: seiner Warnung zum Trotz nach Hamburg fahren. Denn was wollte er dagegen unternehmen? Wenn er sie weiterhin im Auge behielt und sie nach Hamburg fuhr, musste er sich ihr doch wieder zeigen, oder nicht?

Im Grunde keine schlechte Idee. Doch dann dachte Isabel wieder an die Todesangst, die sie ausgestanden hatte. Wenn dieser geheimnisvolle Auftraggeber den nächsten Killer auf sie ansetzte, konnte sie nicht mit Gnade rechnen. Dass der Fremde sie verschont hatte, lag allein an der unerklärlichen Verbundenheit, die sie gespürt hatte. Und die musste auch er gespürt haben, sonst hätte er seinen Job erledigt, und sie würde jetzt kalt und starr in ihrem eigenen Blut liegen … Isabel schauderte.

Nein, sie blieb, wo sie war. Jedenfalls solange sie nicht wusste, was es mit seiner Warnung auf sich hatte. Denn sie hatte keine Ahnung, was sie in Hamburg sollte. Es zog sie nichts dorthin …

Isabel nahm keinen Urlaub. Sie ging am späten Vormittag zur Arbeit. Es fühlte sich komisch an, in dem kleinen Reisebüro zu sitzen und den Rentnern Kreuzfahrten auf der Donau und den jungen Leuten zwei Wochen Urlaub auf den Kanaren zu verkaufen. Sie kämpfte gegen ein irres Auflachen, als ein älterer Mann vor ihr saß und einen Flug nach Hamburg buchen wollte.

Ihr Chef gab ihr an diesem Nachmittag frei.

»Sie sehen müde aus. Ich schaffe das heute auch ohne Sie.«

»Danke«, flüsterte sie.

Sollte sie Alyson anrufen und sich mit ihr auf einen

Kaffee in der Stadt treffen? Sie könnten auf der Rheinuferpromenade spazieren gehen oder sich im Hofgarten ein ruhiges Plätzchen suchen.

Isabel liebte ihre Heimatstadt Düsseldorf. Aber heute wirkte alles bedrohlich und finster. Nein, beschloss sie. Sie würde heimgehen und sich mit einem guten Buch auf die Couch legen.

Doch ihre Gedanken kreisten beständig um die nächtliche Begegnung mit dem Fremden ...

Konnte das nicht einfach aufhören?, dachte sie fast wütend und merkte im nächsten Moment, dass ihr die Tränen kamen.

Es würde also nicht so leicht aufhören.

In den nächsten Tagen versuchte sie trotzdem, die unheimliche Begegnung zu vergessen.

Es gelang ihr kaum. Nachts wachte sie auf, weil in ihren Träumen der geheimnisvolle Fremde neben ihrem Bett stand. Er beugte sich zu ihr herab, schnitt mit einem Messer ihr T-Shirt auf und entblößte ihre Brüste. Seine Hände glitten über ihre Haut, liebkosten und massierten ihre Brüste, kniffen ihre harten Nippel. Sie wachte spätestens zu diesem Zeitpunkt mit einem leisen Schrei auf und lag mit klopfendem Herzen wach. Sie lauschte und wünschte, er wäre wieder da und würde all ihre Fragen beantworten. Und nicht nur das. Sie wollte ihn spüren, ganz und gar. In ihr war eine unstillbare Sehnsucht nach dem Fremden erwacht. Sie hatte nicht vergessen, dass er sie gefesselt hatte. Dass er ihr Angst eingejagt hatte. Aber zugleich wuchs die Erkenntnis, dass sie ihn gerade wegen dieses Vorgehens nicht vergessen konnte.

Doch alles blieb ruhig. Er kam nicht zurück.

Drei Tage später kam sie früher als sonst aus dem Büro nach Hause. Ihr Anrufbeantworter blinkte.

Merkwürdig ... normalerweise sprach niemand auf den Anrufbeantworter. Sie drückte die Wiedergabetaste und ging in die angrenzende Küche, um eine Tiefkühlpizza in den Ofen zu schieben.

»Guten Tag, Frau Schwarz, hier spricht Johannes Franck von der Kanzlei Franck & Söhne aus Hamburg. Könnten Sie mich bitte zurückrufen? Es ist dringend. Meine Telefonnummer lautet …« Die Stimme ratterte eine lange Zahlenreihe herunter. »Bitte setzen Sie sich umgehend mit mir in Verbindung.«

Isabel erstarrte.

Sie stürzte ins Wohnzimmer und startete die Nachricht erneut. Hastig notierte sie die Nummer, hörte die Nachricht ein drittes Mal ab, um sicherzugehen, dass sie keinen Zahlendreher notiert hatte. Mit zitternden Fingern wählte sie.

Nach dem ersten Klingeln wurde abgehoben. Als hätte er förmlich darauf gewartet, dass sie anrief.

»Johannes Franck, Kanzlei Franck & Söhne.«

»Guten Tag. Hier spricht Isabel Schwarz. Sie hatten angerufen …«

»Frau Schwarz! Gut, dass Sie sich melden«, sagte er nach einem Schweigen, das sich für Isabel endlos dehnte. »Ich … es geht um Folgendes. Ihre Tante Friederike Schwarz ist vor kurzem verstorben.«

»Oh.« Isabel sank auf das Sofa. »Das … Entschuldigen Sie, damit habe ich zuletzt gerechnet.«

Isabel konnte sich kaum mehr an ihre Tante erinnern. Früher hatte Tante Friederike oft ihre Eltern besucht, aber nachdem sie wieder geheiratet hatte, hörten diese Besuche auf.

Und sie war der einzige Mensch, den Isabel in Hamburg kannte …

»Mein Beileid, Frau Schwarz. Ihre Tante hat uns mit der Verwaltung ihres Nachlasses beauftragt. Es gibt ein Testament.«

»Und?«, fragte Isabel.

»Ich möchte Sie bitten, so schnell wie möglich nach Hamburg zu kommen, damit wir die Testamentseröffnung anberaumen können. Ihre Tante verstarb bereits vor drei Wochen ... es war nicht leicht, Sie ausfindig zu machen.«

Isabel schloss die Augen. War es das, was der Fremde meinte, als er sie warnte? Unter keinen Umständen dürfe sie nach Hamburg kommen. Ihr wurde übel. Mein Gott, das konnte doch nicht wahr sein. Ihre stille Hoffnung, es müsse sich um ein absurdes Missverständnis handeln, war hiermit wohl hinfällig. Es konnte kein Zufall sein.

»Ich kann nicht«, brachte sie mühsam hervor.

»Wie bitte?« Johannes Franck klang ehrlich verwirrt.

»Ich kann nicht kommen.«

Einen Moment war alles still. Schließlich sagte er leise: »Es tut mir leid, wenn ich darauf bestehen muss, Frau Schwarz. Ich darf zwar keine Einzelheiten verraten, aber seien Sie versichert, dass Ihre Anwesenheit bei der Testamentseröffnung unerlässlich ist.«

»Ich kann nicht«, beharrte Isabel. »Es ist mir egal, was Sie sagen, aber ich kann einfach nicht!«

»Frau Schwarz ...«

Sie schluchzte auf. Die Anspannung der letzten drei Tage fiel plötzlich von ihr ab. Der Fremde hatte davon gewusst! Er wusste, warum man sie nach Hamburg einladen wollte. Wieso hatte er ihr nicht gesagt, dass es um eine Erbschaft ging?

Und wer versuchte, sie von dieser Testamentseröffnung fernzuhalten?

»Ich habe Angst«, gestand sie.

»Angst?« Johannes Franck klang ehrlich verblüfft. Dann aber siegte wohl seine Professionalität. Ob er oft mit hysterischen Angehörigen wie Isabel umging? Fast kam es ihr so vor.

»Hören Sie, Frau Schwarz. Ich mache Ihnen einen Vorschlag. Ich buche für Sie einen Flug für morgen Vormittag. Ich hole Sie am Flughafen ab, und wir gehen erst mal in aller Ruhe essen. Den Termin für die Testamentseröffnung werde ich für den Nachmittag anberaumen. Danach bringe ich Sie ins Hotel, und am nächsten Morgen nehmen Sie den ersten Flieger nach Hause. Ich weiche keinen Augenblick von Ihrer Seite, wenn Ihnen dann wohler ist«, versprach er ihr.

Sie war nun vollends verwirrt. Aber nach kurzem Hin und Her stimmte Isabel schließlich zu.

Komm auf keinen Fall nach Hamburg …

Sie würde nur ganz kurz dort sein. Nur ein paar Stunden. Zu wenig Zeit für einen Killer, einen Mordanschlag auf sie zu planen und auszuführen.

»Also gut, ich komme.«

»Wunderbar! Ich freue mich auf Sie«, verkündete Johannes Franck. Etwas schwang in seiner Stimme mit, das auch bei Isabel vibrierende Vorfreude erwachen ließ. Ja, sie freute sich auch!

Und wer weiß, dachte sie. Vielleicht begegne ich meinem geheimnisvollen Fremden. Das wäre ein schöner Zufall!

Als Johannes die Stimme von Pia erkannte, bekam er eine Erektion.

Er ahnte schon, warum sie ihn anrief.

»Mein Lieber, wir sollten uns mal unterhalten«, schnurrte sie.

»Ich wüsste nicht, worüber wir uns unterhalten sollten«, erwiderte Johannes betont kühl.

»Ach nein?« Pia schien ehrlich erstaunt. »Ich dachte, du könntest mir vielleicht Genaueres über meine Cousine erzählen, die morgen nach Hamburg kommt.«

»Woher weißt du das denn schon wieder?« Johannes war ehrlich sauer. Er hatte Pia noch nicht darüber informiert, dass er Isabel Schwarz endlich ausfindig gemacht hatte und die Testamentseröffnung für den morgigen Nachmittag angesetzt war. Trotzdem wusste sie schon davon. Verdammt!

Doch er würde schon wissen, wie er diesen Umstand für sich nutzen konnte …

»Was hältst du davon, wenn wir uns treffen?«, schlug er daher spontan vor.

»Ich weiß nicht.« Sie zögerte natürlich. Das war typisch für Pia. Sie liebte es, mit seinen Erwartungen zu spielen. Johannes rutschte nervös auf dem Bürostuhl herum. Wie ärgerlich, dass Pia ihn nicht kaltließ, sondern allein ihre Stimme ihn daran erinnerte, wie es war, sie flachzulegen. Aber Pia war auch ein gieriges kleines Miststück, das keine Gelegenheit ausließ. Wenn er ein bisschen Luxus springen ließ, würde sie fast alles für ihn tun.

»Wir können ins *House of Fashion* gehen und ein bisschen shoppen«, fügte er hinzu. Johannes lächelte still. Das war ein Vorschlag, den Pia unmöglich ablehnen konnte. Sie liebte es, sich von ihm zum Shoppen einladen zu lassen. Und dafür bot sie ihm meist auch eine Gegenleistung …

»Ach, warum nicht? Wärst du so lieb und reservierst uns ein Séparée, Süßer?«, säuselte sie prompt. Johannes versicherte ihr, dass er sich sogleich darum kümmern würde. Zufrieden legte er auf und lehnte sich zurück. Dann beugte er sich vor, wählte die Nummer vom *House of Fashion* und ließ sich mit Pias Lieblingsverkäuferin verbinden, die genau wusste, was Pia wollte.

Dort kannte man ihn schon und versicherte ihm, dass das Séparée zum verabredeten Termin für sie bereitgestellt wurde.

Wenn Pia mit Johannes ins *House of Fashion* oder in eines der anderen exklusiven Hamburger Kaufhäuser ging, wusste sie genau, worauf sie sich einließ. Und wenn sie ehrlich war, genoss sie es.

Johannes bezahlte selbstverständlich ihre Einkäufe. Doch für diese großzügige finanzielle Zuwendung verlangte er stets eine Gegenleistung, die Pia nur zu gerne erbrachte …

Nicht dass Pia es nötig hatte, sich von ihm ficken zu lassen, um an die schicken Klamotten heranzukommen. Sie hatte genug Geld, und ihre Stiefmutter hatte dafür gesorgt, dass sie eine großzügig geschnittene Eigentumswohnung ihr Eigen nannte. Außerdem war sie glücklich verheiratet. Sie lebte von Robert zwar im Moment getrennt, doch das schadete ihrem Konto nicht. Er war schon immer sehr großzügig gewesen. Sie gab eben das Geld aus, das ihr Mann verdiente – das machte für sie eine glückliche Ehe aus. Das und die Tatsache, dass Robert sie in Ruhe ließ und lediglich bei gesellschaftlichen Anlässen nicht auf ihre Begleitung verzichten wollte. Ein Arrangement, von dem sie beide profitierten.

Was ihr den besonderen Kick verschaffte und sie immer wieder zu diesen kleinen Hurendiensten bei Johannes verlockte, war vor allem Johannes. Sie hätte ihn auch gefickt, wenn er kein Geld besäße. Doch dieses Spiel machte es besonders aufregend, und sie wussten beide, dass es ein Spiel war.

Pia winkte ein Taxi heran und ließ sich seufzend in die Polster fallen. Es war unerträglich heiß, die Sonne stand hoch am Himmel. Zum Glück war das *House of Fashion* klimatisiert! Sie wusste nicht, wie sie diesen Nachmittag sonst überstehen sollte …

Sie hoffte, dass sich schon bald die Gelegenheit ergab, für die heißesten Wochen des Jahres nach Sylt zu fahren. Leider besaßen weder Robert noch sie selbst ein Haus auf der Insel. Doch ihre Stiefmutter besaß eine Villa, direkt am Meer …

Und ab morgen würde das Haus Pia gehören. Morgen war endlich die Testamentseröffnung, die in Pias Augen lediglich eine Formsache war. Wer sollte schon alles erben, wenn nicht sie? Bestimmt nicht dieses Mauerblümchen, das Johannes und seine Kollegen in den letzten Wochen aufgespürt hatten.

Als Pia das Kaufhaus erreichte und sich bei ihrer Lieblingsverkäuferin meldete, war Johannes noch nicht da. Ellen, die Verkäuferin, führte Pia sogleich zum reservierten Séparée und versprach, Snacks und eine Flasche gekühlten Champagner zu bringen.

Auf einer Kleiderstange hingen Dutzende Kleider, und davor standen auf dem Fußboden zahllose Kartons und Schachteln mit Schuhen, Accessoires und Dessous. Pia nickte zufrieden. Ellen kannte ihren Geschmack und ihre Kleidergröße. Da Johannes nichts dem Zufall überließ, war man auf ihr Kommen vorbereitet gewesen. Das Séparée war perfekt für ihr Vorhaben.

Zunächst ließ sie sich aber Champagner und kleine Kanapees servieren.

»Kann ich sonst noch etwas für Sie tun, Frau Schwarz?«, fragte Ellen.

Pia lächelte zufrieden. Solange sie Ellen kannte, nannte diese sie Frau Schwarz, und das hatte auch nach ihrer Hochzeit nicht aufgehört. Es gefiel ihr.

»Danke, ich habe alles. Schicken Sie Johannes Franck zu mir, wenn er kommt.«

Ellen nickte und zog diskret die Tür hinter sich zu.

Ob sie ahnte, was sich schon bald hinter dieser Tür abspielen würde?

Pia schlüpfte aus den roten Pumps und zog die Bluse und ihre Hose aus, die ihren Rundungen so perfekt schmeichelten. Sie war kein Hungermodel, das sich regelmäßig den Finger in den Hals stecken musste, um die Figur zu halten. Nein, Pia war allen Genüssen des Lebens zugeneigt und mochte ihren Körper. Den Männern gefiel es.

Nur mit Unterwäsche bekleidet stand sie mit dem Champagnerglas in der Hand in dem Umkleidezimmer. Mit der freien Hand durchsuchte sie beinahe nachlässig die Kleidungsstücke auf der Stange.

In diesem Augenblick kam endlich Johannes.

»Du kommst spät«, tadelte Pia ihn sanft. Sie lächelte aber zugleich verführerisch und nahm einen Schluck Champagner. Über das Glas hinweg beobachtete sie ihn aufmerksam.

»Ich hatte zu tun«, erklärte Johannes schroff. Sie wussten beide, dass Pia ihm sein Zuspätkommen nicht übelnahm.

Johannes trat zu Pia und umarmte sie. Seine Lippen strichen über ihre. Er schmeckte gut … Ehe Pia den Kuss ganz auskosten konnte, ließ Johannes sich auf das breite cremefarbene Sofa fallen.

»Was gibt es Neues von der entfernten Verwandten meiner Mutter?«, fragte Pia beiläufig und nahm ein Kleid von der Stange. Doch zugleich belauerte sie Johannes und beobachtete aus dem Augenwinkel seine Reaktion.

»Sie kommt morgen. Um vier ist die Testamentseröffnung. Ein bisschen paranoid scheint sie zu sein, denn es hat mich all meine Überredungskunst gekostet, damit sie kommt.« Er wirkte nachdenklich.

»Was hältst du hiervon?« Pia hielt ein kleines Hemdchen mit dazu passendem Höschen hoch. Der violette Stoff harmonierte perfekt mit ihrer gebräunten Haut und den dunklen Locken.

»Probier es doch einfach mal an«, schlug Johannes vor. Er goss sich ein Glas Champagner ein, während Pia hinter den Paravent verschwand, der den Raum teilte.

Noch wahrte sie eine gewisse Distanz – das steigerte

schließlich die Vorfreude. Und Johannes genoss dieses Spiel: Erst zierte Pia sich, ehe sie langsam alle Hemmungen fallen ließ. Durch die Lücken des Paravents konnte er immer wieder Teile ihres Körpers aufblitzen sehen – ihren festen, flachen Bauch, die Rundungen ihres Hinterns, ihre vollen Brüste.

Während sie über scheinbar belanglose Dinge plauderte, huschte sie immer wieder hinter dem Paravent hervor und präsentierte ihm die Wäschestücke. Es erregte sie, wie er sie anblickte. Nicht lüstern, sondern auf eine bestimmte, wissende Art. Er kannte ihren Körper wie kein Zweiter, und wenn sie nicht alles täuschte, schwoll sein Schwanz an, während er sie beobachtete.

»Das gefällt mir«, sagte Johannes plötzlich, als sie sich in einem cremefarbenen Ensemble mit schwarzer Spitze vor ihm drehte. »Komm her.« Seine Stimme klang heiser. Sein Atem hatte sich beschleunigt.

Pia lachte. »Das könnte dir so passen.« Mit zwei Schritten verschwand sie wieder hinter den Paravent. Sie bestimmte die Regeln, auch wenn sie wusste, dass es Johannes schwerfiel, ihr nicht hinter den Paravent zu folgen. Sie wusste, dass er sie berühren wollte. Und das wollte sie auch. Sie wollte seine Hände spüren, seinen Mund, seinen Schwanz. Aber erst, wenn sie dazu bereit war. Keine Sekunde früher.

Sie legte ein paar Kleidungsstücke beiseite und trat wieder hinter dem Paravent hervor. Sie ging zu Johannes und setzte sich neben ihn. Er fütterte sie mit einem Schnittchen und reichte ihr das volle Champagnerglas.

»Oh, das tut gut.« Sie streichelte seine Wange, ließ ihre Hand zu seinem Hemdkragen hinabwandern, doch statt seine Krawatte zu lösen, glitt die Hand tiefer und tiefer, bis sie auf seinem Schritt verharrte. Sein Schwengel war unglaublich hart, und als sie ihn sanft streichelte, spürte sie, wie er sich gegen den Stoff drängte.

»Meinst du, sie wird Probleme machen?«, fragte sie beiläufig.

»Wer?« Johannes konnte vermutlich längst keinen klaren Gedanken mehr fassen. Am liebsten hätte er Pia wohl gepackt und ihr an Ort und Stelle den Verstand rausgevögelt. Doch er vergaß nie, dass sie die Regeln festlegte. Selbst wenn sie es sich jetzt noch anders überlegte und einfach ging, würde sie von Johannes keinen Vorwurf hören. Frauen gegenüber war er in allen Belangen sehr großzügig.

Ein Grund mehr, sein großzügigstes Geschenk nicht abzuweisen.

»Na, diese Frau Schwarz. Wie hieß sie noch mal?« Natürlich wusste Pia den Namen der kleinen Schlampe, aber sie runzelte gespielt nachdenklich die Stirn.

»Isabel«, murmelte Johannes. Es kostete ihn all seine Beherrschung, nicht die Hand nach Pia auszustrecken. Sie lachte gurrend.

»Wo bist du nur mit deinen Gedanken?« Sie beugte sich vor. Heiß traf ihr Atem auf seinen Hals. Ihre Hand machte sich an seinem Gürtel zu schaffen und öffnete die Hose. Johannes nahm ihr das Champagnerglas ab. Im nächsten Moment rissen ihre Hände ungeduldig an seinem Hemd. Johannes half ihr und streifte die Krawatte ab, die irgendwo in der Zimmerecke landete.

Pia beugte sich hinab und küsste seine nackte Brust. Oh, er roch so gut! Männlich und sauber, genau so, wie sie es mochte.

Pia kroch immer tiefer, bis sie zwischen seinen Schenkeln kniete. Geschickt befreite sie seinen pulsierenden Schaft, der sich ihr begierig entgegenreckte.

Ihre Lippen glänzten feucht, als sie das erste Mal zärtlich über seinen harten Schwanz glitten. Johannes stöhnte auf, und seine Hände verkrampften sich neben seinem Körper in den Sofapolstern. Langsam glitt Pias Mund an ihm auf und ab. Ihre Zunge erforschte und reizte seine Eichel. Genüsslich schloss sie die Augen.

Es war einfach nur geil, an Johannes' Schwanz zu lutschen. Sie liebte es, ihn so ganz unter Kontrolle zu haben! Zugleich spürte sie, wie sie immer nasser wurde. Schon vorhin hinter dem Paravent hatte sie es kaum ausgehalten, die Finger von ihrer Möse zu lassen, aber sie wusste ja, dass sie belohnt wurde, wenn sie den Genuss hinauszögerte. Je mehr sie Johannes und sich selbst im Vorfeld erregte, umso wilder wurde der Fick.

Sie ließ von seinem Schwanz ab und setzte sich rittlings auf Johannes' Schoß. Sofort schob er die Träger ihres BHs herunter und entblößte ihre Brüste. Sein Mund legte sich auf ihre Brustwarze, und sie spürte, wie er leicht zubiss, während er die andere Brust massierte. Seine freie Hand schob sich unter ihren Po und tastete sich zu ihrer Möse vor. Pia stöhnte vor Lust auf. Sie wusste zwar, dass sie leise sein mussten, denn es war ihnen schon mal passiert, dass eine Verkäuferin sie beim Liebesspiel erwischt hatte. Doch die Gefahr, entdeckt zu werden, steigerte ihre Lust noch zusätzlich.

Sie stand auf und zog sich betont langsam das Höschen aus. Er wusste, was jetzt kam, und während sie seinen Blick spürte, hörte sie das leise Knistern einer Kondomverpackung, die er aufriss. Dann kniete sie wieder über Johannes und ließ seinen Penis durch ihre nasse Spalte gleiten. Sie stöhnte genüsslich auf, als er endlich in ihre Möse glitt. Pia lehnte sich zurück und hielt sich an Johannes' Schultern fest, während seine Hände ihre Taille umschlossen. Langsam begann sie, sich auf ihm auf und ab zu bewegen.

Pia genoss diesen gemächlichen, langsamen Teil ihres Liebesspiels. Sie spürte, wie die Erregung sie einem unvergesslichen Orgasmus entgegentrieb. Aber sie durfte nicht ihr wahres Ziel aus den Augen verlieren! Rasch erhob sie sich und löste sich von Johannes, der frustriert seufzte, als sie nackt vor ihm stand und ihn herausfordernd anblickte. Seine Hand legte sich um sein hartes Glied und bewegte sich rhythmisch auf und ab.

»Wir könnten sie einladen«, schlug Pia vor.

»Wen, um Himmels willen?« Johannes würde ihr jetzt alles versprechen, wenn sie nur zu ihm kam und ihm gab, was er wollte. Gut.

»Diese kleine Schnepfe. Wollen wir doch mal sehen, ob sie in unseren Freundeskreis passt. Oder ob sie sofort das Weite sucht.«

Sie stand direkt vor ihm und blickte auf ihn herunter. Ihre Hand fuhr an ihrem Körper hinab, und sie ließ ihre Finger um den Kitzler kreisen. Sie wusste, dass Johannes es kaum aushielt, ihr dabei zuzusehen, wie sie es sich selbst besorgte.

»Sie wird bestimmt wieder verschwinden, wenn wir sie zu ein paar kleinen Spielchen einladen.« Pia seufzte. Ihre Klit pulsierte, und sie musste einen Moment pausieren, sonst wäre sie in diesem Augenblick gekommen. Noch nicht, beschwor sie sich. »Und wenn sie bleibt – nun, dann haben wir bestimmt unseren Spaß.« Sie lächelte verführerisch.

Johannes schien nachzudenken. Dann nickte er zögernd. »Wieso nicht?« In diesem Moment hätte er ihr vermutlich alles versprochen, wenn er sie nur endlich vögeln durfte …

»Versprich es mir«, flüsterte sie. Johannes nickte stumm.

Da Pia erreicht hatte, was sie wollte, drehte sie sich um und kniete sich auf den Boden. Sie präsentierte Johannes ihren runden Po und spreizte ein wenig die Beine, damit er einen Blick auf ihre nasse Muschi erhaschen konnte.

Johannes brauchte keine zweite Aufforderung. Er glitt vom Sofa und war im nächsten Moment hinter ihr. Seine

Schwanzspitze schob sich zentimeterweise in ihre Möse, bis er sie ganz ausfüllte. Pia stöhnte lustvoll auf. Sie biss sich selbst in den Oberarm, um ihre Schreie zu ersticken. Er begann, sich schnell in ihr zu bewegen. Seine Hüften prallten mit jedem heftigen Stoß auf ihren Hintern, und seine Hände glitten über ihren erhitzten Körper, ehe er sie an den Hüften packte und immer schneller in sie stieß. Pia spürte, wie der Orgasmus sich in ihr aufbaute. Sie streichelte ihre Klitoris, die pulsierte und nach noch mehr verlangte, bis der Orgasmus unaufhaltsam über sie hinwegrauschte. Im selben Moment kam auch Johannes mit einem erstickten Stöhnen und ergoss sich mit ein paar letzten Bewegungen in ihr. Er brach über ihr zusammen und begrub Pia unter sich, die sich einfach auf den Teppich sinken ließ.

Einen Moment lagen beide still. Pia regte sich als Erste. Johannes rollte sich von ihr herunter und lag auf dem Rücken neben ihr. Sie stand mit einer geschmeidigen Bewegung auf und zog sich wieder an. Johannes ließ sie nicht aus den Augen.

»Sehen wir uns morgen Abend bei Daniel?«, fragte sie. »Er hat zu einer kleinen Party eingeladen.« Allein die Art, wie sie das Wort »Party« aussprach, war schon sehr vielsagend.

Johannes grinste. »Er hat mich auch eingeladen.« Er stand ebenfalls auf und brachte seine Kleidung in Ordnung. Das Kondom entsorgte er im Papierkorb in der Ecke. Pia packte die Sachen zusammen, die sie haben wollte.

»Bring doch die kleine Schnepfe mit«, schlug sie vor.

»Mal sehen.« Johannes schien unschlüssig.

Ein letztes Mal blickte sie sich um. Nun, es hatte schon schlimmer ausgesehen, wenn sie ein Séparée verließen. Aber richtig ordentlich war es auch nicht … egal. Dafür war schließlich Ellen zuständig.

»Komm, Süßer«, sagte sie und schmiegte sich an ihn. »Ich habe mir ein paar schöne Sachen ausgesucht. Und wenn du brav bist, gebe ich dir morgen Abend eine kleine Extravorstellung.«

Sie hoffte, das war mehr als deutlich. Aber in Johannes' Augen blitzte es verräterisch. Oh, er war ein Schuft! Spielerisch schlug sie ihn vor die Brust. »Also bringst du sie morgen Abend mit?«

»Wenn du mir so unmoralische Angebote machst? Was bleibt mir da anderes übrig?« Er küsste sie ein letztes Mal, ehe sie das Séparée verließen. An der Kasse zückte Johannes seine Kreditkarte und bezahlte einen hohen dreistelligen Betrag für die wenigen Sachen, die Pia sich ausgesucht hatte.

Aber sie wussten beide, dass das Vergnügen ihm so viel wert war.

3. Kapitel

Am nächsten Morgen hob Isabel ab. In der Maschine nach Hamburg hatte man für sie einen Platz in der Business Class reserviert. Während Isabel sich entspannt zurücklehnte und in der Vogue blätterte, wunderte sie sich ein wenig. War sie der Kanzlei Franck & Söhne so wichtig, dass man für sie einen teuren Business-Class-Flug buchte?

Doch sie genoss die Annehmlichkeiten und döste ein wenig. In der letzten Nacht hatte sie kaum ein Auge zugetan – ständig kreisten ihre Gedanken um die merkwürdige Warnung des Fremden, die sie ja nun ignorierte. Sie war wirklich schrecklich nervös ...

Der Flug dauerte eine knappe Stunde. Isabel wurde bereits ungeduldig erwartet.

Johannes Franck hielt ein Pappschild hoch, auf dem ihr Name stand. Sie ging zu ihm, und als er sie sah, erhellte ein Lächeln sein gebräuntes Gesicht.

»Frau Schwarz? Wie schön, Sie kennenzulernen. Und noch mal mein herzliches Beileid zum Tod Ihrer Tante.«

Er reichte ihr die Hand. Sein Händedruck war fest und warm, und seine grauen Augen musterten sie prüfend von oben bis unten. Zum dunkelgrauen Anzug trug er ein blaues Hemd und eine dezente dunkelrote Krawatte. Er sah umwerfend aus, stellte Isabel fest.

Nun, wenn sie auch nicht viel erbte, hatte sich dieser Abstecher nach Hamburg zumindest schon mal gelohnt, um diesen süßen Typen kennenzulernen. Sie lächelte ihn zurückhaltend an.

»Ich kannte meine Tante kaum«, gestand sie.

»Kommen Sie. Für uns ist ein Tisch reserviert.«

Der Gedanke war zwar reichlich verrückt, aber während er sie aus dem Flughafengebäude führte und eine Limousine ansteuerte, fragte sie sich unwillkürlich, ob er der Fremde war, der ihr vor vier Nächten einen Besuch abgestattet hatte.

Selbst wenn er es nicht gewesen ist, könnte ich mir gut vorstellen, ihm etwas näherzukommen, dachte Isabel.

Ein Chauffeur nahm Johannes ihre abgewetzte Reisetasche ab und verstaute sie im Kofferraum, ehe er ihnen eilig die Tür aufhielt.

»Wow.« Isabel war ehrlich beeindruckt. »Womit habe ich denn diesen Empfang verdient?«

»Sagen wir, es ist ein besonderer Service von Franck & Söhne.« Er zögerte. »Als ich Sie gestern anrief, wirkten Sie etwas ... ängstlich.«

Isabel wischte sich ihre schweißnassen Hände am Rock ab. Im Innern der Limousine war es erstaunlich kühl, und sie fröstelte. Doch das war nicht der Grund, warum sich ihre Nippel aufstellten.

»Ich wurde in meiner eigenen Wohnung überfallen«, sagte sie leise. Der Gedanke an den Fremden erregte sie auf überaus überraschende Weise. »Seitdem schlafe ich schlecht. Und ich habe Angst, ja. Aber ich möchte eigentlich nicht darüber reden«, fügte sie rasch hinzu.

»Verständlich. Trinken wir einen Schluck?« Er hielt eine Flasche Champagner hoch, und Isabel nickte dankbar. Zum Glück stellte Johannes keine neugierigen Fragen. Sie war froh, dass er so verständnisvoll reagierte.

Der Champagner prickelte und weckte ihre Lebensgeister. »Franck & Söhne – sind Sie der Sohn?«, fragte sie frech, nachdem sie das erste Glas geleert hatte.

»Ich bin sogar der Enkel vom Sohn. Wir sind Rechtsanwälte in der vierten Generation.«

Das gefiel Isabel. Sie lehnte sich entspannt zurück und schloss für einen Moment die Augen.

»Ich hoffe, der Flug war nicht zu anstrengend.«

»Oh, er war recht angenehm.«

In Wahrheit war sie todmüde, aber zugleich war alles so aufregend! Und der Fremde ging ihr nicht aus dem Kopf ... Sie versuchte, mit geschlossenen Augen Johannes' Stimme zu erforschen. War er der Fremde?

Aber nein ... warum sollte er so etwas tun?

»Wie haben Sie mich eigentlich gefunden?«, fragte sie einer plötzlichen Eingebung folgend.

»Ihre Tante hatte genaue Angaben in ihrem Nachlass gemacht, und wir haben Ihre Telefonnummer in einem penibel geführten Adressbuch gefunden.«

Schade, dachte Isabel. Einen Moment lang hatte sie gehofft, Johannes habe wenigstens den Fremden beauftragt, sie zu finden. Aber das hieße ja auch, von ihm ginge Gefahr aus?

»Haben Sie nicht am Telefon gesagt, es wäre nicht leicht gewesen, mich zu finden?«

»Das war ein Denkfehler unsererseits. Heutzutage hat man doch jede Telefonnummer im Blackberry oder iPhone gespeichert. Ihre Tante war da eher altmodisch.«

Ja, so kannte Isabel ihre Tante. Obwohl »kennen« wirklich zu viel gesagt war.

Sie versuchte, sich zu beruhigen. Johannes Franck war nicht der Fremde.

Dennoch war er der Typ Mann, der ihr Herz höherschlagen ließ. Und sie wünschte sich plötzlich, sie hätte sich am Morgen ein bisschen aufreizender angezogen. So trug sie bloß ein biederes Businesskostüm, das ihrer Meinung nach dem Anlass angemessen war. Die blonden Haare hatte sie einfach hochgesteckt.

»Ich hoffe, Sie haben Hunger?«

»O ja, Bärenhunger!«

Die Limousine hielt vor einem gediegenen Nobelrestaurant. Das alles – die Limousine, das Restaurant und die persönliche Betreuung – schmeichelte Isabel zwar, doch es verwirrte sie auch. Warum gab man sich mit ihr so viel Mühe?

»Kommen Sie. Eigentlich muss man hier lange im Voraus reservieren, aber es hilft, wenn man seine Verbindungen spielen lässt.«

Sie war wirklich beeindruckt. Aber warum betrieb Johannes Francks Kanzlei so einen riesigen Aufwand für sie?

Die Antwort bekam sie, als sie Johannes gegenüber an einem kleinen Tisch Platz nahm. Sie hatten gerade bestellt, der Wein wurde serviert, und aus dem Fenster hatte man einen atemberaubenden Panoramablick auf die Binnenalster.

»Warum betreiben Sie so einen großen Aufwand für mich?«, fragte Isabel unvermittelt.

Johannes schien über die Frage nicht im mindesten überrascht zu sein. »Nun, Isabel … Ich darf doch Isabel sagen?«

Sie erwiderte automatisch sein Lächeln und nickte. Doch, er durfte sie Isabel nennen. Sie wusste nichts, das dagegen sprach. Im Gegenteil: Die Art, wie er ihren Namen aussprach, war so … ja, nahezu sinnlich. Als gebe er ihr ein Versprechen. Wie es wohl wäre, wenn sie sich näherkämen als zwischen Anwalt und Klientin normalerweise üblich?

Seine Hände auf ihrem festen Po … Der Gedanke erregte sie. Isabel senkte den Blick.

»Du weißt ja, dass wir die Testamentseröffnung nur in deiner Anwesenheit vornehmen wollten – und wir dürfen auch gar nicht anders handeln, schließlich …«

In diesem Moment trat ein Mann an den Tisch und begrüßte Johannes und Isabel mit einer knappen Verbeugung, die albern gewirkt hätte, wenn er nicht so viel in sich ruhende Eleganz ausgestrahlt hätte. Er sah unverschämt gut aus: Maßanzug, italienische Schuhe, ein dunkelrotes Hemd und eine dazu passende Krawatte. Doch seine Augen waren schlicht eine Wucht: dunkel und unergründlich – die Farbe von jungem Whisky.

Gab es in dieser Stadt eigentlich Männer, die frau nicht sofort vernaschen wollte?

»Johannes, alter Freund, dass du dich mal wieder blicken lässt! Noch dazu in so reizender Begleitung ... Ich hoffe, ich störe nicht?«

»Doch, Bastian, du störst.« Johannes erhob sich. Die beiden Männer umarmten sich freundschaftlich.

»Willst du mich der jungen Dame nicht vorstellen?«

Johannes schien zu zögern. Darum ergriff Isabel kurzerhand die Initiative und reichte ihm die Hand. »Hi, ich bin Isabel.«

»Isabel! Isabel Schwarz etwa?« Sie nickte zaghaft. Er nahm ihre Hand und warf Johannes einen vielsagenden Blick zu. Fast schien es so, als hätte er schon viel von Isabel gehört ... »Freut mich sehr, dich kennenzulernen, Isabel. Man hört ja so einiges über dich ... Und kein einziges der zahllosen Gerüchte stimmt«, fügte er grinsend hinzu.

»Gerüchte?« Isabel war nun wirklich verwirrt. Jeder schien sie zu kennen, schien förmlich mit ihrer Ankunft gerechnet zu haben – und sie hatte keinen blassen Schimmer, warum das so war. Es wurde allerhöchste Zeit, dass Johannes ihr einige Fragen beantwortete.

»Bastian, bitte.« Johannes' Stimme gewann an Schärfe. »Du störst bei einem wichtigen Mandantengespräch.«

»Oh, natürlich. Wir sehen uns sicher später noch mal, Isabel.« Ehe er ging, legte Bastian eine Visitenkarte neben Isabels Teller. »Falls es dir mit Johannes zu langweilig wird.« Ein letztes Lächeln, ein Augenzwinkern, dann war er verschwunden. Er setzte sich zu ein paar anderen Leuten, die in einer Ecke des Raums an einem runden Tisch saßen und neugierig die Hälse reckten, als er etwas sagte. Sie schauten neugierig herüber.

»Was ist hier eigentlich los?«, wollte Isabel wissen.

»Ich werde es dir gerne erklären.« Johannes schien von Bastians Auftauchen nicht besonders erfreut zu sein. Seine Finger trommelten auf der Serviette einen nervösen Rhythmus, der Blick ging durch den Raum. »Aber auch wenn schon halb Hamburg offensichtlich Bescheid weiß, möchte ich dich bitten, meine kleine Indiskretion ... diskret zu behandeln.«

Isabel hatte im Moment nichts gegen ein paar größere Indiskretionen. Sie verstand sich selbst nicht mehr, aber seit der Fremde sie geküsst hatte, fühlte sie sich wie verwandelt. Es war, als hätte erst dieser Kuss ihre Leidenschaft geweckt. Und sie war mehr als bereit, diese neu gewonnene Leidenschaft auszukosten. Zugleich schwebte aber eine Bedrohung über ihr, die sie nicht benennen konnte. Auch das war die Schuld des Fremden – er hatte ihre Sinne geschärft, im Guten wie im Schlechten. Sie war jetzt wacher und neugieriger auf das Leben, zugleich aber permanent auf der Hut.

Vielleicht nicht die schlechteste Mischung, wenn man etwas erleben will, beschloss sie.

»Also, es geht das Gerücht, du sollst die Alleinerbin von Friederike Schwarz' Vermögen sein.«

»Bitte was?« Überrascht ließ Isabel das Buttermesser sinken, mit dem sie gerade Kräuterbutter auf ein Brötchen strich.

Johannes nickte ernst. »Und genau damit beginnen die Probleme. Du glaubst mir nicht, stimmt's?«

»Kein Wort.« Isabel biss von ihrem Brötchen ab. Absurd, was Johannes da erzählte! Wieso sollte ausgerechnet sie die Alleinerbin ihrer Tante sein? Hatte er ihr nicht von einer Tochter erzählt, die Tante Friederike hatte?

Die Vorspeise wurde serviert.

»Aber ich versteh nicht, warum …«

Johannes lächelte nachsichtig. »Friederike Schwarz hatte schon immer ihren eigenen Kopf, und dass sie ein Dickschädel war … Sie wollte das Geld vermutlich nicht deiner verwöhnten Cousine in den Rachen werfen. Pia hat ja alles. Du hingegen …«

Der Blick, mit dem er sie maß, ließ Isabel erröten. Ja, sie war unscheinbar, verglichen mit den Frauen, die sich in diesem exklusiven Restaurant zum Lunch versammelt hatten. Und wenn Isabel es recht bedachte … Sie scharrte unter dem Tisch mit den Füßen. Ach, sie fühlte sich plötzlich so klein und geradezu hässlich, obwohl Johannes ihr gar nicht das Gefühl gab. Es lag etwas Bewunderndes in seinem Blick. Imponierte es ihm, dass sie sich nicht in teure Kleider hüllte und unter einem maskenhaften Make-up versteckte?

»Bleib doch noch ein paar Tage länger«, sagte er leise.

Isabel erstarrte.

»Auf keinen Fall«, sagte sie kühl. Nein, sie blieb nur diese eine Nacht, danach kehrte sie nach Hause zurück. Es war ihr egal, wie groß das Erbe war, das sie antreten sollte. Sie durfte überhaupt nicht hier sein!

»Was ist an diesem Gerücht dran? Dass ich die Alleinerbin sein soll, meine ich.«

Johannes grinste und hob entschuldigend beide Hände. »Leider darf ich dir das nicht sagen. Aber du wirst es heute Nachmittag erfahren.«

Isabel wurde still und antwortete nur noch einsilbig auf Johannes' Plaudereien. Seine Blicke waren vielsagend und wollten sie offensichtlich zu einem Abenteuer verführen.

Und was war mit Bastian? Ihre Finger spielten mit seiner

Visitenkarte. Vielleicht sollte sie die Chancen, die sich ihr in Hamburg boten, einfach ergreifen und genießen …

Nur kurz flackerte der Gedanke an den Fremden noch einmal auf. Dann schob Isabel ihn weit von sich. Auch die Angst, die sie in den letzten Tagen belastet hatte, war plötzlich wie weggeblasen.

Wenn sie ehrlich war, fühlte sie sich bei Johannes sicher. Sie überlegte nun sogar doch, ob sie sein Angebot annehmen sollte, länger als eine Nacht in Hamburg zu bleiben.

Nach dem Mittagessen – das wirklich vorzüglich war, ohne durch Sterneküche allzu überladen zu wirken – ließ Johannes die Limousine kommen, und sie fuhren zur Kanzlei.

Isabels Wangen waren gerötet, als sie in die edlen Lederpolster sank. Sie fächelte sich mit einer Hand frische Luft zu. »Ich habe gar nicht gewusst, dass es in Hamburg so heiß sein kann«, gestand sie.

»Das liegt nur an dir«, erwiderte Johannes.

Sie errötete. Mit solchen Anzüglichkeiten wusste sie nicht umzugehen. »Normalerweise denkt man doch, in Hamburg weht immer eine raue Brise …«

»Manchmal fegt auch ein Sturm über die Stadt hinweg.« Er beugte sich zu ihr herüber. Seine Hand landete fast zufällig auf ihrem Knie, und sie schob sie nicht weg. »Ein Sturm der Leidenschaft«, flüsterte er ihr ins Ohr.

Sie lachte hell auf. »Und ich dachte, die hanseatischen Männer seien beherrscht und unterkühlt«, neckte sie ihn.

Der Blick, mit dem er sie bedachte, wirkte beinahe gekränkt. »Da täuschst du dich, Isabel.« Seine Hand fuhr an ihrem Schenkel sanft auf und ab.

Flirtete Johannes etwa mit ihr? Oder suchte er ein schnelles Abenteuer? Isabel beschloss, bis zu einem gewissen Punkt auf sein Spiel einzugehen. Sie fühlte sich vom Weißwein, der zum Essen gereicht worden war, beschwipst und beinahe übermütig. Wie es sich wohl anfühlte, wenn seine Hand langsam nach oben glitt und den Stoff ihres Höschens beiseiteschob? Wenn er seine Finger an ihrer Scham rieb … Sie seufzte wohlig auf, als die Erregung ihren Körper erfasste.

Die Vorstellung war durchaus reizvoll …

»Geht es dir nicht gut?«, fragte er sogleich besorgt.

Sie biss sich auf die Unterlippe. »Mir ist so heiß. Und ein bisschen schwindelig … Das muss am Wein liegen oder …«

»Oder?«, echote er.

Sie lächelte verführerisch. »Vielleicht liegt es auch an deiner Gegenwart.«

Er grinste. »Der Gedanke gefällt mir.« Seine Hand schob sich unter den Rock. Isabel rutschte etwas tiefer in die Polster und kam ihm entgegen. Sie spürte, wie nass der Stoff ihres Slips war, und im nächsten Moment spürte er es auch. Sein Grinsen wurde zu einem überraschten Lächeln. Damit schien er nicht gerechnet zu haben.

Aus halbgeschlossenen Augen beobachtete sie ihn, wie er die Stirn leicht runzelte. Er beugte sich über sie, seine Lippen streiften ihren Hals, den sie ihm darbot. Zugleich zupften seine Finger an ihrem Höschen, schoben es schließlich beiseite. Er zeichnete mit dem Finger ihre Schamlippen nach, und sein kühler Finger fühlte sich auf ihrer heißen, glattrasierten Haut unglaublich gut an. Sie stöhnte leise.

»Ich würde dich jetzt sofort hier vernaschen«, wisperte er.

»Tu es doch …« Sie schnappte nach Luft. Seine Finger tauchten in ihre Nässe ein und fuhren in ihrer Spalte aufreizend langsam rauf und runter. Wie sehr sie sich wünschte, dass er mit dem Finger in sie eindrang! Doch statt nach unten zu greifen und seine Hand zu führen, räkelte sie sich auf der Rückbank und versuchte, nicht den Verstand zu verlieren.

Was passierte hier eigentlich? Ließ sie sich wirklich gerade von Johannes fingern? Von einem Mann, den sie vor drei Tagen noch gar nicht kannte? Normalerweise war sie doch nicht so leicht rumzukriegen …

Sie richtete sich mühsam auf und versuchte, sich seiner Hand zu entziehen. Doch damit erreichte sie genau das Gegenteil. Plötzlich lag sein nasser Finger auf ihrer Klit, und er begann, den Finger an ihr zu reiben. Isabel stöhnte jetzt lauter, und ihre Hand krallte sich in sein dunkles Haar.

»Küss mich«, flehte sie.

Er gehorchte. Seine Lippen fuhren zunächst sanft über ihre, dann schnellte seine Zunge vor und zeichnete die Linie ihres Mundes nach, so langsam, dass sie glaubte, den Verstand zu verlieren. Zugleich aber blieb seine Hand in Bewegung. Ein Zittern und Ziehen verstärkte sich in ihrem Leib, und sie keuchte enttäuscht auf, als er seine Hand zurückzog.

»Mach weiter«, flehte sie zwischen zwei Küssen, doch Johannes schien genug von ihr zu haben. Er zog sich zurück und holte ein Taschentuch aus der Hosentasche, um seine Finger abzutrocknen.

»Wir sind da«, sagte er bedauernd.

Sie hatte alles um sich herum vergessen und gar nicht bemerkt, dass die Limousine im Innenhof eines modernen Hochhauskomplexes angehalten hatte. Sie griff unter ihren Rock, richtete das Höschen und spürte kurz ihre Nässe.

»Da würde ich mir fast wünschen, dass die Kanzlei nicht in Hamburg, sondern in München ist«, seufzte sie.

Johannes lachte. Nachdenklich blickte er sie an. Er hob die Hand und strich ihr eine Strähne ihres blonden Haars aus ihrem Gesicht.

»Wenn du magst …«

»Wenn ich was mag?«, fragte sie, als er nicht weitersprach.

»Heute Abend ist eine Party bei Freunden. Nichts Großes; wir treffen uns alle zwei Wochen und feiern ein bisschen, plaudern … Was Freunde eben so tun. Möchtest du mich begleiten?«

Isabel zögerte. »Ich wollte morgen früh den ersten Flieger nehmen.«

»Ja, ich weiß.« Er seufzte.

Aber der Gedanke, länger in Johannes' Nähe zu sein, war durchaus reizvoll. Sie starrte nach vorne, weil sie es nicht ertrug, ihm in die Augen zu blicken. »Warum?«

»Warum ich dich dabeihaben möchte?« Sie spürte, dass er lächelte. »Nun, wenn du Lust hast, könnten wir …«

Er brauchte nicht weiterzusprechen.

Sie hatte Lust. Und das ließ sie für den Moment ihre unbestimmte Angst vergessen.

Isabel rutschte nervös auf dem Stuhl herum und beobachtete Hermann Franck, der hinter seinem wuchtigen Schreibtisch saß und in seinen Papieren blätterte. Er blickte kurz auf, schenkte ihr ein aufmunterndes Lächeln und räusperte sich.

Johannes hatte sich kurz entschuldigt; er wollte Pia anrufen, die sich verspätet hatte.

Isabel rieb die schweißnassen Hände an ihrem grauen Rock. Sie schloss kurz die Augen, zählte still bis zehn. Nichts half.

Verdammt, war sie nervös!

Die Tür öffnete sich in ihrem Rücken, und das aufgeregte Klappern von Schuhabsätzen klickerte stakkatoartig herein. Isabel drehte sich um.

Das also war Pia. Ihre Cousine.

Sie machte doch einen recht netten Eindruck, dachte

Isabel, als sie aufstand und versuchte, ein herzliches Lächeln auf ihr Gesicht zu zaubern. Ob Pia lächelte, konnte sie nicht so genau sagen, denn sie hatte sich einen tiefschwarzen Hut aufgesetzt, der mit einem Schleier ihr Gesicht vollständig verdeckte. Dazu trug sie ein schwarzes Kostüm, schwarze Strumpfhose, schwarze Schuhe, schwarze Handschuhe.

Kurz: Pia Schwarz trug Trauer.

»Meine Liebe!« Mit wenigen Schritten war Pia bei ihr und riss Isabel an sich. »Es tut so gut, jemandem in der Stunde tiefsten Schmerzes zu begegnen, dem es ähnlich geht.«

Isabel fühlte, wie Pia sie von sich schob und eingehend musterte. Jetzt war ihr graues Kostüm – erst recht die hellblaue Bluse – völlig deplatziert. Sie spürte, wie sie rot wurde.

Aber dann ärgerte sie sich. Warum sollte sie sich schämen? Weil sie nicht um eine Frau trauerte, die sie kaum gekannt hatte?

»Wenn alle anwesend sind, können wir ja beginnen.«

Hermann Franck stand auf, kam um den Schreibtisch herum und begrüßte Pia, die sogleich ein blütenweißes Taschentuch aus dem Ärmel zückte und ihre Augen betupfte, als könne sie die Tränen kaum zurückhalten. Sie seufzte leise, als der ältere Herr Franck sie begrüßte, dann sank sie auf den Stuhl neben Isabel.

Das ganze Schauspiel beobachtete Isabel eher belustigt.

Hermann Franck nahm wieder hinter dem wuchtigen Schreibtisch Platz. Johannes stellte sich hinter ihn und verschränkte die Hände hinter dem Rücken. Kurz glaubte Isabel, ein aufmunterndes Lächeln auf seinem Gesicht zu erkennen, doch dann wurde seine Miene völlig ausdruckslos.

»Also. Ja.« Ein letztes Räuspern, dann begann Hermann Franck zu lesen. »Dies ist der letzte Wille von Friederike Schwarz …«

Isabel hörte schon nicht mehr zu. Was sollte da auch schon kommen? Vielleicht hatte sie ein paar Bücher geerbt oder eine Kaminuhr oder irgendeine Scheußlichkeit, die sie in Zukunft versteckte oder am besten gleich bei Ebay versteigern konnte.

»Meiner Stieftochter Pia vermache ich das Aktienpaket ihrer Firma, die sie vor Jahren in den Sand gesetzt hat. Ich habe viel Geld investiert, vielleicht kann sie's ja noch aus der Firma rausholen.«

Isabel warf einen knappen Seitenblick zu Pia herüber, deren Gesichtszüge wie gemeißelt wirkten. Mit einer hektischen Bewegung schlug sie den Schleier zurück.

Sie hat ein hübsches Gesicht, stellte Isabel fest.

»Des Weiteren vermache ich all meine Besitztümer meiner Nichte Isabel Schwarz …«

Isabels Kopf fuhr herum.

»Was?«, kreischte Pia plötzlich völlig undamenhaft.

»… die mir nie das Gefühl gab, es ginge ihr nur um mein Geld«, las Hermann Franck ungerührt weiter.

Kunststück. Wie hätte ich das tun können, wenn ich nichts von ihrem Geld wusste?

Sie hatte den Kontakt zu ihrer Tante Friederike nie besonders gepflegt. Zu Weihnachten und zum Geburtstag schickte sie Geschenke, nie etwas Kostspieliges, aber immer mit Bedacht ausgesucht. Und sie telefonierten hin und wieder, zu Ostern mal oder mitten in der größten Sommerhitze. Tante Friederikes liebster Satz war gewesen: »Du musst uns mal in Hamburg besuchen«, und darauf hatte Isabel stets versprochen, das irgendwann mal zu tun, aber sie hatten im Grunde beide gewusst, dass es nie dazu kommen würde. Jetzt war es zu spät.

Irgendwie war es komisch, aber in diesem Moment begann Isabel, ehrlich um ihre Tante zu trauern.

Pia schien indes um anderes zu trauern.

»Das kann nicht sein«, stammelte sie. »Das ... das muss ein Irrtum sein. Meine Mutter ... nie hätte sie alles dieser ... dieser ...« Sie sprach nicht weiter, sondern biss sich auf die Lippe. Mit einem falschen Lächeln wandte sie sich zu Isabel um, die sichtlich um Fassung rang. »Nichts für ungut, meine Liebe, aber ich fürchte, da liegt ein Irrtum vor.«

Isabel antwortete nicht.

Pia drehte sich von ihr weg und konzentrierte sich ganz auf Hermann Franck, der den Rest des Testaments vorlas.

Danach stand sie auf, nickte nur knapp und stolzierte aus dem Raum.

Hermann Franck räusperte sich und raschelte wieder mit seinen Papieren. Johannes legte die Hand auf die Schulter seines Vaters und flüsterte ihm etwas zu. Dieser nickte unwirsch, und Johannes eilte hinaus. Wahrscheinlich hinter Pia her.

Aber das hatte Isabel schon bald vergessen, denn jetzt schien Hermann Franck in seinem Element zu sein. Das Testament war kurz gewesen – was nun folgte, waren aber die Auflistungen all der Güter, die zu dieser Erbschaft gehörten.

Dinge, die bald Isabel gehörten.

Wohnungen. Häuser. Konten. Aktienpakete.

Ihr schwirrte der Kopf.

Sie setzten sich an den großen Konferenztisch, und Herr Franck machte ungerührt weiter. Noch eine Liste. Noch eine Mappe. Noch ein Stück vom Vermögen, das in Isabels Gedanken zu einem Monstrum anwuchs, das sie zu verschlingen drohte.

Isabel lächelte dankbar, als Johannes eine Tasse frisch aufgebrühten Kaffee vor sie auf den Konferenztisch aus Kirschholz stellte.

»Entschuldigen Sie, Frau Schwarz«, unterbrach sich Hermann Franck. »Das muss für Sie sehr anstrengend sein.«

»Das stimmt. Aber ich würde es eher verwirrend nennen.« Sie warf Johannes einen kurzen Seitenblick zu, der sich wieder neben seinen Vater setzte. Er blätterte scheinbar interessiert in den Aktenstapeln, die vor ihm auf dem Tisch lagen.

»Ich hatte ja keine Ahnung …«, murmelte Isabel. Sie hatte geglaubt, Johannes' Behauptung über den Reichtum ihrer Tante sei übertrieben. Aber tatsächlich ging es hier um Millionen. Es waren nicht bloß die Mietshäuser, Konten und eine Stadtwohnung in Hamburg. Auch ein Ferienhaus auf Sylt, Aktienpakete und Firmenbeteiligungen, die Isabel gar nicht so schnell verarbeiten konnte, wie Herr Franck sie herunterratterte. Immer wieder schob er Papiere über den Tisch, die Isabel allenfalls überfliegen konnte, bevor neue Papiere folgten. Neben ihr stapelten sich bereits die Akten, und es schien kein Ende absehbar!

Johannes bemerkte wohl, dass das Tempo seines Vaters für Isabel zu hoch war. Als Hermann Franck auch noch begann, laut darüber nachzudenken, wie man mit der Erbschaftssteuer am besten umzugehen habe, unterbrach er ihn.

»Ich glaube, Frau Schwarz hat für heute genug gehört«, sagte er leise. »Vielleicht sollten wir morgen weitermachen. Sie sind doch bestimmt müde?«, fragte er an Isabel gewandt.

Sie lächelte, als sie daran dachte, dass er sie vor ein paar Stunden noch geduzt hatte. Aber vermutlich war das etwas, das sein Vater nicht unbedingt wissen musste.

»Ja, sehr. Ich würde mich gerne etwas ausruhen.« Nach einer kleinen Pause fügte sie hinzu: »Wir können morgen weitermachen, wenn das möglich wäre.«

»Dann bleiben Sie noch ein paar Tage in Hamburg? Mein Sohn sagte, Sie hätten nur heute Zeit, daher dachte ich …«

»Ja, das stimmt. Ursprünglich hatte ich gedacht …« Sie sprach nicht weiter. »Aber ich vermute, die Größe dieser Erbschaft erfordert einfach ein paar Zugeständnisse.«

»Ein weiser Entschluss.« Hermann Franck klappte die Mappe zu und stand auf. »Wir können einen Termin machen, wie wäre es nächsten Montag? Bis dahin habe ich die Unterlagen so weit geordnet, dass ich Ihnen ein paar Vorschläge machen kann. Und natürlich müsste ich wissen, ob Sie das Erbe antreten, aber da gibt es wohl keinen Zweifel?«

Isabel zögerte nicht. »Ich denke, es wäre eine Dummheit, es auszuschlagen, nicht wahr?«

»Da haben Sie wohl recht. Also, Frau Schwarz. Wenn Sie nichts dagegen haben, würde ich auch weiterhin die Vermögensverwaltung betreuen, zusammen mit meinem Sohn Johannes. So haben wir es die letzten Jahre gehalten, und meine alte Freundin Friederike war mit unserer Arbeit stets zufrieden.«

»Dann machen wir es so«, bekräftigte Isabel. Sie fühlte sich in der Kanzlei wohl – gediegen, hanseatisch, aber auf jeden Fall sehr menschlich. Das lag vor allem an Johannes, der ihr einen so warmen Empfang in Hamburg bereitet hatte.

»Mein Sohn wird Ihnen ein Hotelzimmer besorgen und auch sonst jederzeit zu Ihrer Verfügung stehen. Es hat mich gefreut, Sie kennenzulernen, Frau Schwarz. Auch wenn die Umstände alles andere als erfreulich waren.«

Nachdem Hermann Franck sich von ihnen verabschiedet hatte, schlenderten Johannes und Isabel zu den Aufzügen.

»Bist du wirklich so erschöpft?«, fragte Johannes.

»Wenn du noch ein bisschen Energie erübrigen kannst … wir könnten einen kleinen Einkaufsbummel machen, damit du auf der Party heute Abend angemessen gekleidet bist.«

»Was wäre denn für diese Party angemessen?«

Isabel blickte an sich herunter. Nun, ein graues Kostüm und eine hellblaue Bluse passten bestimmt nicht auf eine Party. Es sei denn, es handelte sich um eine Büroparty …

»Manchmal gehen wir anschließend noch in einen Club.«

»Gut, dann bin ich definitiv nicht richtig angezogen.« Isabel seufzte. Ohnehin reiste sie mit so kleinem Gepäck, da sie geglaubt hatte, bereits heute Abend im Flieger nach Hause zu sitzen … Dennoch hatte sie vorsichtshalber alles Nötige in die abgewetzte Tasche gepackt, falls der Termin doch so lange dauerte, dass sie den letzten Flieger nicht mehr erwischte.

»Ich glaube, ich brauche was zum Anziehen.«

»Nichts leichter als das. Es wäre doch gelacht, wenn eine der reichsten Frauen Hamburgs nicht ein bisschen einkaufen gehen könnte. Ich begleite dich gerne, wenn du magst.«

»Gerne.« Kurz fragte Isabel sich, ob sie überhaupt schon über ihr Geld verfügen konnte. Auch diese Frage wusste Johannes sofort zu beantworten, ohne dass sie sie laut stellen musste.

»Wir lassen die Rechnung an die Kanzlei schicken«, sagte Johannes. Sie standen vor dem Fahrstuhl. Kanzleimitarbeiter eilten vorbei. Isabel bemerkte die neugierigen Blicke, die man ihr zuwarf. Hatte sich schon herumgesprochen, wer sie war?

»Diese Party … Wie sind die Leute drauf?«, fragte sie vorsichtig.

»Oh, du wirst sie mögen. Bastian hast du ja schon kennengelernt. Dann wird sicher auch Pia kommen, deine Cousine.«

Isabel verzog das Gesicht. Nach dem Auftritt, den Pia vorhin geliefert hatte, legte sie keinen gesteigerten Wert darauf, der Stieftochter ihrer Tante allzu schnell wieder über den Weg zu laufen.

»Sie wird dir schon nicht die Augen auskratzen, weil du alles geerbt hast. Soweit ich weiß, wurde sie schon zuvor von deiner Tante sehr großzügig bedacht.«

Mit einem leisen Klingeln hielt der Fahrstuhl auf ihrer Etage. Bastian stieg aus. Er war in eine Akte vertieft und hatte es eilig. Er lief direkt in Isabel hinein.

»Entschuldigung«, sagte er automatisch. Dann blickte er auf.

»Hallo!« Ein Lächeln erhellte sein Gesicht. »Alles klar?«

»Bestens«, erwiderte Johannes kühl. Er wollte sich an Bastian vorbei in den Fahrstuhl schieben.

»Kommst du heute Abend?«, fragte dieser.

Johannes nickte knapp.

»Ich komme auch«, sagte Isabel zaghaft. Sie strahlte Bastian an. Seine Whiskyaugen musterten sie prüfend. Dann pfiff er durch die Zähne. »Dann kann ja nichts mehr schiefgehen«, meinte er.

Isabel konnte ihn nicht fragen, was er mit dieser rätselhaften Bemerkung meinte, denn er eilte den Gang entlang und verschwand um die nächste Ecke.

Die Fahrstuhltüren schlossen sich.

4. Kapitel

Die Kanzlei überließ nichts dem Zufall. Es bedurfte nur eines Anrufs von Johannes, und schon verfügte Isabel für die nächsten Tage über eine Suite im Hotel Atlantic.

»Das wäre doch nicht nötig gewesen«, protestierte sie, als sie zum Hotel fuhren.

»Entschuldige, aber: Es ist nötig.« Johannes steckte das Handy weg und widmete seine Aufmerksamkeit wieder ganz Isabel. »Du kannst es dir jetzt leisten.«

»Ich glaube, an den Gedanken muss ich mich erst gewöhnen«, gestand sie.

»Das geht schneller, als du denkst«, tröstete er sie.

Es war wirklich nicht zu verachten, wenn man sich etwas leisten konnte, dachte sie, als sie kurze Zeit später ihre Suite inspizierte. Johannes wartete geduldig im Wohnzimmer, während sie das Schlafzimmer und das Bad abschritt. Es war auf jeden Fall mehr als genug Platz für sie.

»Das Platzangebot wirst du spätestens nach unserer ersten Shoppingtour zu würdigen wissen«, neckte Johannes sie.

»Das glaub ich nicht«, widersprach Isabel.

Doch sie sollte eines Besseren belehrt werden.

Johannes fuhr mit ihr zum *House of Fashion.* Die Limousine nebst Chauffeur schien für den heutigen Tag nur für sie abgestellt worden zu sein, und im Stillen war Isabel froh, dass sie sich nicht – wie sie es früher bei Städtereisen getan hätte – mit den öffentlichen Verkehrsmitteln herumärgern musste. Doch, an diese Form des Luxus konnte sie sich bestimmt schnell gewöhnen.

Dennoch war es etwas Besonderes. Und sie hoffte, sich lange dessen bewusst sein zu können, dass es besonders war.

»Ellen, das ist Isabel Schwarz«, stellte Johannes sie einer Verkäuferin im *House of Fashion* vor. »Ich glaube, sie kommt jetzt häufiger.«

Er zwinkerte Isabel verschwörerisch zu.

»Hallo, Frau Schwarz.«

»Nennen Sie mich Isabel.« Sie reichten einander die Hand.

»Ich lasse die Damen dann mal alleine.« Johannes verschwand. »Wenn du fertig bist, sagt Ellen mir Bescheid.«

Einen Moment lang fühlte Isabel sich unwohl, aber dieses Unwohlsein nahm Ellen ihr sehr schnell.

In den folgenden zwei Stunden wunderte Isabel sich nicht. Sie wunderte sich nicht über die Sicherheit, mit der Ellen ihr verschiedene Outfits vorlegte. Sie wunderte sich nicht über die fehlenden Preisschilder und auch nicht über ihre erwachende Lust an den teuren Stoffen, die sich an ihrer Haut rieben. Sie bemühte sich, nicht in einen Kaufrausch zu verfallen, aber die gediegene, edle Atmosphäre machte es ihr wirklich schwer!

Einen kurzen Moment lang, als Ellen gerade nach schwarzen Stiefeletten in Isabels Größe fahndete, sank sie auf ein Sofa und versuchte zu begreifen, was hier gerade passierte. Sie war Millionärin. Millionärin – und das passierte ihr! Sie schüttelte ungläubig den Kopf. Gestern war sie noch die kleine bescheidene Reiseverkehrskauffrau gewesen. Und jetzt?

Das musste ein Traum sein …

Aber sie wollte diesen Traum auskosten, solange er andauerte, beschloss sie. Und sie wollte das, was Hamburg ihr bot, in vollen Zügen genießen!

Merkwürdigerweise dachte sie in diesem Moment ausgerechnet an Johannes ... Doch andererseits: So abwegig war der Gedanke auch wieder nicht ...

Daniel öffnete die Tür zur Küche und inspizierte das, was auf der Anrichte aufgebaut war. Mit der Arbeit des Cateringservice war er zufrieden. Sie hatten an alles gedacht. Sogar seiner Anweisung, von jedem Gericht vorsichtshalber zwei Portionen mehr zuzubereiten, hatten sie Folge geleistet, obwohl er nur für sieben Personen hatte eindecken lassen.

Daniel hasste Überraschungen. Und schon den ganzen Tag wurde er das Gefühl nicht los, dass irgendwas nicht stimmte. Er ahnte, dass ihn heute Abend eine Überraschung erwartete. Er wusste nur noch nicht, ob diese Überraschung positiver Natur war oder nicht.

Die Leute vom Partyservice hatten inzwischen seine Küche geräumt. In diversen Töpfen und Pfannen und auf Warmhalteplatten warteten die verschiedenen Gänge darauf, serviert zu werden. Im Kühlschrank stand die Nachspeise.

Er blickte auf die Uhr. Viertel nach acht. Zeit, sich umzuziehen, denn ab halb neun kamen die ersten Gäste. Es gefiel ihm, den Gastgeber für ihre besonderen Partys zu spielen.

Er hatte sich gerade fertig umgezogen, als es klingelte. Ein letzter prüfender Blick in den Spiegel: Er sah gut aus. Das violette Hemd und die schwarze Stoffhose waren nicht unbedingt sein alltägliches Outfit, aber für eine kleine Party unter Freunden genau das Richtige. Besonders wenn man nicht wusste, was die Nacht brachte ...

Daniel lächelte zufrieden. Jede Wette, dass Marie die Erste war? Sie kam immer zuerst.

Doch diesmal wurde er enttäuscht.

Sonja und André standen vor der Tür.

»Ihr seid früh«, stellte Daniel überrascht fest. Sonja

drängte sich an André vorbei und küsste Daniel zur Begrüßung auf die Wange.

»Kein Wunder, mein Lieber. Den Nachtisch nehmen wir heute mal bei dir ein.«

Sie grinste so frech, dass kein Zweifel bestehen konnte, was sie meinte. André wirkte etwas angespannt. Kein Wunder: Seine Frau trug zu dem knappen Lederminirock ein Oberteil, das ihre kleinen Brüste hervorragend zur Geltung brachte. Wie sollte ein Mann sich da entspannen können?

»Wie hast du das ausgehalten?«, fragte Daniel.

André zuckte mit den Schultern. »Man kann mir nicht vorwerfen, dass ich nicht wenigstens versucht habe, schon vorher zu naschen.« Die beiden Männer lachten.

Es war kein Geheimnis, dass André und Sonja es geschafft hatten, sich die Lust aufeinander auch über die Eheschließung hinaus zu bewahren. Oft genug hatte man sie gewarnt, nicht zu heiraten. Doch sie hatten alle Skeptiker eines Besseren belehrt. Inzwischen waren sie seit vier Jahren glücklich verheiratet.

»Hast du schon davon gehört? Johannes bringt heute jemanden mit.«

Daniel runzelte die Stirn. »Davon habe ich noch nicht gehört, nein.« Jetzt bewährte es sich, dass er etwas mehr beim Catering bestellt hatte. »Macht ja nichts. Es ist genug für alle da.«

Daniel folgte den anderen in das große Wohnzimmer. Er mixte an der Bar für jeden einen Drink. Sonja wünschte sich wie immer einen Campari Orange, während André als Aperitif einen Martini bevorzugte.

»Bist du denn gar nicht neugierig?«, drängte Sonja.

André grinste, während Daniel leicht lächelte. »Sie werden bald kommen, nicht wahr?«, meinte er leichthin. »Du kannst es mir natürlich auch erzählen. Ich seh doch, wie's dir die Seele abklemmt.«

Sonja prostete ihm zu und stürzte das halbe Glas mit wenigen Schlucken herunter. »Er bringt Isabel Schwarz mit. Die Alleinerbin.«

Daniels Hand verharrte kurz in der Luft. Ist ja interessant, dachte er.

»Sie soll wohl ganz niedlich sein, aber furchtbar bieder gekleidet. Bastian hat sie in der Kanzlei getroffen.«

»Bieder gekleidet, ja?«

André lachte auf. »Vermutlich war sie einfach dem Anlass entsprechend gekleidet«, neckte er seine Frau. Er legte den Arm um ihre Taille und zog sie an sich. »Es kann nicht jede Frau den ganzen Tag herumlaufen, als wäre sie gerade dem Wäschekatalog von Victoria's Secret entstiegen.«

»Mach ich doch gar nicht!«, protestierte Sonja. »Ich gebe auch nur weiter, was Bastian mir erzählt hat.«

»Na ja, und wie wir wissen, ist für Bastian jede Frau bieder angezogen, wenn sie mehr als Dessous trägt.« Andrés Lächeln verblasste. Mit dem Martiniglas wedelte er vor Daniels Augen herum. »Hallo, jemand zu Hause?«

»Ja, entschuldige.« Daniel gab sich einen Ruck. »Möchtest du noch einen Campari Orange?«

Sonja musterte ihn prüfend, als sie ihm das Glas gab. Doch sie fragte nicht, wo er mit seinen Gedanken gewesen war.

Daniel war froh darüber. Er hoffte, die anderen Gäste kamen bald.

»Du findest mich wirklich nicht overdressed?« Zweifelnd blickte Isabel an sich herunter. Es war nicht so, dass sie sich in diesen Klamotten unwohl fühlte – dafür waren sie viel zu teuer gewesen –, aber sie wurde einfach das Gefühl nicht los, dass sie es übertrieben hatte.

Johannes hatte ihr zwar immer wieder gesagt, wie

klasse sie aussah, aber sie wollte auf seine Freunde auch nicht gleich den falschen Eindruck machen.

Obwohl ... Sie lächelte unwillkürlich. Was wäre wohl der falsche Eindruck? Wenn seine Freunde glaubten, sie hätten in der Limousine auf dem Weg hierher hemmungslos geknutscht, dann lagen sie damit durchaus richtig.

Unter einer hauchdünnen Bluse trug Isabel einen schwarzen Spitzen-BH, der durch den zarten Stoff schimmerte. Außerdem hatte Johannes ihr zu einer engen schwarzen Hose und den hochhackigen Riemchensandalen geraten. Sie fühlte sich richtig sexy.

Dazu trug auch Johannes bei, der ihr das Gefühl gab, begehrenswert zu sein. Isabel war neugierig, was sie auf dieser Party erwartete. Die Andeutungen von Bastian und Johannes waren vage, ließen aber auf einen aufregenden Abend hoffen.

Als sie vor dem Apartmenthaus aus der Limousine stiegen, blickte Isabel sich um. »Schicke Gegend«, stellte sie sichtlich beeindruckt fest.

Johannes nickte abwesend. Ein Taxi hielt am Straßenrand, und eine junge Frau stieg aus.

Sie war atemberaubend hübsch. Johannes eilte zu ihr herüber und umarmte sie zur Begrüßung. Dann hakte er sich bei ihr unter und führte sie zu Isabel.

»Darf ich dir Marie vorstellen? Sie ist eine begnadete Innenarchitektin. Wenn du an deiner Wohnung irgendwas verändern willst, würde ich mich an deiner Stelle an Marie wenden. Marie, das ist Isabel Schwarz.«

Sie reichten sich die Hand. Die kühle Schönheit der schwarzhaarigen Marie schüchterte Isabel ein. Klare blaue Augen musterten sie prüfend, aber Maries Lächeln war so herzlich, dass Isabels Bedenken schon bald beiseitegefegt wurden. Marie trug trotz der Sommerhitze einen langen grauen Rock und einen schwarzen Rollkragenpullover, der ihre blasse Haut betonte. Sie hatte eine beinahe knabenhafte Figur.

»Du bist also Isabel Schwarz?«

Isabel fühlte sich wie ein seltenes Insekt, das der Öffentlichkeit präsentiert wurde. Sie nickte beklommen.

»Schön, dass wir uns kennenlernen. Johannes übertreibt natürlich, was meine Fähigkeiten betrifft, aber wenn du tatsächlich was in deiner Wohnung verändern möchtest …«

»Ich habe die Wohnung noch nicht mal gesehen«, gestand Isabel lachend.

»Das können wir morgen machen«, schlug Johannes vor. »Wenn ich die Damen bitten darf? Die Party findet drinnen statt.«

Gemeinsam betraten sie das Foyer und nahmen den Lift nach oben. Im fünften Stock glitten die Türen auseinander. Marie ging voran.

Johannes ließ seine Hand über Isabels Hüfte gleiten.

»Du siehst umwerfend aus«, flüsterte er. »Ich würde dich am liebsten sofort …«

Er sprach nicht weiter. Aber Isabel wusste auch so, was er sagen wollte.

Kurz nur dachte sie an jene Nacht zurück, als sie von der Gegenwart eines Mannes in ihrer Wohnung aufgewacht war. Wie er sie ans Bett gefesselt hatte. Wie seine Lippen geschmeckt hatten. Wie er sie beschwor, nicht nach Hamburg zu kommen …

War es das, wovor er sie hatte warnen wollen? Wohl kaum. Sie wollte das, was Johannes ihr bot, genießen. Denn in jener Nacht war etwas mit ihr passiert: Ihre Leidenschaft war erwacht. Immer wieder überkam sie abrupt die Sehnsucht nach einem Mann, der sie packte, der sie küsste, ihr den Atem raubte und sie vögelte, bis sie ihren eigenen Namen nicht mehr wusste. Johannes schien genau der richtige Mann für diese Art Vergnügen zu sein.

»Lass uns doch zurück ins Hotel fahren«, schlug sie vor und wiegte ihre Hüfte, so dass sie seinen Oberschenkel berührte. Sie standen einen Schritt hinter Marie, die auf die Klingel drückte.

»Wozu ins Hotel fahren?« Er beugte sich zu ihr hinab und knabberte an ihrem Ohrläppchen. »Du wirst sehen, wir finden auch hier Möglichkeiten …«

Marie räusperte sich überlaut.

Worin nur bestand der Zauber dieser Party? Wenn sie nicht Marie begegnet wären, die geradezu wie eine Verkörperung der Prüderie wirkte, hätte Isabel glauben können, dass hinter der Wohnungstür ein erotisches Abenteuer auf sie wartete, eine Orgie mit einem halben Dutzend Fremden …

Jetzt war es zu spät, um einen Rückzieher zu machen. Just in diesem Moment wurde die Wohnungstür geöffnet. Es gab ein großes Hallo, und Isabel wurde Daniel vorgestellt.

Er war groß und breitschultrig. Ob es in Hamburg auch Männer gab, die nicht gut aussehen?, fragte sich Isabel. Seine dunklen Haare trug er etwas länger, als vielleicht modisch war. Das violette Hemd stand ihm aber ausgezeichnet, und das intensive Grün seiner Augen hätte sie in den Bann geschlagen, wenn er ihrem Blick nicht ausgewichen wäre. Johannes hatte Isabel erzählt, Daniel verdiene sein Geld mit irgendwelchen Jobs, die er immer mal wieder annahm. So genau wisse niemand, worum es dabei ginge.

Dass es sich bei diesen Jobs um keine Tagelöhnerjobs handeln konnte, zeigte allein die teure Einrichtung seiner Wohnung. Doch Isabel hatte im Moment keinen Blick dafür. Ihr Herz klopfte aufgeregt, als Daniel sie in das Esszimmer führte, in dem schon die anderen Gäste versammelt waren. Johannes stellte sie der Reihe nach vor.

»Bastian kennst du ja schon.« Isabel nickte knapp und ignorierte Bastians freches Grinsen. Er schien ihr genau anzusehen, dass sie noch vor wenigen Minuten wild mit Johannes geknutscht hatte. Nervös leckte sie über ihre Unterlippe. Bastians Grinsen wurde noch breiter.

»Sonja und André sind das Paradebeispiel für eine glückliche Ehe. Sie ist übrigens Schriftstellerin, und keine schlechte, wenn ich das behaupten darf.«

»Schmeichler!« Sonja umarmte Isabel behutsam, als hätte sie Angst, sie könnte zerbrechen. Obwohl Sonja eine aufreizende Korsage und einen Minirock trug, passte die Brille nicht so richtig ins Bild. Ihre rote Lockenmähne trug sie offen. »Schön, dass du da bist, Isabel.«

Zumindest musste Isabel jetzt keine Angst mehr haben, overdressed zu sein.

»Wo ist Pia?«, fragte Johannes.

»Du kennst doch Pia. Wenn sie nicht zu spät kommt, hat sie Angst, nicht genug Aufmerksamkeit auf sich zu ziehen«, bemerkte Sonja.

Alle lachten, aber ihr Lachen war gutmütiger Natur. Nicht spöttisch. Isabel atmete auf. Daniel reichte ihr ein Glas Campari Orange.

»Willkommen in unserer Runde.« Er räusperte sich. Sein Glas stieß klirrend an ihres.

»Es ist immer wieder schön, neue Frauen kennenzulernen. Aber bei dir freut es mich besonders.« Unbemerkt war Bastian zu ihnen getreten.

»Wieso?«, fragte Isabel herausfordernd und drehte sich zu ihm um.

Der Campari Orange war gut. Sogar sehr gut. Erst jetzt merkte sie, wie durstig sie war. Aber es war vermutlich keine gute Idee, Campari Orange gegen den Durst zu trinken …

»In den letzten Tagen wollte die Gerüchteküche schier überkochen, seit wir wussten, dass du kommen würdest.

Es gibt einige von uns, die glauben, dass du eine frigide, langweilige Schnepfe bist.«

Sie hätte sich fast an ihrem Drink verschluckt. »Wie kommst du denn darauf?«

Verstohlen blickte sie sich nach Johannes um. Aber er stand mit Marie und Sonja beisammen und unterhielt sich angeregt mit ihnen. André stand vor dem Panoramafenster und genoss den Blick über die Stadt. Daniel, der gerade noch neben ihr gestanden hatte, war verschwunden.

»Wir sind wohl vom Schlimmsten ausgegangen.« Er beugte sich vor. »Aber jetzt bist du ja hier und kannst mich vom Gegenteil überzeugen.«

Isabel rann ein Schauer über den Rücken. Der Abend entwickelte sich auf jeden Fall ganz anders, als sie geglaubt hatte. Buhlte etwa Bastian auch um ihre Aufmerksamkeit? Wenn das nicht bloß leeres Gerede war, konnte sie sich wohl auf einiges gefasst machen.

Sie wollte gerade antworten, doch jetzt war der Zeitpunkt für Pias großen Auftritt gekommen. Sie betrat das Esszimmer und verharrte einen Moment an der Tür, als wollte sie die Personen im Raum taxieren. Die brünetten Locken, die ihr zartes Gesicht umrahmten, gaben ihr etwas Engelhaftes und Unschuldiges.

Es dauerte nicht lange, bis die Gespräche verstummten und sich die Aufmerksamkeit aller Anwesenden auf Pia konzentrierte. Sie wusste um ihre Wirkung, das sah man bei jeder ihrer Bewegungen. Und als sie jetzt mit leicht geröteten Wangen durch den Raum schwebte und direkt auf Isabel zusteuerte, konnte auch sie sich kaum ihrem Zauber entziehen.

»Guten Abend«, sagte sie leise, ehe sie zu Isabel trat und sie umarmte. Isabel erwiderte vollends verwirrt die Umarmung und ließ sich von Pia links und rechts Küsschen auf die Wangen hauchen.

»Liebes, wie schön, dass wir uns wiedersehen!«

»Hallo«, sagte Isabel und kam sich ziemlich dumm vor.

»Wir müssen uns unbedingt mal unterhalten!«, zwitscherte Pia. Im nächsten Moment hatte sie sich schon abgewandt und begrüßte die anderen.

Isabel runzelte die Stirn. Pia war wie ausgewechselt. Noch vor wenigen Stunden hatte sie geglaubt, ihre Cousine wollte ihr am liebsten die Augen auskratzen. Davon merkte sie jetzt nicht mehr besonders viel ...

Dafür beobachtete sie, wie Johannes und Bastian wie selbstverständlich die Hand auf Pias Hüfte legten, als sie sie umarmten.

»Sei vorsichtig«, flüsterte Johannes ihr zu, als sie sich an den festlich gedeckten Tisch setzten. Wie von Zauberhand war ein achtes Gedeck auf dem Tisch aufgetaucht, als hätte Daniel sie erwartet.

»Wieso?« Isabel kam sich inzwischen wirklich etwas dumm vor, weil sie ständig nachfragen musste. Die unterschwelligen Strömungen und erotischen Spannungen dieses Freundeskreises waren ihr noch nicht ganz klar, sie wusste nur, dass da vieles mitschwang, das sie noch nicht durchschaute.

»Pia ist eine falsche Schlange.«

Doch obwohl er so schlecht von ihr redete, schien Johannes schier verrückt nach Pias Gegenwart zu sein. Als sie ihn aufforderte, sich neben sie zu setzen, gehorchte er ihr beinahe devot. Er lächelte Isabel quer über den Tisch entschuldigend zu.

Doch sie war in der Zwischenzeit vollauf damit beschäftigt, Bastians Flirtattacken abzuwehren.

Das Essen war vorzüglich, der Wein spritzig. Isabel spürte schon bald, wie ihr der Alkohol zu Kopf stieg. Alle redeten durcheinander, jeder wollte etwas von ihr wissen. Woher kam sie? Was machte sie beruflich? Was plante sie mit ihrer Erbschaft?

Es war zu viel auf einmal. Sie war durcheinander. Vor vierundzwanzig Stunden hatte sie noch nichts von ihrem plötzlichen Reichtum gewusst, und jetzt saß sie mit sieben sehr netten Leuten beisammen, die sie in ihrem Kreis willkommen hießen, als hätte sie schon immer dazugehört.

Ihr fiel zunächst gar nicht auf, dass Johannes und Pia plötzlich nicht mehr da waren. Sie war so sehr in ein zweideutiges Gespräch mit Bastian vertieft, dass sie erst aufblickte, als sich auch die anderen über das Verschwinden der beiden wunderten.

Isabel stand auf und fragte, wo sich das Badezimmer befände.

»Warte, ich zeig's dir.« Daniel begleitete sie.

Vom Wein beschwipst hatte sie das Gefühl, auf einem schwankenden Schiff zu wandeln, und einmal musste Daniel sie am Ellenbogen festhalten. »Geht's?«, fragte er knapp.

»Ja, kein Problem.« Sie machte sich von ihm los. Das fehlte ihr gerade noch, wenn sich ein dritter Mann für sie erwärmte. Johannes, Bastian ... Fast könnte man glauben, sie hätten nur auf Isabel gewartet.

»Den Flur entlang und die dritte Tür links.« Daniel verschwand in der Küche.

Isabel machte zwei wacklige Schritte. Musste sie jetzt die zweite oder die dritte Tür links nehmen?

Egal, sie würde es einfach ausprobieren.

Als sie die zweite Tür auf der linken Seite aufschob, die nur angelehnt war, entdeckte sie dahinter eine Bibliothek. Regale reichten an drei Wänden bis zur Decke. Auch hier war die Einrichtung modern und edel.

Sie wollte die Tür schon wieder schließen, als sie ein Geräusch hörte, das ihre Aufmerksamkeit erregte.

Und nicht nur ihre Aufmerksamkeit ...

Leise schloss sie die Tür hinter sich. Linker Hand führte eine weitere Tür in das nächste Zimmer. Auf Zehenspitzen näherte sie sich der angelehnten Tür und verharrte lauschend.

Es gehörte sich natürlich nicht zu lauschen, aber das, was sie hörte, ließ ihr keine Ruhe ... Das kehlige Stöhnen und Seufzen eines Mannes, begleitet von einer hellen Stimme, die flüsterte.

Sie spähte durch den Türspalt. Johannes und Pia – natürlich. Sie hätte es sich denken können.

Der Raum wurde offensichtlich als Arbeitszimmer genutzt. Johannes stand gegen den Schreibtisch gelehnt vor Pia, die auf dem Boden kniete. Er blickte in Richtung Tür, und kurz zuckte Isabel zusammen, weil sie fürchtete, er könne sie sehen. Doch sein Blick ging ins Leere, und als sie sah, warum er seine Umgebung nicht mehr wahrnahm, schnappte sie überrascht nach Luft und schlug die Hand vor den Mund.

Pia hatte seine Hose geöffnet und blickte seinen prallen Schwanz geradezu gierig an. Ihre Zunge fuhr über die Lippen, während sie seinen Schwengel umfasst hielt und die Hand langsam auf und ab bewegte. Es war nur eine Frage der Zeit, bis sie sich vorbeugen und an ihm lutschen würde.

Aber genau das tat sie nicht, obwohl Johannes seine Hände in ihrer dunklen Lockenpracht vergrub, als wollte er sie näher an sich heranziehen.

»Sag mir, dass dir diese kleine Landpomeranze egal ist«, zischte Pia.

Johannes stöhnte verhalten, als sie ihren Mund auf seine Eichel legte. Isabel sank leise auf die Knie. Die Vorstellung, wie Pias Zunge jetzt um Johannes' Eichel kreiste, erregte auch sie ungemein. Sie nestelte an ihrer Hose herum, öffnete einen Knopf und versuchte, die Hand hineinzuschieben, weil sie merkte, wie ihre Möse vor Erregung pochte.

Verdammt, wieso hatte sie sich nur überreden lassen, so eine enge Hose zu tragen? Jetzt verstand sie jedenfalls, warum Sonja einen Rock trug …

Ihre Finger fuhren unter das Höschen. Sie spürte die heiße Nässe, die ihre Spalte flutete.

»Hör mal, Pia, das hat doch nichts mit uns zu tun«, sagte Johannes. »Ich meine, wenn ich mich mit ihr vergnüge … Du hast doch gesagt …«

»Ich habe nicht davon gesprochen, dass du dich allein mit ihr vergnügen sollst.« Sie nahm ihn nur kurz aus dem Mund, um danach noch heftiger an ihm zu saugen.

Johannes biss sich auf die Unterlippe. »Wir haben nur …«

Nur geknutscht, dachte Isabel seinen Gedanken zu Ende. Aber es hatte ihr nicht genügt, und dass auch er mehr wollte, hatte sie gemerkt. Sie war fest davon ausgegangen, dass *sie* nach Ablauf dieses Abends vor ihm knien und seinen Schwanz lutschen würde … mindestens!

In diesem Moment stöhnte Johannes auf. Doch Pia verstand ihr Handwerk. Sie zog sich exakt in diesem Moment von ihm zurück. »Sie soll verschwinden«, sagte sie und blickte zu ihm auf.

Vermutlich hätte Johannes ihr in diesem Moment sogar versprochen, Isabel zu töten, wenn Pia nur endlich ihren Blowjob zu Ende brachte.

»Ja, verdammt, sie wird verschwinden«, versicherte er.

»Vorher möchte ich aber noch etwas von dir. Und von ihr.«

»Und das wäre?«

»Eine Nacht mit euch beiden. Lad sie in unser Bett ein. Du darfst sogar ein bisschen mit ihr ficken, wenn ihr das die Entscheidung erleichtert, mit uns beiden eine kleine besondere Nacht zu verbringen. Du verstehst schon.« Sie lächelte und ließ ihre Zunge an seinem Schaft auf und ab gleiten.

»Du meinst, ich darf mit ihr all die kleinen Sauereien machen, die du Schlampe mir immer verwehrst?« Seine Stimme klang plötzlich hart und rau.

Pia lachte leise.

»Das würde dir gefallen, ja? Sie in den Arsch ficken oder an den Armen gefesselt aufhängen? Deine kleine sadistische Ader ausleben?«

Johannes antwortete darauf nicht.

»Komm schon. Das ist doch nicht bloß eine Laune von dir?«

Atemlos lauschte Isabel dem Gespräch. Was sie hier erfuhr, war wirklich interessant – und überaus aufregend. Es war die richtige Entscheidung gewesen, ein paar Tage länger in Hamburg zu bleiben ...

»Oder noch besser«, fuhr Pia fort, da Johannes ihre Frage ignorierte. »Wir laden sie als besonderen Gast zu unserem nächsten Festmahl ein. Was hältst du davon?«

»Da wird sie nicht mitmachen.«

»Ach, das sagst du nur, weil du sie für dich haben willst, du elender Egoist«, schimpfte Pia zärtlich. »Du brauchst doch nur zu gucken, wie sie sich an Bastian reibt. Wie eine läufige Hündin. Sie wird es genießen, wenn wir es ihr schmackhaft machen. Und das kannst du sicher gut.« Ihre Hand bewegte sich schneller auf und ab, ihre Stimme war ein zärtliches Gurren. »Ich weiß, dass du es kannst.«

»Einverstanden«, stöhnte Johannes.

Da Pia erreicht hatte, was sie wollte, gab sie Johannes jetzt, wonach er so sehr lechzte. Sie nahm seinen Schwanz so tief in den Mund wie möglich und widmete sich ihm mit wachsender Hingabe. Ihre freie Hand fuhr zwischen ihre Schenkel und bewegte sich dort rhythmisch. Sie stöhnte.

Isabel hätte böse sein müssen, oder nicht? Immerhin

ließ Johannes sich gerade von Pia vernaschen, nachdem diese ihm die Regeln diktiert hatte, nach denen er mit ihr, Isabel, schlafen durfte.

Johannes hatte recht – Pia war eine falsche Schlange.

Dennoch erregte es Isabel, den beiden zuzusehen. Sie hätte allzu gerne die Tür weiter geöffnet und ihnen ganz offen beim Liebesspiel zugeschaut. Doch sie blieb, wo sie war, und während Pia sich hingebungsvoll Johannes' Schwengel widmete, massierte Isabel mit zwei Fingern, die von ihren eigenen Säften nass waren, ihre pochende Klitoris. Sie spürte, wie ihre Erregung wuchs. Das lag nicht nur daran, dass sie sich berührte, sondern auch an Pia und Johannes, die ganz in ihr Liebesspiel vertieft waren.

Hatte sie ein Geräusch gemacht? War sie zu laut gewesen? Plötzlich richtete Johannes' Blick sich auf den Türspalt, hinter dem Isabel kauerte.

Sein Blick traf ihren. Auf seinem Gesicht zeichnete sich ein wildes Lächeln ab. Seine Hände krallten sich immer fester in Pias Haar. Jetzt gab er den Rhythmus vor. Ein letztes Lächeln in Isabels Richtung, als wollte er sagen: »Ich weiß, dass du da bist.«

In diesem Augenblick explodierte die Lust in Isabel. Sie spürte die Wellen des Höhepunkts über sich hinwegrauschen. Ein unterdrücktes Seufzen entrang sich ihr wider Willen, und sie biss sich auf die Unterlippe. Im selben Moment stöhnte auch Johannes und verströmte sich in Pias Mund.

Atemlos und mit weichen Knien kauerte Isabel hinter der Tür. Nur langsam flaute das Pochen in ihrem Schoß ab. So intensiv hatte sie lange keinen Orgasmus mehr erlebt. Sie raffte sich auf, brachte ihre Kleidung in Ordnung und warf einen letzten Blick in den Nebenraum, ehe sie die Bibliothek verließ. Irrte sie sich, oder zwinkerte Johannes ihr zu? Sie lächelte zaghaft und ging.

Hinter der nächsten Tür fand sie das Badezimmer. Aufatmend schloss sie die Tür hinter sich. Sie trat an das Waschbecken und benetzte ihr Gesicht mit kaltem Wasser.

Ihre Gedanken waren ein einziger Strudel. Johannes trieb es also mit Pia und war einer kleinen Affäre mit ihr nicht abgeneigt. Gut, wenn dies die Regeln waren ... Es gab nichts, was sie daran hinderte, sich ebenfalls mit einem zweiten Partner zu vergnügen, oder? Bastian schien nicht abgeneigt zu sein, im Gegenteil. Vorhin hatte sie seine Hand, die sich auf ihren Oberschenkel legte, noch beiseitegeschoben.

Wenigstens wusste sie jetzt, woran sie war.

»Es geht hier nur darum, ein wenig Spaß zu haben«, flüsterte sie. »Mehr nicht.«

Und wieder drängte sich ihr der Gedanke an den Fremden auf. Der Fremde, der den Hunger in ihr geweckt hatte. Die Männer hier waren anders. Sie forderten offen und nicht subtil, was sie wollten. Es war ein Spiel, zu dem sie Isabel aufforderten ...

Nur ein Spiel ...

Und sie war bereit mitzuspielen.

Johannes und Pia saßen bereits wieder am Tisch, als Isabel zurückkam. Daniel servierte gerade mit ausdruckslosem Gesicht Espresso für alle.

Sie setzte sich neben Bastian. Wie zufällig streifte ihre Hüfte sein Bein. Sie warf ihm einen Blick zu, der unmissverständlich war.

»Du warst lange weg. Geht es dir nicht gut?«

»Doch, bestens.« Sie wusste, dass ihre Wangen nach dem Orgasmus von einer zarten Röte überzogen waren, die schlicht unwiderstehlich war. Ihre Hand glitt unter den Tisch und legte sich auf sein Bein. »Keine Sorge. Mir ist nur etwas schwindelig geworden.«

Lag es am übermäßigen Weingenuss, dass sie sich so offenherzig gab? Nein, beschloss Isabel. Sie wollte das hier. Noch immer spürte sie das sanfte Puckern ihrer Möse. Es hatte ihr nicht genügt, mit einem Finger ihre Spalte zu erkunden. Sie wollte einen Penis spüren.

Er nahm ihre Hand und schob sie in die richtige Richtung. Unwillkürlich biss sie sich auf die Lippe, als sie durch den Stoff seinen Penis spürte, der sich unter ihrer Berührung rasch erhärtete.

Sie beteiligte sich weiterhin am Tischgespräch und genoss den vorzüglichen Espresso, doch ihre Hand streichelte zugleich Bastians Schwanz. Sie spürte, wie er sich gegen den Stoff drängte, als wollte er die Hose sprengen.

Nicht nur Isabel und Bastian schienen ganz mit sich beschäftigt zu sein. Sonja hatte sich zu André herübergebeugt. Er hatte den Arm um ihre Schulter gelegt und fummelte mit der freien Hand an ihrem Ausschnitt herum, bis er es schaffte, die Hand in ihre Korsage zu schieben und ihre Nippel zu streicheln. Es gefiel Sonja, sie hatte einen verzückten Gesichtsausdruck, den Isabel nur allzu gut nachvollziehen konnte. Ihr wurde ganz warm. Sie hätte Bastian am liebsten gepackt und sich mit ihm einen Raum in dieser scheinbar unendlich großen Wohnung gesucht, um sich von ihm ordentlich durchvögeln zu lassen.

Einzig Daniel schien kein Interesse an seiner Tischnachbarin Marie zu haben. Mit finsterer Miene und vor der Brust verschränkten Armen saß er neben ihr, die sich anscheinend nicht an der allgemeinen Erregung zu stören schien, obwohl sie nicht aktiv mitmachte.

Vielleicht war Daniel auch einfach nicht ihr Typ.

Isabel gefiel er schon – wenn er nur nicht so finster in ihre Richtung schauen würde!

Schon bald vergaß sie Daniel. Bastians Hand schob

sich unter ihre Bluse, und allein die zarte Berührung ihrer Taille und ihres Rückens ließ sie voller Vorfreude erzittern. Sie wusste, was nun kam. Es war nach diesem aufregenden Tag der krönende Höhepunkt.

Abrupt stand Daniel auf. »Wie wär's, wenn wir uns ins Wohnzimmer setzen?«, fragte er. Es klang wie ein Befehl, doch die anderen stimmten begeistert zu. Pia hakte sich bei Johannes unter.

»Komm mit«, flüsterte Bastian Isabel ins Ohr, als sie sich erhob. »Ich weiß einen Ort, wo wir ...«

Er sprach nicht weiter. Seine Augen blitzten. Sie lachte leichthin.

»Wo wir was?«

Er nahm ihre Hand und führte sie, ohne ihr zu antworten, aus dem Esszimmer. Auch Sonja und André verschwanden hinter einer der Türen.

Bastian führte sie in ein Gästezimmer. Kaum hatte sich die Tür hinter ihnen geschlossen, als er sie auch schon gegen die Wand drückte. »Du weißt ja gar nicht, wie sehr du mich erregst«, flüsterte er. Seine Hände fuhren in ihr Haar, lösten die Spange. Er drückte sich so heftig an sie, dass ihr die Luft wegblieb.

»Ich kann's deutlich spüren«, keuchte sie.

»Ich will es mit dir treiben.« Seine Stimme war rau vor Erregung.

»Dann tu's einfach.«

Eine zweite Einladung brauchte er nicht. Mit wenigen Handgriffen hatte er ihre Hose geöffnet und sie mitsamt Slip heruntergezogen. Isabel strauchelte, als sich ihre Hose an ihren Knöcheln verfing. Bastian kniete sich vor sie und half ihr, aus der Hose zu kommen, während sie in fliegender Hast ihre Bluse aufknöpfte und achtlos beiseitewarf. Der BH folgte, und schon stand sie nackt vor ihm.

Bastian blickte zu ihr auf. Seine Finger schoben sich an

ihren Oberschenkeln hinauf, mit einer Hand umfasste er ihren Hintern, während die andere Hand … Sie stöhnte, als er mit dem Finger durch ihre nasse Spalte fuhr.

»Gefällt dir das?«

Sie nickte stumm. Mit dem Rücken an die Wand gelehnt, suchte sie mit einer Hand Halt an seiner Schulter.

Sein Gesicht näherte sich ihrer Möse. Ganz langsam nur ließ er seine Zunge beim ersten Mal über ihre Klitoris gleiten. Dann begann er, an ihr zu saugen, zunächst vorsichtig, dann immer heftiger.

Isabel klammerte sich verzweifelt an seine Schultern. Sie war noch von ihrem Erlebnis in der Bibliothek überaus empfindlich, und als Bastian sie jetzt mit der Zunge bearbeitete, spürte sie schon den nächsten Orgasmus heranrauschen.

»Nimm mich«, wimmerte sie.

Bastian hielt inne. Er richtete sich auf und zog ein Kondom aus der Gesäßtasche, dann schob er die Hose herunter. Ungeduldig wartete Isabel, bis er die Verpackung aufgerissen und das Kondom geschickt auf seinem Penis abgerollt hatte. Sie legte ein Bein auf seine Hüfte, und mit einem einzigen festen Stoß drang er ohne Zögern in sie ein. Isabel schrie vor Lust auf. Ja, das war es, wonach sie sich den ganzen Tag gesehnt hatte!

Ihr war egal, ob jemand sie hörte. Das war unwichtig. Jetzt zählte nur noch ihre Lust. Und Bastian verstand sich darauf, ihr Lust zu schenken …

Mit festen, schnellen Stößen fickte er sie. Seine Hände hielten sie, während Isabel sich an seine breiten Schultern klammerte. Ihr Rücken knallte mit jedem Stoß gegen die Wand, aber es tat nicht weh. Sie war nur noch Lust, ihr Sein schien zu jenem kleinen Pochen in ihrem Schoß zu werden, das sich plötzlich explosionsartig ausbreitete – als ob jemand einen Stein in einen Teich warf.

Die Wucht ihres Höhepunkts überraschte nicht nur

Isabel. Während ihre Möse zuckte und pochte, kam auch Bastian mit einem kehligen Stöhnen und ein paar letzten Stößen.

Einen Moment hielt er sie fest. Schweiß glänzte auf ihrer Haut. Isabel sank zu Boden, als Bastian sie losließ. Sie brauchte einen Moment, um sich von diesem intensiven Erlebnis zu erholen.

»Du bist unglaublich«, seufzte Bastian. Er setzte sich neben sie. Isabel warf sich rasch die Bluse über, es war recht kühl.

»Danke, das Kompliment kann ich zurückgeben«, sagte sie.

»Bleibst du länger in Hamburg?«

Sie zögerte. Im Moment war sie nicht sicher, ob sie wirklich länger bleiben wollte. Ein paar Tage, ja, aber darüber hinaus? Sie hatte, wenn sie das richtig verstand, eine Eigentumswohnung geerbt und konnte es sich durchaus leisten, eine Zeitlang nicht zu arbeiten.

Aber Pias Feindseligkeit bereitete ihr Sorgen.

»Ich weiß nicht«, antwortete sie ausweichend. »Vielleicht ist es besser, wenn ich bald verschwinde.«

»Warum?« Bastian war ehrlich überrascht.

»Na ja, Pia ...«

»Um Pia brauchst du dir keine Sorgen zu machen. Hunde, die bellen, beißen nicht.«

Fast war Isabel versucht, ihm von Pias kleinem Blowjob zu erzählen. Und der Intrige, die sie bei der Gelegenheit so geschickt gesponnen hatte. Aber sie ließ es.

Wollte sie sich wirklich auf dieses Spiel einlassen, das die anderen hier so gekonnt spielten?

»Lass uns zu den anderen zurückgehen.« Sie stand auf und suchte ihre Kleider zusammen.

Es wurde spät. Johannes bestand darauf, sie zum Hotel Atlantic zu bringen.

»Hat dir die Party gefallen?«

»Es war sehr aufregend.« Sie lächelte. Ob Johannes sie fragte, warum sie mit Bastian verschwunden war?

»Man hat euch gehört. War schon fast unerträglich.«

Aha. Keine Frage, eine Feststellung.

»Ich verstehe nicht, was du meinst«, erwiderte sie kühl. »Was fandest du so unerträglich? Dass ich es mit einem anderen Mann getrieben habe?«

Sie konnte es nicht fassen. Johannes machte ihr eine Szene, nachdem Pia ihm einen geblasen hatte? Und er wusste doch, dass sie die beiden beobachtet hatte. Oder nicht?

Doch irgendwie verschaffte Johannes' Eifersucht ihr eine gewisse Befriedigung. Sieh an, dachte sie. Er macht sich was aus mir.

»Ich dachte, wir beide …«

»Das dachte ich auch«, erwiderte sie heftiger als beabsichtigt. »Aber du hast es ja lieber mit Pia getrieben.«

»Das verstehst du nicht.«

Der Wagen hielt vor dem Hotel.

»Nein, das muss ich wahrscheinlich auch nicht verstehen.« Sie stieg aus.

»Sehen wir uns morgen?«, fragte Johannes. Plötzlich wirkte er geradezu hilflos. Verloren.

Isabel nickte nach kurzem Zögern.

»Ich hole dich zum Frühstück ab. Um zehn?«

»Um zehn.« Ein letztes Lächeln, dann warf sie die Autotür zu und ging auf den Hoteleingang zu.

Sie drehte sich nicht um, schaute nicht zurück.

Nie zuvor in ihrem Leben hatte sie sich so lebendig gefühlt. Dieses Gefühl wollte sie sich unbedingt bewahren.

5. Kapitel

»Was haltet ihr von Isabel?«, fragte Marie.

Nur Bastian und sie waren noch da. Sie saßen in Daniels Wohnzimmer und genossen einen letzten Cocktail, bevor sie heimfuhren. Daniel klapperte in der Küche mit dem Geschirr, tauchte jedoch immer wieder in der Tür auf und beteiligte sich am Gespräch.

Die anderen hatten sich verabschiedet. Pia hatte vorgeschlagen, den Abend in einem Club ausklingen zu lassen, und Sonja und André hatten begeistert zugestimmt. Nur dass Johannes lieber Isabel ins Hotel zurückbrachte, hatte Pia verstimmt, vermutete Marie.

»Ich weiß nicht.« Bastian zögerte. »Sie macht auf mich einen netten Eindruck.«

»Das finde ich auch.« Marie war froh, dass Bastian ihre Meinung teilte. »Ich habe nicht den Eindruck, sie würde ... hm. Sie will nicht mit jedem Kerl sofort ins Bett steigen.«

»Ach, Schneewittchen, da hast du aber nur die Hälfte mitbekommen«, rief Daniel aus der Küche.

Bastian grinste.

»Hast du sie etwa schon flachgelegt?« Marie war ehrlich empört. »Ihr seid doch ...«

»Was denn, unmöglich?« Bastians Grinsen wurde noch breiter. »Ich kann dir versichern, dass ich mich ihr nicht aufgedrängt habe.«

Marie blieb die Luft weg.

»Sei doch nicht so naiv!«, neckte er sie.

»Ich dachte, sie wäre ... anders. Na ja, zumindest anders als Sonja und Pia. Ich dachte, wir könnten Freundinnen werden.«

»Das könnt ihr ja trotzdem.« Bastian gab sich versöhnlich. »Aber du verzeihst mir hoffentlich, dass ich ihr nicht widerstehen konnte?«

Sie antwortete nicht. Ohne Bastian anzusehen, wusste sie, was er jetzt dachte. Dass sie frigide war und keinen der Männer an sich heranließ. Dass sie ihnen manchmal mit ihrer Unschuld auf die Nerven ging. Sie wusste, dass so mancher sie gerne flachgelegt hätte. Aber außer Daniel ließ sie niemanden näher an sich heran. Sollte Bastian ruhig glauben, dass bei ihr keiner zum Zug kam. Ihr war's recht. Und Daniel war der perfekte Gentleman in dieser Beziehung – er genoss und schwieg.

»Braucht ihr noch was?«, fragte Daniel.

»Nein danke.« Marie trank ihren Caipirinha aus und stellte das Glas mit einer heftigen Bewegung auf den Couchtisch. »Ich wollte ohnehin gerade gehen.«

Auch Bastian ging nun. War er ihretwegen länger geblieben? Quatsch. Er war doch bei Isabel anscheinend voll auf seine Kosten gekommen.

Daniel verabschiedete sie an der Tür.

»Wollen wir uns ein Taxi teilen?«, fragte Bastian.

»Ich lauf das Stück, es ist ja nicht weit.«

Bastian lief zum Taxistand an der Straßenecke, während Marie die Arme um ihren Oberkörper schlang und in die laue Sommernacht lief. Sie fühlte sich einsam.

Aber es war kein schlechtes Gefühl.

Isabel wachte mit leichten Kopfschmerzen und dem unguten Gefühl, dass der Raum sich um sie drehte, auf. Sie blieb einen Moment liegen und versuchte, ihre Gedanken zu sortieren. Ein Bein ließ sie aus dem Bett hängen und stellte den Fuß auf den Boden. Angeblich half das ja gegen Schwindel.

Sie ließ den gestrigen Tag noch einmal Revue passieren, während sie so dalag. Wie Johannes sie umgarnt hatte, wie Bastian mit ihr flirtete ... Und André, der sie freundlich behandelt und dessen Blick interessiert gewirkt hatte, obwohl er verheiratet war. Sonja schien kein Problem damit zu haben, wenn ihr Mann anderen Frauen nachschaute.

Marie hatte ihr gefallen. So unschuldig, aber auch intelligent und sehr nett. Ob sie sich mal allein mit Marie treffen sollte? Wenn sie länger blieb? Durchaus möglich.

Zuletzt ließ sie ihre Gedanken um Daniel kreisen. Ein komischer Typ. Er passte zu den anderen – und doch wieder nicht. Er wirkte so unnahbar wie Marie, aber dabei war er verschlossen wie eine Auster, die ihren Perlenschatz nicht preisgeben wollte. Marie hatte gestern Abend wenigstens gelacht und sich am Gespräch beteiligt.

Trotzdem, irgendwas reizte sie an Daniel.

Isabel rekelte sich genüsslich. Sie war mit Bastian und Johannes, die um ihre Aufmerksamkeit buhlten, bereits vierundzwanzig Stunden nach ihrer Ankunft vollkommen ausgelastet. Höchste Zeit, sich für einen neuen, aufregenden Tag in Hamburg zurechtzumachen.

Sie stand auf und lief nackt in das großzügige Badezimmer. Sie beschloss, erst mal ein Bad zu nehmen. Auf dem Rand der Marmorbadewanne standen verschiedene Badezusätze zur Auswahl. Isabel schnupperte nacheinander daran. Ein blumiger Duft, ein etwas herberer, der sie an Zedernholz denken ließ, und schließlich einer, den sie ihrem Badewasser zugab. Der süßliche Duft nach Kokos breitete sich mit dem Wasserdampf im Badezimmer aus.

Sie ließ sich in das heiße Wasser gleiten. Erst jetzt wurde ihr bewusst, wie verspannt ihre Muskeln waren, und sie seufzte wohlig. Der leise Kopfschmerz löste sich langsam auf. Sie schloss die Augen und ließ beinahe unbewusst die Hände über ihren Körper wandern.

Ihre Nippel stellten sich auf und wurden hart, als sie mit beiden Händen ihre Brüste massierte. Isabel mochte ihre Brüste. Sie hatten gerade die richtige Größe: nicht so groß wie Pias Brüste – an Pia war alles etwas runder geraten – und auch nicht so knabenhaft winzig wie bei Marie, die beinahe androgyn wirken würde, wenn sie nicht das dunkle Haar lang und offen tragen würde.

Isabel seufzte und rutschte tiefer in die Wanne. Ihre Daumen umkreisten die Nippel. Schon entzündete sich wieder dieses wohlige Ziehen in ihrem Unterleib, das sie so gut kannte. Sie schloss die Augen und gab sich ganz ihrer Fantasie hin.

Sie lag gefesselt auf ihrem Bett. Die Arme waren an die Bettpfosten gekettet, und sie war nackt. Dunkelheit herrschte im Zimmer, und als sie lauschte, hörte sie das Atmen eines anderen.

Er war da.

Sie lächelte.

»Komm her«, flüsterte sie.

»Du bist nicht in der Position, Forderungen zu stellen.« Er lachte leise und trat an ihr Bett.

Sie konnte ihn nicht erkennen. Aber das brauchte sie auch nicht. Es genügte zu wissen, dass er gekommen war, um ihr Lust zu schenken. Das hatte ihr schon vor wenigen Tagen genügt, aber damals hatte er sich ihr verweigert. Heute wollte sie mehr von ihm.

Sie zerrte an ihren Fesseln.

»Bitte. Ich will dich«, wisperte sie.

Er lachte leise. Sie spürte, wie sich die Matratze senkte, und dann, endlich, seine Hand. Seine Finger zwirbelten ihren Nippel, und Lust vermischte sich mit Schmerz.

»Du willst mich also?«

Sie nickte stumm. Dann, weil sie nicht sicher war, ob er sie im Dunkeln sehen konnte, flüsterte sie: »Ja.«

»Dann bekommst du mich auch.«

Er glitt neben sie. Erwartungsfroh öffnete sie ihre Schenkel, hieß ihn mit ihrem ganzen Körper willkommen. Er aber ließ erst seine Hand über ihre Haut tanzen. Über den Unterschenkel hinauf, die Innenseite des Oberschenkels entlang. Sie jammerte leise, als er seine Finger an ihrer Scham vorbeitanzen ließ. Dann beugte er sich über sie. Seine Lippen folgten dem Pfad seiner Hand, seine Zunge brannte eine Spur auf ihre Haut. Sie wand sich unter ihm, kam ihm entgegen, wollte sich an ihm reiben.

Jetzt tat er stumm, was sie von ihm wollte, und auch sie brauchte keine Worte mehr. Er war nackt zu ihr gekommen, war einfach da, schob sich zwischen ihre Schenkel, die ihn willkommen hießen. Sie schlang die Beine um seinen Körper, und mit einer langsamen Bewegung schob er Zentimeter für Zentimeter sein Glied in ihre nasse Spalte. Sie wollte ihn umarmen, wollte ihre Finger in seinen Rücken krallen, doch sie war noch immer mit Handschellen gefesselt, und als sie an den Fesseln zerrte, war er plötzlich ganz dicht bei ihr, sein heißer Atem strich über die empfindliche Haut an ihrem Hals. »Wenn du dich zu sehr wehrst, werde ich dich nicht kommen lassen.«

Sie konnte es nicht lassen. Immer nachdrücklicher zerrte sie an den Handschellen, spürte den Schmerz, als sich das Metall in ihre Haut grub.

Gerade als sie glaubte, der Orgasmus ließe sich nicht mehr aufhalten, verharrte er inmitten der Bewegung.

»Ich habe dich gewarnt.« Er zog sich ganz aus ihr zurück, stand auf und verließ den Raum. Ließ sie allein auf dem Bett liegen, nackt, gefesselt, von seinen Stößen so erregt, dass sie glaubte, im nächsten Moment zu vergehen.

Sie schrie vor Wut auf.

Er hielt die Zügel in der Hand. Er bestimmte, was sie spürte. Ihre Lust gehorchte seinen Regeln. Und das erreg-

te sie noch weitaus mehr, als von ihm gefickt zu werden. Ihm ausgeliefert zu sein. Seinem Willen zu gehorchen.

Sie wünschte, er käme wieder. Sie wünschte, er stünde wieder am Fußende des Bettes und sähe ihr zu, wie sie sich nach seinen Händen, seinem Mund und seinem Schwanz verzehrte. Allein dieser Gedanke trug sie über den Gipfel der Lust hinweg. Sie stöhnte, wand sich auf dem Bett und genoss diesen verzögerten Höhepunkt mehr, als wenn sie ihn mit ihrem unbekannten Liebhaber gemeinsam erfahren hätte.

Danach lag sie vollkommen ausgelaugt da und lauschte ihrem eigenen Herzschlag, der in ihren Ohren rauschte.

Sie verharrte mit geschlossenen Augen, ihre Hand fest auf die Klitoris gedrückt, die gegen ihre Finger pochte. Das Gefühl, das Isabel nach einem Höhepunkt erfasste, war mindestens so herrlich wie der Orgasmus selbst. Sie fühlte sich ein bisschen schläfrig, doch vor allem war es, als hätte sie Energie getankt. Und die Kopfschmerzen waren auch vollkommen verschwunden.

Sie stieg aus der Badewanne, rieb ihren Körper trocken und zog sich an. Es war schon nach zehn – das Bad hatte etwas länger gedauert als geplant.

Johannes wartete bereits in der Lobby auf sie.

»Ich hoffe, du wartest noch nicht zu lange?«

»Höchstens zehn Minuten.« Er faltete die Zeitung zusammen, in der er gelesen hatte, und erhob sich. »Du siehst bezaubernd aus!«

Sie umarmten sich zur Begrüßung, und es kam Isabel so vor, als hielte Johannes sie etwas länger fest als nötig.

»Was hast du heute vor?«, fragte er.

»Ich hab gar nichts vor. Ich dachte, wir frühstücken?«

»Wenn dein Hunger nicht allzu groß ist, habe ich eine Überraschung für dich. Also neben den Croissants und dem Prosecco, die ich im Wagen habe.«

»Eine Überraschung?« Sie traten in den heiteren Sommermorgen. Die Limousine wartete bereits, der Fahrer lächelte unverbindlich. »Man könnte meinen, du musst nicht arbeiten.«

»Aber das ist doch meine Arbeit! Schließlich muss ich dich mit deiner Erbschaft vertraut machen. Keine Angst, ich komme dir nicht mit endlosen Zahlenkolonnen, das ist eher der Job meines Vaters. Nein, ich habe mir gedacht, wir könnten dein Ferienhaus auf Sylt besichtigen.«

Ach ja, das Ferienhaus. Isabel hatte es schon fast vergessen.

Johannes interpretierte ihr Schweigen falsch.

»Wenn es dir nicht gefällt, können wir es gerne verkaufen ...«

Sie stiegen in die Limousine.

»Nun, ich möchte es mir zumindest erst mal ansehen.«

Johannes hatte tatsächlich einen kleinen Imbiss vorbereitet. Es gab nicht nur Croissants mit köstlicher Kirschmarmelade, bei der Isabel fürchtete, die hellen Lederpolster zu bekleckern, sondern auch Kaffee in Pappbechern – nicht stilecht, aber lecker – und Prosecco.

»Was für ein Leben ...« Sie lehnte sich entspannt zurück. »Gehört die Limousine der Kanzlei? Darfst du sie einfach den ganzen Tag nutzen?«

Johannes lehnte sich ebenfalls zurück. Er trank einen Schluck Kaffee. »Die Limousine gehört dir. Und wenn du magst, kannst du Jorge weiterhin als Fahrer beschäftigen. Deine Tante war mit seiner Arbeit immer sehr zufrieden.«

Ein Ferienhaus, eine Limousine nebst Chauffeur, eine Stadtwohnung ... Ihr schwirrte der Kopf. Doch im Grunde interessierten diese Reichtümer sie im Moment nicht.

»Bist du verheiratet?«, fragte sie unvermittelt.

Johannes hob in gespielter Unschuld die Hände. »Wie kommst du denn jetzt auf diese Frage?«

»Bist du's oder nicht?«

»Bloß nicht, nein! Ich könnte mich nie auf eine Frau festlegen. Und was Sonja und André mit schöner Regelmäßigkeit machen, ist auch nicht unbedingt mein Ding.«

»Was machen sie denn?«

Obwohl sie merkte, dass Johannes geschickt von sich ablenkte, wollte sie natürlich mehr wissen.

»Sie führen eine tolle Ehe«, behauptete Johannes. »Zumindest, wenn man ihnen glaubt. Sie holen sich immer mal wieder eine zweite Frau ins Bett und leben ihre Sexualität offen aus.«

»Ach, deshalb sind die beiden gestern Abend kurz verschwunden?« Es war eigentlich keine Frage. Isabel hatte sich so was schon gedacht.

»Sie waren nicht die Einzigen, die der Party noch etwas zusätzliche Würze verpasst haben.« Der prüfende Blick, mit dem Johannes sie bedachte, ließ sie lächeln.

»Kann schon sein«, sagte sie unbestimmt. Er war eifersüchtig. Es hatte sie zwar erregt, ihm und Pia bei ihrem Blowjob zuzusehen, aber sie konnte nicht leugnen, dass es ihr auch einen Stich versetzt hatte, ihn mit einer anderen Frau zu sehen. Nachts hatte sie beschlossen, es ihm nicht zu leichtzumachen.

Wenn er sie wollte, musste er sich anstrengen.

»Für dich wäre das nichts?«, fragte sie. »Eine Ehe?«

»Heiraten?« Er schüttelte den Kopf. »Nein danke, das ist wirklich nicht das Richtige für mich. So viele Frauen, mit denen ich dann nicht zusammen sein kann? Das ist ja mehr Anstrengung als Genuss!«

Seine Hand fuhr nicht zufällig über die Außenseite ihres Oberschenkels. Isabel trug heute nur ein sommerliches, leichtes Kleid – sie hatte es mit Bedacht gewählt, und jetzt schien Johannes' Verhalten ihre Entscheidung zu bestätigen.

Dennoch schob sie seine Hand beiseite.

»Kann eheliche Treue nicht auch reizvoll sein? Oder wenn schon nicht die Treue in einer Ehe, so zumindest die Treue einer einzelnen Person gegenüber?«

Er lachte. »Nein, so habe ich das noch nie betrachtet.«

Sie verließen Hamburg in nördlicher Richtung. »Wir fahren wirklich nach Sylt?«

»Heute werde ich dich mit einem Picknick in den Dünen verwöhnen, wenn's recht ist.«

Der Gedanke gefiel Isabel. Sie hatte das Gefühl, Johannes warb um sie. Und dieses Gefühl, gepaart mit der Erinnerung an den gestrigen Abend, ließ das Pulsieren in ihrem Schoß wieder erwachen.

Nach knapp drei Stunden erreichten sie die Insel. Der Chauffeur kannte sich aus, und als der Wagen in die Einfahrt eines einsam gelegenen Hauses bog, verschlug es Isabel im ersten Moment den Atem. Es war nicht die Größe des Hauses – denn so groß war es auf den ersten Blick nicht –, sondern einfach alles: das Reetdach, die Bank neben der Tür, die grünen Fensterläden, die Bäume, die das Haus umstanden. Ein richtig schönes Feriendomizil.

»Schön«, hauchte sie hingerissen.

»Warte nur, bis du die Einrichtung siehst. Deine Tante hat Geschmack bewiesen und es nicht mit friesischem Landhausstil überladen.« Er schloss die Tür auf und ließ Isabel den Vortritt. Seine Hand ruhte einen winzigen Moment lang auf ihrem Po. Sie blieb stehen und ließ den Eingangsbereich auf sich wirken. Eine Treppe führte ins obere Stockwerk, geradeaus gelangte man in den großen, offenen Wohnraum. Johannes hatte recht. Soweit Isabel es sehen konnte, hatte ihre Tante klare Linien und warme Farben bevorzugt. Es gab im oberen Stockwerk drei Schlafzimmer und zwei Bäder. Unten gab es einen großen Wohn- und Essbereich, ein kleines Arbeitszimmer mit Blick auf den Garten und die dahinterliegenden Dünen sowie eine voll ausgestattete Küche.

Zum Schluss betraten sie durch die hohen Fenstertüren die Terrasse.

»Kannst du das Meer hören?« Johannes trat neben sie.

Isabel lauschte. Tatsächlich: Sanft hörte sie die Brandung rauschen. Möwen kreischten, die Luft schmeckte salzig.

»Am liebsten würde ich sofort hier einziehen.«

»Niemand hindert dich daran.«

Sie drehte sich zu Johannes um. »Ich könnte eine große Party geben und deine Freunde einladen.«

»Seit gestern sind es auch deine Freunde. Zumindest Bastian …«

»Stört dich das?«, fragte sie herausfordernd.

Er lachte. »Es würde mich stören, wenn du dich auf Bastian beschränken würdest.« Jetzt stand er direkt hinter ihr. Seine Hände legten sich auf ihre Hüften, sein Mund lag auf ihrem Nacken. Isabel lehnte sich leicht gegen ihn.

»Du passt gut zu uns«, flüsterte er. Seine Linke fuhr hinab, schob sich unter ihr Kleid und legte sich auf ihren Oberschenkel. Sie hielt den Atem an. In diesem Moment wünschte sie sich von ihm alles. Dass er sie nahm. Sofort. Sie konnte nicht länger warten. Oder dass er zumindest seine Hand auf ihr Höschen legte und die Nässe spürte. Sie wiegte sich leise. Sein rechter Arm legte sich um ihre Taille und zog sie an seinen Körper. Sie spürte durch den Stoff seiner Hose seinen harten Penis, der sich an ihren Hintern drückte. Isabel stöhnte leise.

»Sind alle von ihnen so wie wir?« Vor wenigen Tagen

noch hätte sie nicht geglaubt, dass sie dazu fähig war. Sie begehrte zwei Männer und vögelte erst den einen und hoffentlich bald den anderen – weil sie Spaß daran hatte. Weil sie es genoss, wenn die Männer sie begehrten.

»Nicht alle. Marie ist da ein bisschen anders. Sie spielt nicht mit.«

»Es ist ein spannendes Spiel«, sagte sie leise.

Jetzt schob sich seine Hand nach vorne, presste sich in ihren Schritt. Seine Finger machten nicht viel, sie waren einfach da und übten sanften Druck auf ihre Möse aus. Das Pochen verstärkte sich. Sie stöhnte leise und rieb sich an seiner Hand.

Er wollte sie. Sie wollte ihn.

Mehr mussten sie nicht wissen.

Johannes nahm ihre Hand und führte sie ins Haus. Er hielt sich nicht damit auf, nach oben zu gehen, sondern schob Isabel einfach zum Sofa und drückte sie gegen die Rückenlehne. Isabel klammerte sich fest und schloss die Augen. Jetzt bekam sie, was sie bereits gestern von ihm gewollt hatte. Es hatte keinen Sinn, sich jetzt noch zu sträuben und die Unnahbare zu geben.

Seine Hände schoben das Kleid hoch und zerrten den Slip herunter. Dann waren seine Finger wieder da, während sie das Geräusch des sich öffnenden Reißverschlusses hörte. Seine Finger, die sich von vorne auf ihre Klitoris legten. Die tief in ihre Nässe eintauchten und ihre Säfte auf dem pochenden Kitzler verrieben. Sie stöhnte und drängte sich ihm entgegen. Schon spürte sie seinen Schwanz, der sich an ihrem Hintern rieb, zwischen ihren Pobacken auf und ab glitt. Wann hatte er die Zeit gefunden, sich das Kondom überzustreifen? Sie wusste es nicht. Sie war so nass, dass sie glaubte, im nächsten Moment auf die teuren Holzdielen zu tropfen. Dann schob sich schon sein Schwanz in ihre Möse. Er hielt nicht inne, er wartete nicht, wie sie auf sein Eindringen reagierte, sondern begann sogleich, sie zu ficken. Unnachgiebige, schnelle Stöße. Zugleich lagen seine Finger auf ihrer Klit und bewegten sich ebenso unnachgiebig, trieben sie dem Orgasmus entgegen, den sie schon nach wenigen Stößen in sich aufbranden spürte.

Sie kam mit einem erstickten Schrei, und zugleich stöhnte auch Johannes auf. Sie spürte, wie er sich in ihr ergoss.

Danach verharrten sie einen Moment. Es hatte nicht lang gedauert, doch Isabel fühlte sich so ausgelaugt und zittrig, als hätten sie es stundenlang getrieben, immer und immer wieder. Schweiß glänzte auf ihrer Haut.

Schließlich trat Johannes zurück. Sie richtete sich auf und brachte ihre Kleidung in Ordnung. Erst jetzt trat Johannes zu ihr, legte die Hand auf ihre Wange. Küsste sanft ihre Lippen. Sie schloss die Augen, sank gegen ihn. Ihre Beine gaben nun wirklich unter ihr nach.

»Tut mir leid«, murmelte er.

Sie lachte. »Was tut dir leid?«

»Ich hätte mir beim ersten Mal gewünscht …«

Er sprach nicht weiter.

»Es gibt ja hoffentlich ein nächstes Mal.«

»Immer wieder gerne«, murmelte er. Dann sagten sie eine Weile nichts mehr. Sie öffnete ihren Mund und erwiderte seinen Kuss. Seine Zunge streichelte ihre. Sie vergaß die Welt um sich herum.

Doch ihn zu küssen war anders.

Anders als die Küsse des Fremden.

Sie löste sich von ihm und seufzte. Warum nur ging ihr der Fremde nicht aus dem Kopf? Warum verglich sie die Männer automatisch mit ihm?

Und warum hoffte sie, ihm früher oder später in Hamburg zu begegnen? Das war absurd – es wäre einfach ein zu großer Zufall.

Dennoch … Er hatte gewusst, dass man sie nach Hamburg rufen würde. Woher hatte er das wissen können? Wieso hatte er sie gewarnt?

Zu viele Fragen, auf die sie vorerst keine Antworten bekommen würde ...

Johannes hielt sein Versprechen. Den Nachmittag verbrachten sie mit einem Picknick am Strand. Sie redeten nicht viel, aber das brauchten sie auch gar nicht. Isabel genoss einfach die Sonne, das Rauschen des Meeres und die Köstlichkeiten, die Johannes servierte. Sie wäre am liebsten auf der Insel geblieben, doch Johannes drängte, sie solle mit ihm zurück nach Hamburg fahren, da dort in den nächsten Tagen viel Arbeit auf sie wartete. Nur widerstrebend gab Isabel ihm recht.

Sie war müde, als sie abends in ihre Hotelsuite zurückkehrte. Darum fiel ihr im ersten Augenblick auch nicht auf, dass irgendwas anders war. Sie legte ihre Tasche und die Sonnenbrille auf den Couchtisch, streifte die Schuhe von den Füßen und ging ins Badezimmer. Sie wollte heiß duschen und danach einfach nur ins Bett fallen. Der Sex mit Johannes, aber auch der Tag an der frischen Luft hatten sie müde gemacht.

Sie blieb in der Tür zu ihrem Schlafzimmer stehen. Ihre Nackenhaare stellten sich auf.

Ich bin nicht allein.

Bevor sie schreien konnte, ja bevor sie sich überhaupt umdrehen und nach dem Eindringling umschauen konnte, war er schon hinter ihr und presste ihr seine Hand auf Mund und Nase. Panisch schlug sie um sich und versuchte, sich aus dem eisernen Griff zu befreien, mit dem er sie gepackt hatte.

Als sie begriff, dass es vergebens war – und als sie registrierte, dass es nur *er* sein konnte, der Fremde, der ihr seit Tagen nicht aus dem Kopf ging, selbst wenn sie andere Männer fickte, wurde sie ganz weich in seinen Armen.

»Wirst du schreien?«, fragte er sie leise.

Sie schüttelte den Kopf.

»Ich muss dich fesseln, das ist dir doch klar?«

Sie nickte. Fast freute sie sich darauf. Doch als sie lächelte, spürte sie, wie er sie fester packte. »Das wird kein Vergnügen«, knurrte er.

Er schob sie aufs Bett. Mit einer Hand hielt er ihre Handgelenke vor ihrem Bauch fest. Sie spürte ein Seil, das er um ihre Handgelenke wand. Und das er so fest zurrte, dass sie einen leisen Schmerzenslaut nicht unterdrücken konnte.

»Das hier ist kein Vergnügen, hast du verstanden? Und jetzt halt still, ich will dich ausziehen.«

Seine Stimme ... Sie versuchte, seine Stimme irgendwie zu erkennen. Irgendwie herauszuhören, wer er war. War er einer der Männer aus ihrem neuen Freundeskreis? Der Gedanke war so aufregend, dass ihr der Atem stockte. Was für eine Vorstellung, wenn sie gestern Abend mit ihm gegessen hatte, ohne zu wissen, dass er sie beobachtete!

Denn wie hätte er sonst erfahren können, dass sie in dieser Hotelsuite logierte?

Sie war für sein Spiel bereit. Er drehte sie auf den Bauch. Ihr Gesicht drückte sich in das weiche Kissen. Sie drehte den Kopf seitwärts, doch sofort war seine Hand da und drückte ihr Gesicht wieder ins Kissen.

»Sieh mich nicht an«, befahl er.

Doch sie hatte genug gesehen. Er trug wieder die Skimaske. Kein Zweifel: Er war es, ihr Fremder, der ihr in den letzten Nächten den Schlaf geraubt hatte.

Sie hob den Kopf, ohne sich zu ihm herumzudrehen. Sie spürte ihn hinter sich auf dem Bett knien. Er machte nichts, er kniete nur da und schien zu warten, was passierte.

»Ich habe mich nach dir gesehnt«, wisperte sie.

Seine Hand – er trug jetzt nicht mehr den Lederhandschuh, den sie zuvor schmerzhaft auf ihren Lippen geschmeckt hatte – legte sich in ihren Nacken. Drückte sie herunter.

»Sei still.«

Seine Stimme klang rau. Sie klang bekannt, aber … Nein. Sie kam nicht drauf, wer er war.

Und war es nicht egal? Die Hauptsache war, dass er da war. Dass er seine Hand an ihrem nackten Rücken herabgleiten ließ bis zum Ausschnitt ihres Kleids. Sie erzitterte unter seiner Berührung. Obwohl sie in den letzten vierundzwanzig Stunden mehr Sex bekommen hatte als in den vorangegangenen Monaten, war sie nicht satt. Im Gegenteil. Die Berührungen des Fremden waren mehr. Sie erregten Isabel mehr, als wenn Bastian und Johannes bei ihr wären, um sie gemeinsam nach Strich und Faden zu verwöhnen.

Seine Hand verschwand. Sie stöhnte verhalten. Jetzt schob er sich zu ihr herauf. Sie spürte seinen Atem, der ihre Haut kitzelte. Ihre Nackenhaare stellten sich auf. Sie wollte sich an ihn drücken. Ihn spüren. Das wenige, das er ihr zugestand, stachelte ihren Hunger nur zusätzlich an.

»Ich werde dir jetzt die Augen verbinden.« Eine weiche Stoffbinde legte sich über ihre Augen. Er verschloss sie mit einem festen Knoten und zog sich wieder zurück.

»Du darfst dich jetzt auf die Seite drehen.«

Es war nicht so leicht mit gefesselten Händen, aber irgendwie gelang es ihr. Isabel lauschte. Wo war er? Was würde er als Nächstes mit ihr tun? Ihr Körper war ein einziges erwartungsvolles Zittern, als sie sich vorstellte, wie er ihr das Höschen herunterriss und in sie eindrang. Wie seine Hände sie gepackt hielten, während er sie ausdauernd vögelte.

Sie schluckte hart. Wartete.

Die Zeit dehnte sich unendlich. Nichts passierte.

Sie lauschte angestrengt. War er überhaupt noch im Raum? Oder hatte er sie allein gelassen?

Es überraschte sie, wie sehr dieses Warten und die damit verbundene Anspannung ihre Erregung anwachsen ließen. Ihre Nippel waren steinhart und drückten gegen den Stoff. Von ihrem Schoß breitete sich eine köstliche Hitze aus.

Und dann war er wieder da. Kniete neben ihr nieder. Legte sich hinter sie. Sie schluchzte erleichtert auf und versuchte, noch näher an ihn heranzurücken.

Seine Arme umfingen sie. Seine Hände fuhren unter ihr Kleid. Er umfasste ihre Brust, kniff sie in den Nippel und zwirbelte ihn zwischen den Fingern. Die andere Hand schob sich unter das Höschen. Er machte sich nicht die Mühe, sie auszuziehen. Er berührte sie einfach, wie es ihm gefiel. Sie wurde in seinen Armen weich und schmiegte sich an ihn. Doch er hielt sie auf Abstand. Seine Lippen legten sich auf ihren Nacken, er biss sie zart, während seine Finger unnachgiebig heftig an ihrem harten, rot geschwollenen Nippel zupften. Die andere Hand tat nichts. Sie war nur halb unter ihren Slip geschoben und hielt sich von ihrer Möse fern. Nur wenige Millimeter trennten seine Finger von ihrer Spalte, doch er tat nichts, um diesen Abstand zu verringern.

Stöhnend wand Isabel sich in seinen Armen. Er sollte sie endlich berühren! Es machte sie wahnsinnig, der Erfüllung so nah zu sein und doch nicht zu bekommen, wonach sie sich am meisten sehnte. Verdammt, er sollte sich nackt auf sie legen, hinter sie knien, sollte sie auf seinen Schoß ziehen, egal, wie – aber er sollte sie endlich ficken!

Sie verstand sich selbst nicht mehr. Sein Besuch in ihrer Wohnung war wie der Kuss des Prinzen gewesen, der Dornröschen aus ihrem hundertjährigen Schlaf weckte. Er hatte sie daran erinnert, dass es die Lust gab. Wie hatte sie das nur vergessen können? Und nun lag sie hier. Seine Hände auf ihren Brüsten und neben ihrer Muschi, sein Mund an ihrem Hals. Aber außer seinen Fingern, die ihren Nippel zwirbelten und zupften, machte er nichts. Was brauchte er? Sollte sie ihn ermuntern? Wollte er, dass sie ihn um mehr anflehte?

»Fick mich …«, jammerte sie, als sie es nicht länger aushielt. »Berühr mich …«

Seine Finger verharrten.

Sein Mund an ihrem Ohr. Sein heißer Atem ließ sie zittern. »Du warst nicht brav«, flüsterte er. »Du hast mit anderen Männern gevögelt. Das gefällt mir nicht.«

Sie stöhnte frustriert auf. Erst brachte er sie dazu, endlich wieder Lust erleben zu wollen, sich der Leidenschaft in all ihren Facetten hinzugeben – und dann sollte sie für ihre Ficks mit Bastian und Johannes bestraft werden? Indem er nicht das mit ihr tat, was sie sich von ihm viel mehr wünschte als von jedem anderen Mann?

»Es gefällt mir auch nicht, wenn eine Frau noch nach dem Mann riecht, mit dem sie zuletzt zusammen war.«

Sie schluchzte auf. Seine Hände vermochten eine Erregung in ihr zu erzeugen, die kaum erträglich war. Außerdem schmerzten ihre Hände, und die Binde über ihren Augen war zu eng, sie hatte das Gefühl, ihr Kopf würde im nächsten Moment zerspringen. Das Blut rauschte laut in ihren Ohren, so dass seine nächsten Worte kaum zu ihr durchdrangen.

»Wann hat er dich gevögelt? Heute Mittag?«

Sie brachte nur ein Nicken zustande.

»Danke. Da verzichte ich lieber.«

Mit diesen Worten nahm er seine Hand von ihrer Brust. Bevor seine andere Hand sich aus ihrem Slip zurückzog, streichelte er ihre Schamlippen. Ihre Nässe brandete gegen seine Finger, doch es schien ihn nicht zu kümmern.

Er stand auf. »Zu schade. Ich hatte geglaubt, wenn du schon meiner Warnung zum Trotz herkommst, könnten wir auch ein bisschen Spaß haben.«

»Aber ich will dich!«, flehte sie.

»Dann entscheide dich«, erwiderte er scharf. »Willst du jeden Kerl ficken, der dir über den Weg läuft? Oder willst du mich?«

Beides, flüsterte eine böse Stimme in ihrem Kopf. Am liebsten wäre ihr, alles zu bekommen: den Fremden, der sie seinem Willen unterwarf, und Bastian und Johannes, die sich ganz unverbindlich und sehr gerne mit ihr vergnügten.

Aber vermutlich konnte sie nicht alles haben. Durfte sie nicht alles haben.

Sie wusste, wofür sie sich entscheiden würde, wenn sie entscheiden müsste.

»Ich will dich.«

»Gut.« Er überlegte kurz. »Morgen Abend. Ich schicke dir morgen früh eine Nachricht, wo du dich einfinden sollst. Du trägst nur einen Mantel, Pumps und Unterwäsche. Strümpfe. Ich will dich in Strümpfen sehen, verstanden?«

Sie nickte.

Er beugte sich zu ihr herab und lockerte ihre Handfesseln. »Bleib liegen«, befahl er.

Wieder nickte sie. Im Moment war sie nicht mal sicher, ob sie sich überhaupt auf den Beinen halten konnte.

Er ging, ohne sich zu verabschieden. Als sie hörte, wie er die Tür ins Schloss zog, zerrte sie die Augenbinde herunter. Die Fesseln lösten sich leicht. Sie richtete sich auf. Ihr war schwindelig. Ihre Möse pochte fordernd, doch heute Abend würde sie keine Befriedigung erlangen. Ihre Hand fuhr hinab, doch dann zögerte sie.

Es hatte keinen Zweck, wenn sie sich jetzt zum Orgasmus massierte. Es hatte keinen Zweck, denn es würde ihr nur eine schale Befriedigung verschaffen. Nein, sie würde bis morgen warten.

Es war ein herrliches Versprechen. Morgen fickte er sie endlich. Morgen fand sie in seinen Armen, wonach sie sich seit Tagen sehnte und was sie bei den anderen Männern vergeblich suchte.

6. Kapitel

Obwohl sie sich nicht verabredet hatten, hatte Isabel ein wenig damit gerechnet, dass Johannes sie am nächsten Morgen wieder erwarten würde. Doch als sie um halb zehn die Hotellobby betrat, war es Sonja, die in einem der bequemen Clubsessel saß und Zeitung las.

»Was hältst du von Frühstück? Und anschließend einer ausgedehnten Shoppingtour?« Sonja umarmte sie auch diesmal so behutsam zur Begrüßung, als fürchtete sie, Isabel sei zerbrechlich.

»Viel. Aber ich bin verwirrt. Ich dachte, Johannes …«

»Johannes hat mich angerufen und gebeten, mich heute früh ein wenig deiner anzunehmen. Er meinte, wir könnten nachmittags in die Kanzlei kommen, da warte dann genug Arbeit auf dich.«

»Ach so.« Und Isabel hatte schon gehofft, Sonja sei ihretwegen gekommen und nicht, um Johannes einen Gefallen zu tun.

Doch Sonja gab ihr nicht das Gefühl, unerwünscht zu sein. Nach einer ausgedehnten Shoppingtour ließen sie sich mittags in einem Café nieder. Zufrieden kramte Sonja in ihren Tüten. Sie hatte ein paar hinreißende Dessous gekauft, um die Isabel sie beneidete. Sie selbst hatte sich nicht getraut, derlei zu kaufen.

»Hat dir Daniels Party gefallen?«, fragte Sonja. Sie schlürfte genießerisch ihren Latte macchiato. Nach dem langen Bummel war es eine Wohltat, die schmerzenden Füße von sich zu strecken.

»Die Party war klasse.« Isabel fühlte sich in Sonjas Gegenwart nicht besonders wohl. Sonjas Selbstsicherheit verunsicherte sie. Und dann wollte sie auch noch über die Party sprechen ... hoffentlich fragte Sonja sie nicht nach Bastian oder Johannes.

Zu spät.

»Du scheinst auch auf deine Kosten gekommen zu sein.« Ein zweideutiges Lächeln, ein Seitenblick. Als wollte Sonja ein paar Details aus ihr herauskitzeln.

»Mh«, machte Isabel unbestimmt.

»Wer ist besser? Johannes oder Bastian?«

»Bitte?« Mit so viel Direktheit hatte Isabel nicht gerechnet.

»Schade übrigens, dass du dann so schnell weg warst«, fuhr Sonja fort. Sie schien keine Antwort auf ihre Frage zu erwarten.

»Wieso?«

»André und ich haben eine kleine Wette laufen.« Verschwörerisch beugte sie sich vor. »Ich habe behauptet, es würde ihm nicht gelingen, dich zu uns ins Bett zu kriegen. Vorgestern Abend hat er es nicht geschafft, aber ich glaube, wir haben durchaus Chancen.«

Isabel wusste nicht, was sie sagen sollte. Johannes hatte ihr ja erzählt, dass Sonja und André gerne eine zweite Frau an ihrem Eheleben teilhaben ließen. Aber dass die beiden dabei an sie dachten ...

»Ich weiß nicht, ob ich darüber reden möchte.« Sie dachte an den Fremden. Er wollte sie nur für sich. Kein anderer durfte das Bett mit ihr teilen. Zumindest bis heute Abend, bis sie wusste, ob es sich lohnte, auf andere Abenteuer zu verzichten, wollte sie sich in Enthaltsamkeit üben.

Sonja legte eine Hand auf ihren Unterarm. »Wovor hast du Angst?«, fragte sie sanft.

»Ich habe keine Angst.«

»Es ist nur ein Angebot. Du musst nicht. Aber wenn dir je danach ist …«

Isabel nickte hastig. Das Gespräch nahm einen Verlauf, den sie nicht vorhergesehen hatte. Und es war ihr zudem unangenehm, darüber zu reden.

»Müssen wir nicht langsam in die Kanzlei?« Sie blickte demonstrativ auf die Uhr.

Sonja seufzte. »Du *hast* Angst.«

»Vielleicht.«

»Darf ich fragen, wovor?«

Isabel zögerte. »Liebe?«

Sie kam sich dumm vor. Liebe war vermutlich für Sonja und die anderen kein Argument. Wer so gerne den verschiedenen sexuellen Spielarten frönte, hatte keinen Sinn für die Liebe.

Doch sie täuschte sich.

»Liebe … Das klingt schön, nicht wahr? Du weißt sicher, dass André und ich das einzige verheiratete Paar in unserer Runde sind. Pia ist auch verheiratet, aber ihr Mann und sie leben schon lang genug getrennt, dass sie beide es vermutlich vergessen haben. André und ich teilen nicht immer das Bett. Er ist frei, mit anderen Frauen Spaß zu haben. Ich halte es ebenso. Was denkst du – führen wir eine glückliche Ehe?«

»Ihr macht auf mich einen zufriedenen Eindruck«, sagte Isabel vorsichtig. Die beiden hatten auf der Party wie zwei verliebte Teenager gewirkt.

»Wir sind auch glücklich. Weil wir einander die Freiheit zugestehen, unsere Lust so zu erleben, wie wir es uns wünschen. Natürlich will ich oft mit André ficken. Seinen Körper spüren. Aber manchmal ist mir eben danach, einen anderen Mann in mir zu haben.« Sie beugte sich herüber. Ein feines Lächeln umspielte ihre Lippen. »Und manchmal will ich die Muschi einer anderen Frau schmecken.«

Sie lehnte sich zurück und griff nach dem Latte-macchiato-Glas, ohne Isabel aus den Augen zu lassen.

Isabel hielt Sonjas Blick stand.

»Dann ist das also kein Betrug«, sagte sie bedächtig. »Wenn man mit anderen vögelt, obwohl man fest an jemanden gebunden ist?«

»Wenn beide sich einig sind, geht das. Wir sind ja nicht aneinandergefesselt.«

Isabel seufzte. Nein, mit dem Fremden war sie sich in dieser Angelegenheit überhaupt nicht einig. Aber wer weiß ... wenn es heute Abend wirklich so wurde, wie ihre ersten beiden Begegnungen es ihr versprachen, konnte sie durchaus auf andere Männer verzichten. Sie würde es sogar mit Freuden tun. Denn bei ihm hatte sie das Gefühl, es ginge nur um sie. Und nicht darum, möglichst oft zu vögeln.

Ihre Nervosität nahm zu. Und wenn es nicht so war, wie sie es sich wünschte? Erhoffte?

Dann waren immer noch Johannes und Bastian da. Sogar Sonja und André machten ihr ein unmoralisches Angebot. Nein, langweilig würde ihr nicht werden. Sie hoffte aber, dass sie nach diesem Abend wusste, mit wem sie es zu tun hatte. Sie hoffte, ihm nicht nur in die Augen zu blicken, sondern auch seinen Namen zu erfahren. Sie wollte ihn nicht nur schmecken, spüren, riechen, hören, sondern alles über ihn erfahren.

Isabel ahnte, dass er etwas dagegen haben würde.

Du wirst abgeholt. Um acht.

Mehr stand nicht auf dem Zettel, den Isabel aus dem Briefumschlag zog. Der Concierge hatte ihr den Umschlag überreicht, als sie am frühen Abend das Hotel Atlantic betrat. Außer dem Zettel war der Umschlag leer.

Sie atmete tief durch. Er hatte entschieden. Sie würde da sein.

Bis zu der Verabredung hatte sie noch knapp zwei Stunden. Isabel nutzte die Zeit: Sie nahm ein Bad, rasierte sich sorgfältig und cremte ihren Körper anschließend ein. Ihr gefiel es, ihre Hand über ihre glatte Haut gleiten zu lassen. Kein Härchen. Weich und geschmeidig. Bereit.

Sie wusste, was er von ihr wollte, und sie war nicht in der Position, ihm nicht zu gehorchen. Darum also: Unterwäsche, Strümpfe, darüber ihr Mantel. Sandalen, denn Pumps hatte sie nicht und würde sie sich auch nie kaufen, aber die Sandalen hatten hohe Absätze, die seinen Ansprüchen hoffentlich genügten.

Dann war es Viertel vor acht. Sie ging hinunter in die Hotellobby. Der Concierge telefonierte gerade, doch als er sie kommen sah, legte er auf und kam ihr entgegen.

»Ihr Wagen wartet bereits«, sagte er und geleitete sie nach draußen.

Isabel spürte, wie sie errötete. Wie er sie musterte … Ob er wusste, dass sie unter dem Mantel nichts außer sündiger Spitze trug? Es wäre schon schlimm genug, wenn er es ahnte … Vermutlich wusste er's, ja. Er war aber Profi genug, sich nicht allzu viel anmerken zu lassen. Vermutlich, so dachte sie, begegnete er in seinem Beruf so manchen Merkwürdigkeiten. Da war das, was sie machte, für ihn ganz normal.

Für sie war es alles andere als normal.

Die dunkle Limousine, die auf Isabel wartete, ähnelte ihrer eigenen. Doch nicht Jorge saß hinter dem Steuer, sondern ein Unbekannter, der sich den Schirm seiner Mütze so tief ins Gesicht gezogen hatte, dass sie wenig erkennen konnte. Und zählte überhaupt, wer er war?

Na also.

Im Moment zählte nur der Fremde. Wohin er sie bringen ließ. Was er mit ihr zu tun gedachte …

Isabel glitt auf die Rückbank, der Portier schloss hinter

ihr die Wagentür. Stille. Sie ertappte sich dabei, dass sie sich auf ihre Hände setzte, weil sie nicht wusste, wohin mit ihnen.

Der Chauffeur regte sich nicht. Er schien auf etwas – auf jemanden? – zu warten.

Das Warten wurde schier unerträglich. Isabel blickte nach draußen und fragte sich, was das zu bedeuten hatte. Sie räusperte sich verlegen.

»Fahren wir nicht los?«, fragte sie schließlich.

Der Chauffeur rührte sich nicht. Mit keiner Regung verriet er, dass er sich ihrer Anwesenheit bewusst war.

Isabel beugte sich vor. »Entschuldigen Sie …«

Mit quietschenden Reifen fuhr die Limousine plötzlich los. Isabel wurde durch das abrupte Anfahren nach hinten geschleudert, und ehe sie protestieren konnte, warf der Fahrer über die Schulter einen Briefumschlag nach hinten. Dann betätigte er die Taste, mit der die getönte Glasscheibe, die den Fahrgastraum vor den Blicken des Fahrers verbarg, nach oben fuhr. Nur dass es in diesem Fall eher der Fahrer war, der sich vor Isabels Blicken zu verstecken schien.

Sie griff mit zitternden Händen nach dem Briefumschlag. Es konnte kein Zweifel daran bestehen – dieser Brief war für sie. Und der Mann, den sie im ersten Augenblick für ihren Chauffeur gehalten hatte, konnte nur ihr Fremder sein, der schon die ersten Minuten ihres Rendezvous nutzte, um ihr zu zeigen, dass er es war, der die Fäden in der Hand hielt. Er diktierte, was sie zu tun hatte.

Und er verschwendete nicht viele Worte.

Sie riss den Umschlag auf und zog ein Blatt elfenbeinfarbenes Papier heraus. Mit schwarzer Tinte und geschwungenen Buchstaben stand dort geschrieben:

Du wirst schweigen. Sagst du auch nur ein Wort, höre ich auf und bringe dich zurück.

Mehr nicht.

Sie starrte auf das Blatt Papier. Ein zartes Kribbeln breitete sich von ihrem Nacken in Wellen über ihren Körper aus. Die Art, wie er ihr Befehle erteilte, hätte sie wütend machen sollen. Aber nein, das war sein Spiel, er bestimmte die Regeln.

Und zugleich war sie es, die dieses Spiel in der Hand hielt. Denn wenn es ihr zu viel wurde, brauchte sie nur ein Wort sagen. Nur ein Wort, und es war zu Ende …

Sie faltete den Brief zusammen und legte ihn mitsamt Umschlag neben sich auf das Sitzpolster. Sie fror leicht und schob dieses Frösteln auf ihre Aufregung, bis sie merkte, dass er die Klimaanlage herunterreguliert hatte. Isabel lehnte sich zurück und schloss die Augen.

Es interessierte sie nicht einmal, wohin er sie brachte. Sie wollte jetzt nur noch dieses köstliche Gefühl der Spannung auskosten.

Eine halbe Stunde später – die Zeit dehnte sich für sie wie eine Ewigkeit – bog die Limousine in eine schmale Straße ein. Isabel runzelte die Stirn. Was um alles in der Welt erwartete sie?

Aber er schien alles minutiös geplant zu haben. Nach etwa einem Kilometer lenkte ihr geheimnisvoller Fahrer den Wagen in einen abzweigenden Waldweg und hielt wenige hundert Meter weiter.

Stille. Nur das leise Tickern des Motors. Isabel rutschte nervös hin und her. Was kam jetzt?

Die Zwischenwand surrte herab. Er reichte ihr ein schwarzes Tuch. Sie wusste sofort, was er von ihr wollte. Sie sollte sich die Augen verbinden. Sie sollte nicht die Chance bekommen, einen Blick auf ihn zu werfen. Auch dieses Mal würde er seine Identität nicht preisgeben.

Sie spürte, wie ihre Vagina bei dieser Vorstellung erwartungsvoll pochte. Es war nicht nur seine Anwesenheit, die sie so sehr erregte. Es war auch sein Geruch, jede seiner geschmeidigen Bewegungen, und ja, heute hoffte sie, auch seinen Geschmack kosten zu dürfen. Seine Haut zu lecken und mehr …

Sie legte das schwarze Tuch sorgfältig zusammen und verband sich die Augen. Die Augenbinde saß fest, und sie spürte, wie er sich zu ihr umdrehte.

»Gut«, sagte er leise.

Wie beruhigend, seine Stimme zu hören … und wie merkwürdig doch der Gedanke war, dass seine Stimme auf sie beruhigend wirkte! Immerhin hatte er sie in ein einsames Waldstück entführt, und niemand wusste, wo sie war.

Aber wenn er mir etwas antun wollte, hätte er das bereits in meiner Wohnung machen können, beruhigte sie sich.

Und sie vertraute ihm. Wenn sie ein Wort sagte, egal welches, war dieses Spiel vorbei. Dann brachte er sie zurück, und wer wusste schon, ob sie ihn danach je wiedersah? Das Risiko wollte sie auf keinen Fall eingehen …

»Steig aus.«

Sie tastete blind nach dem Türgriff und stieß die Tür auf. Ihr Fuß spürte weichen Waldboden unter ihren Sandaletten. Sie knickte mit dem Fuß weg, als sie versuchte, einen Schritt zu machen. Sofort war er an ihrer Seite, seine Hand packte ihren Oberarm, und sie spürte durch den dünnen Jackenstoff die Hitze seiner Hand, die sie beinahe verbrannte.

»Bleib hier stehen.«

Sie nickte. Er ließ sie los und verschwand. Sie glaubte zu hören, wie er die Kofferklappe öffnete und wieder schloss.

»Gehen wir.«

Seine Hand lag in ihrem Rücken, während sie voranstolperte. Er war in diesem Moment ihre einzige Verbindung zur Außenwelt. Seine Hand, die auf ihrem Kreuz ruhte. Das und die Geräusche des Waldes, die überlaut in ihren Ohren dröhnten.

Es fühlte sich an, als wären sie kilometerweit marschiert, ehe er schließlich stehen blieb. Sie erstarrte und lauschte angestrengt, während er etwas zu Boden warf.

Dann war er hinter ihr. Seine Hände legten sich auf ihren Bauch. Sie drückte sich gegen ihn, rieb ihren Hintern an ihm. Seine Lippen lagen dicht an ihrem Ohr.

»Kein Wort. Wenn du nicht mehr willst, wenn es dir zu viel wird – dann sag etwas. Irgendwas. Du darfst stöhnen, du darfst schreien … Aber kein Wort!«

Sie nickte stumm. Ihr Hals war wie ausgedörrt, und die kühle Abendluft strich über ihre Beine, die von den dünnen Strümpfen kaum geschützt wurden. Ihre Knie zitterten, und wäre er nicht gewesen, wäre sie vermutlich gefallen. Aber er hielt sie fest. All ihre Sinne waren aufmerksam und mehr als wach.

Eine Hand legte sich an ihren Hals, strich das Haar beiseite. Seine Lippen drückten sich auf die zarte Haut direkt unter ihrem Ohr. Isabel wimmerte leise. Sie wurde in seinen Armen ganz weich.

So war es also, wenn man sich hingab. Wenn man nicht anders konnte, als sich nach der nächsten Berührung zu verzehren.

Er verstand es vortrefflich, die Klaviatur ihrer Lust zu spielen. Dinge zu tun, von denen sie selbst nicht gewusst hatte, dass sie ihr gefielen. Dass sie sich im Stillen danach sehnte.

Jetzt führte er sie vom Auto weg in die Tiefe des Waldes. Tannennadeln und kleine Zweige knisterten und knackten unter ihren Sandaletten. Isabel hörte ihren eigenen Atem, der unnatürlich laut schien. Ihre Vagina pulsierte. Sie sehnte sich nach ihm. Sie wollte ihn.

Kein Wort würde über ihre Lippen gelangen. Sie wollte, dass er mit ihr tat, weswegen sie hergekommen waren. Er sollte sie ficken, sollte ihr die Befriedigung verschaffen, nach der sie sich verzehrte.

Schon die Vorfreude genügte ihr.

Plötzlich drehte er sie um, dirigierte sie zwei Schritte zurück. Seine Hände drückten ihre Arme herunter. In ihrem Rücken spürte sie plötzlich die raue Oberfläche eines Baumstamms, gegen den er sie drückte. Ihre Hände krallten sich unwillkürlich in die Rinde.

»Bist du brav? Oder muss ich dich fesseln?«

Sie wusste nicht, ob sie nicken oder den Kopf schütteln sollte. Ja doch, sie würde nichts tun, das ihm missfiel. Er sollte nur endlich weitermachen!

»Zunächst werde ich sehen, ob du brav warst.« Seine Hände machten sich am Gürtel ihres Mantels zu schaffen. Er schlug die Mantelschöße auf, und sie hörte ihn hörbar ausatmen, als er sah, was sie darunter trug. Es kam ihr vor, als hätte er ihr Aufgaben gestellt, die sie nacheinander bewältigen musste, damit sie endlich ihre Erfüllung erfuhr.

»Brav«, flüsterte er. Seine Hände streiften den Mantel von ihren Schultern, und sie hörte, wie das Kleidungsstück zu Boden fiel. Die Abendluft war überraschend kühl auf ihrer Haut, und sie spürte, wie sich die Härchen auf ihren Unterarmen aufstellten. Sie fröstelte, drückte jedoch die Hände wieder an den Baumstamm.

»So brav …«

Die Hitze zwischen ihren Schenkeln wuchs. Sie bewegte sich leicht, versuchte, den Stoff des Slips an ihrer Klit zu reiben, die leise und fordernd pochte. Isabel drängte sich ihm entgegen. Sie hob die Hand, wollte ihn berühren, doch er entzog sich ihr mit spielerischer Leichtigkeit und lachte.

»Ich sehe schon, du wirst nicht die ganze Zeit brav bleiben. Aber keine Sorge, darauf bin ich vorbereitet.«

Sie hörte ein dezentes Klirren. Im nächsten Moment

packte der Fremde Isabels Arm, und sie spürte, mehr als dass sie es hörte, wie sich die Handschelle eng um ihr Handgelenk schloss. Er riss ihren Arm nach hinten – nicht gerade vorsichtig, aber er ging so zu Werke, dass die Schmerzen nur ein gewisses Maß erreichten. Isabel drängte sich der Verdacht auf, dass er mit derlei gewisse Erfahrungen hatte.

Erneut ein Klicken, dann war auch ihr rechtes Handgelenk in der Handschelle gefangen. Die Arme begannen schon jetzt zu schmerzen, weil sie nach hinten gezerrt wurden. Der Baum drückte sich zwischen Isabels Schulterblätter. Sie merkte nun, dass es bloß der dünne Stamm eines Nadelbaums war – höchstens zwanzig Zentimeter im Durchmesser.

Und wieder hatte er mit Bedacht gewählt. Alles, was er tat, geschah mit so viel Umsicht, als verfolgte er einen Plan.

Isabel zitterte in der Kälte. Nein, nicht nur die Kälte ließ ihren Körper beben. Auch eine köstliche Mischung aus Erregung und Vorfreude hatte von ihr Besitz ergriffen.

Was er wohl als Nächstes mit ihr tun würde?

Zunächst geschah nichts.

Sie stellte sich vor, wie er vor ihr stand. Wie er den Baum umkreiste, an den er sie gefesselt hatte. Wie er sich seinen nächsten Schritt überlegte.

Nimm mich, dachte sie. Nimm mich endlich.

Sie wagte nicht, ein Wort zu sagen. Seine Drohung schwebte über ihnen. Wenn sie nur ein Wort sagte, war es vorbei.

Es war ein sicherer Hafen, falls er irgendwas mit ihr anstellte, das ihr widerstrebte. Es war der Rückzugsort, den sie aber nicht aufzusuchen gedachte.

Jetzt spürte sie wieder seine Anwesenheit. Er trat zu ihr, stand direkt vor ihr. Wenn sie ihren Körper vorbeugte, soweit es ihr mit den Handschellen noch möglich war, spürte sie den Stoff seiner Hose, das weiche Hemd, sie spürte ihn. Isabel stöhnte leise, als sie seinen Schwanz erahnte, der sich unter dem Stoff der Hose hart regte. Wie gerne hätte sie ihn jetzt gestreichelt, hätte die Hose geöffnet und begonnen, ihn zu massieren oder mit dem Mund zu verwöhnen …

Sein Gesicht näherte sich ihrem. Seine Hände legten sich auf ihre Schultern, fuhren hinab zu ihren Brüsten. Hart drückten sich ihre Nippel gegen die schwarze Spitze, und er strich mit dem Daumen darüber hinweg.

Dann legte sich sein Mund auf ihren. So plötzlich und hart, dass er ihr den Atem raubte, und sie hätte beinahe aufgeschrien, wenn es nicht so ein köstliches Gefühl gewesen wäre, ihn zu schmecken. Seine Zunge umkreiste und massierte die ihre, und während seine rechte Hand weiter hinabwanderte, befreite die Linke wie selbstverständlich ihre Brust aus der Spitze. Mit Daumen und Zeigefinger kniff er ihren Nippel, seine Zunge umschmeichelte ihre. Und dann schob er seine freie Hand in ihren Slip, erkundete die glattrasierte Haut ihres Venushügels und drang bis zu ihrer Klitoris vor, fuhr mit dem Zeigefinger in ihre Spalte und erkundete ihre Nässe.

Isabel stöhnte in seinen Mund.

Sie wollte ihn ermutigen weiterzumachen. Er sollte ihr das Höschen ausziehen oder es einfach beiseiteschieben, sollte ihr endlich das geben, was sie so sehr ersehnte.

Aber da ihr verboten war zu sprechen, blieb ihr nur die Sprache ihres Körpers. Isabel rieb sich an seiner Hand, wollte ihn mit ihren Bewegungen ermuntern.

Er trat einen Schritt zurück. Frustriert seufzte Isabel, doch als sie lauschte, hörte sie, wie er den Reißverschluss seiner Hose öffnete.

»Du wirst alles tun, was ich will?«

Voller Ungeduld nickte sie.

»Du bist so unglaublich nass ... Warst du je bei einem anderen Mann so nass?«

Widerstrebend schüttelte sie den Kopf. Nein, etwas Vergleichbares war ihr noch nie passiert. Aber was wollte er, reden oder ficken? Ihre Ungeduld wuchs. Doch ihr war bewusst, dass für ihn dieses Geplänkel ebenso dazugehörte wie das beständige Spiel mit ihrer Erregung.

Alles war nur ein Spiel.

»Dann willst du wohl, dass ich dich ficke?«

Das weißt du. Ja, fick mich!

Aber kein Wort drang über ihre Lippen. Nur ein knappes Nicken brachte sie zustande.

Sie wusste nicht, wie sie es ertragen sollte, von ihm gefickt zu werden. Schon jetzt waren ihre Knie weich wie Pudding, und ihre Finger krallten sich schmerzhaft in den Stamm, damit sie nicht einfach zu Boden rutschte.

Er trat wieder näher. Sein Penis strich kühl über ihren Unterleib. Sie nahm seinen Geruch wahr – scharf und moschusartig, aber vermischt mit etwas anderem, etwas Künstlichem. Er hatte die Zeit genutzt, sich ein Kondom überzurollen, und dafür war sie ihm jetzt dankbar. Sie hätte es nicht gewagt, ihn darum zu bitten.

»So kann ich dich aber nicht ficken, meine Schöne.« Wieder war sein Gesicht ganz nah an ihrem, seine Zunge strich über ihr Ohrläppchen. »Du wirst dein Höschen schon ausziehen müssen.«

Sie drängte sich ihm entgegen. Seine Hände fuhren hinab, schoben sich unter den Bund des Slips. Er zog das Höschen herunter, kniete nun vor ihr und hob einen Fuß nach dem anderen aus dem Slip.

Er blieb vor ihr knien.

Sie spreizte leicht die Beine, voller Erwartung dessen, was nun kam.

Warum machte er nichts?

Warum fing er nicht endlich an, sie zu vögeln?

Minuten verstrichen. Sie spürte seine Anwesenheit. Seine Hände, die sich direkt neben ihren Füßen auf dem Waldboden abstützten. Seinen Atem, der stoßweise ging, mal schneller, mal langsamer, doch immer hörbar. Es wurde immer kühler, und ein sanfter Luftzug strich kalt über ihren Körper, sparte nicht ihre heiße Vagina aus. Sie spürte ein Pochen in ihrem Unterleib, das nicht verstummte, sondern immer lauter wurde. Fordernder.

Seine Finger bewegten sich. Sie zeichneten erst die Riemchen ihrer Sandaletten nach, begannen dann, hinaufzuwandern. Erkundeten ihre Waden, die Rückseite ihrer Knie, fuhren an der Innenseite ihrer Oberschenkel hinauf. Isabel stöhnte. Sie wollte ihm entgegenkommen, doch er sah es kommen, und plötzlich lag eine Hand schwer auf ihrem Unterleib und drückte sie gegen den Stamm.

Mit der anderen Hand öffnete er ihre Schamlippen. Sie spürte seinen Atem auf ihrer Möse. Seine Zunge schnellte vor und leckte über ihre Klitoris.

Isabels Beine versagten ihr den Dienst. Nur die Hand des Fremden, die sie so unnachgiebig gegen den Stamm drückte, verhinderte, dass sie den Halt verlor.

Seine Lippen legten sich auf ihre Spalte. Die Zunge leckte über ihre Klitoris, strich hinab in ihre nasse Möse, die ihn mit einem neuen Schwall ihrer Säfte belohnte. Isabel wimmerte. Es war zu viel. Sie ertrug es nicht länger, wie er mit ihrer Lust spielte, wie er ihr gerade so viel gab, dass sie sich nicht vollständig im Orgasmus verlor. Derlei war ihr noch nie passiert, nicht in dieser Intensität, erst recht nicht, dass es einem Mann gelang, sie mit wenigen Berührungen so nah an einen Orgasmus heranzutreiben. Sie glaubte, jeden Augenblick zu kommen. Die Spannung, die sich in ihrem Unterleib aufgebaut hatte, summte von Kopf bis Fuß und kribbelte in den Fingerspitzen.

Sie ließ los. Dachte nicht mehr nach, sondern war nur

zitternde Lust. Reckte sich ihm entgegen, wollte spüren, wie seine Zunge ihre Falten erforschte, wie er sie mit der Zunge fickte. Und der Fremde tat ihr den Gefallen, als wüsste er, dass sie es nicht länger ertrug. Seine Hände umfassten ihre nackten Pobacken, und seine Zunge grub sich tief in ihre Nässe. Er erforschte sie, schmeckte sie, ja sie wusste, er genoss sie. Und als sie glaubte, es ginge nicht mehr, sie könne es keinen Augenblick länger ertragen, ohne den Mund zu öffnen und ihm zu sagen, er solle sie endlich kommen lassen, saugte er so unnachgiebig an ihrem Kitzler, dass sie kam. Bebend hing sie, von seinen Händen unnachgiebig auf den Beinen gehalten, an den Stamm gelehnt und verlor sich in den Wellen der Lust, die über sie hinwegbrandeten.

Es dauerte lange. Es schien kein Ende zu nehmen.

Sie spürte Schweiß auf ihrer Haut, Hitze, die von ihren Brüsten aufstieg. Mühsam fasste sie wieder Fuß, stellte sich mit leicht gespreizten Beinen vor ihn.

Er verlor nun keine Zeit mehr.

»Ich halte dich fest«, versprach er, und dann spürte sie, wie er ihr Bein hob, es auf seine Hüfte legte, die Hand unter ihrem Oberschenkel. Sein Penis fuhr spielerisch an ihrer Vagina auf und ab, massierte ihre Klitoris, dass sie glaubte, schon den nächsten Orgasmus zu spüren, doch dann war er mit einer einzigen fließenden Bewegung in ihr.

Er war so groß. Sie fühlte sich vollständig von ihm erfüllt. Der Fremde bewegte sich nicht, sondern verharrte, während ihre Möse sich pochend um ihn zusammenzog.

Isabel seufzte. O ja … Das war es, wonach sie sich die ganze Zeit gesehnt hatte. Ihn spüren. Danach hatte sie gesucht, seit er ihr das erste Mal in ihrer Wohnung aufgelauert hatte.

Er hob sie hoch. Isabel war sicher, das konnte nicht gutgehen, denn sie konnte sich mit den Händen nirgends abstützen und war ganz auf seine Kraft angewiesen. Doch er hielt sie fest, und sie schlang ihre Beine um seine Hüften, klammerte sich geradezu verzweifelt an ihn, während er sie gegen den Stamm drückte.

Und dann begann er, sich zu bewegen. Seine Stöße waren nicht schnell und hart, sondern sie kosteten ihre Passage geradezu genüsslich aus. Aber das war es, was sie jetzt brauchte, nachdem er sie so lange hingehalten hatte. Nachdem er ihr bereits einmal einen heftigen Orgasmus beschert hatte, ließ er ihr beim zweiten Mal Zeit. Er schien zu wissen, was er tat, und als sie ihm am liebsten zugerufen hätte, er solle sich schneller bewegen, forcierte er auch schon das Tempo, und ihr Körper wurde eins mit ihm, sein Schwanz wurde eins mit ihrer Möse. Er stöhnte. Er vergrub das Gesicht an ihrem Hals, während er sich mit ein paar letzten tiefen Stößen in ihr verströmte.

Danach standen sie wenige Augenblicke wie erstarrt, spürten der Nähe des anderen nach. Isabel schmeckte seine Haut, sie drückte den Mund an seinen Hals und kostete von seinem salzig schmeckenden Schweiß.

Sie spürte sein Herz schlagen – oder war es ihr Herz? Und mit der abflauenden Erregung spürte sie auch noch anderes: ihren Rücken, der sich von der Baumrinde zerschunden anfühlte, ihre Beine, die sie nicht mehr trugen, als er sie langsam losließ.

Haltlos rutschte Isabel am Stamm herunter. Sie kniete vor dem Baum, noch immer waren ihre Augen verbunden, und sie war allein auf ihr Gehör angewiesen.

Er entfernte sich einige Schritte, aber sie war zu erschöpft, um sich zu fragen, ob er sie hier zurückließ. Sie hörte, wie er auf und ab ging, dann kam er zurück, ging um den Baum herum und löste ihre Handschellen. Dankbar rieb Isabel ihre Handgelenke, die sich wund anfühlten und von den Handschellen schmerzten.

Dann legte er ihr den Mantel um die Schultern, und sie

zog ihn enger um ihren Körper. Sie spürte die nächtliche Kälte, die vom Boden aufstieg. Wenn sie noch länger sitzen blieb, lief sie Gefahr, sich zu erkälten.

»Komm, ich helfe dir«, flüsterte er. Seine Stimme klang jetzt rau, beinahe belegt, als hätten auch ihn die Emotionen übermannt. Sie kam auf die Füße, stolperte jedoch und sank gegen seine Brust. Schützend umfingen seine Arme sie, und als wäre sie ein kleines Kind, so half er ihr wieder in das Höschen und klopfte den Mantel ab, ehe er erst den linken Arm, dann den rechten zu den Ärmeln dirigierte. Zuletzt schien er noch einmal ihren Anblick zu genießen, dann schloss er die Mantelschöße und knotete den Gürtel fest zu.

»Ich bring dich jetzt nach Hause«, sagte er und legte den Arm um ihre Schultern. »Vorsicht, vor dir ist ein Baumstamm.«

Er war jetzt so anders. Zärtlich. Besorgt um ihre Sicherheit. Sie genoss seine Fürsorge ebenso wie zuvor seine Leidenschaft und Grobheit, die ihr ein Gefühl von Hilflosigkeit geschenkt hatten. Sie hatte jeden Augenblick ihres Liebesspiels genossen, und während sie schweigend zum Auto zurückgingen, fragte sie sich, ob es ihr jetzt wieder erlaubt war zu sprechen.

Aber selbst wenn es so wäre – sie genoss es, zu schweigen und den Empfindungen nachzuspüren, die er in ihrem Körper ausgelöst hatte.

Das war keinem Mann bisher gelungen.

Und ja, sie hoffte, es gab ein nächstes Mal. Obwohl sie wusste, dass sie bei dieser Frage ganz seiner Gnade ausgeliefert war.

Auch aus diesem Grund schwieg sie.

7. Kapitel

Isabel streifte ihre Schuhe ab, sobald sie ihre Suite betrat. Sie warf die Sandaletten achtlos beiseite, öffnete den Mantel und ließ auch ihn zu Boden gleiten. Sie stolperte zum Badezimmer, schaltete die Deckenbeleuchtung ein und drehte sich vor dem Spiegel, um ihren zerschundenen Rücken zu begutachten.

Rot und von einigen blutigen Striemen übersät, wirkte er, als hätte der Fremde sie ausgepeitscht. Der Schmerz war erträglich, und sie überlegte, ob sie den Concierge anrufen und bitten sollte, eine kühlende Salbe zu besorgen.

Zunächst aber lehnte sie sich mit dem Po an das kalte Waschbecken und atmete tief durch. Nur langsam hatte sie das Gefühl, wieder zu sich zu kommen.

Dann ging sie unter die Dusche. Die Haut auf ihrem Rücken brannte, als das Wasser darüberrann. Sie wusch sich vorsichtig, stieg aus der Dusche und tupfte die Haut am ganzen Körper trocken. Jetzt fielen ihr auch ein paar blaue Flecke auf, die sie vorher nicht bemerkt hatte.

Sie hüllte sich in den Hotelbademantel, ging zurück ins Schlafzimmer und sank aufs Bett. Am liebsten wäre sie sofort eingeschlafen, aber sie war zu aufgedreht. In ihrem ganzen Körper spürte sie noch immer die Nachwirkungen von diesem unbeschreiblichen Erlebnis …

Es klopfte.

Isabel erstarrte.

Konnte es sein, dass der Fremde ihr Spiel für diese Nacht noch nicht beendet hatte?

Sie sprang auf und eilte zur Tür.

Vor der Tür stand ein junger Page.

»Frau Schwarz? Das hier wurde gerade für Sie abgegeben.«

Er überreichte ihr eine unscheinbare Papiertüte.

»Danke«, stotterte Isabel verwirrt. Gerade noch dachte sie daran, dem Pagen ein Trinkgeld zu holen, ehe sie die Tür wieder schloss.

Was sich wohl in der Tüte verbarg?

Sie zog eine Tube Wundsalbe und einen Briefumschlag heraus. Im Umschlag steckte eine schlichte Karte.

Ich hoffe, es kommt zu einer zweiten Begegnung dieser Art. Und wenn es schon bald geschieht, wäre es mir eine Freude, deinen Rücken zu pflegen. Einstweilen mag dies ein bisschen helfen.

Kein Name. Keine Unterschrift. Nur diese schlichten Worte, aus denen seine Sorge um ihr Wohlergehen sprach. Und Wundsalbe!

Wie konnte sie einem Wiedersehen da schon widerstehen?

Blieb nur die Frage, wann es dazu kam. Wann er sie wieder einlud. Wann er sie zum Rendezvous bat. In ihrem Körper machte sich ein gespanntes Kribbeln breit, und sie hoffte so sehr, dass es bald sein würde. Aber wie sie ihn kannte – soweit sie ihn überhaupt kannte –, würde er sich einen Spaß daraus machen, sie warten zu lassen.

Es war ein Spiel, das noch immer und vor allem nach seinen Regeln gespielt wurde …

Am nächsten Morgen schlief Isabel aus. Erst das beständige Klingeln des Telefons riss sie aus ihren Träumen. Sie griff nach dem Telefon, das neben ihrem Bett lag.

»Hallo?«, murmelte sie verschlafen.

»Hattest du gestern ein Date? Ich hab versucht, dich zu erreichen.«

Es dauerte einen Moment, ehe sie die Stimme erkannte. Isabel richtete sich auf und sank sogleich mit einem leisen Jammerlaut zurück in die Kissen.

»Johannes?«

»Es ist nach elf, und so langsam habe ich mir Sorgen gemacht«, gestand er.

»Ich bin okay«, brachte sie schwach hervor. Vorsichtig machte sie einen zweiten Versuch aufzustehen. Diesmal klappte es, und sie ging vorsichtig ins Wohnzimmer. Ihre Beine schmerzten, ihr Hintern tat weh, und die Abschürfungen auf ihrem Rücken brannten wie Feuer. Aber das zufriedene Lächeln auf ihrem Gesicht nahm all den Schmerzen ihre Schärfe. Sie wusste ja, woher es kam!

»Also hattest du ein Date?«

»Etwas in der Art.«

War Johannes etwa eifersüchtig?

»Eigentlich wollte ich dich zum Mittagessen einladen. Hast du Lust?«

Isabel biss sich auf die Unterlippe. Allein das Wort »Lust« ließ ihr schon wieder so ein köstliches Schaudern über den zerschundenen Rücken rinnen ...

»Immer doch«, sagte sie und tat, als hätte sie die Anspielung nicht gehört. Vielleicht hatte Johannes es auch gar nicht als Anspielung gemeint, denn er schlug sogleich geschäftig vor, sie um halb eins abzuholen.

Sie freute sich, ihn wiederzusehen, und als sie knapp zwei Stunden später im Restaurant mit Alsterblick saßen, hätte sie sich denken können, dass er wieder auf die Frage zurückkam, wo sie am Vorabend gesteckt hatte.

»Du siehst wunderbar aus. Du strahlst, als hättest du gestern etwas ganz Besonderes erlebt.«

Isabel lächelte still. Es stimmte, sie fühlte sich so schön wie seit langem nicht mehr, obwohl sie in der Nacht wohl nicht so erholsam geschlafen hatte wie gedacht. Dunkle Schatten lagen um ihre Augen, und ihre Haut wirkte seltsam blass. Trotzdem hatte sie auf übermäßiges Make-up verzichtet. Zu einem einfachen Rock trug sie einen leichten Baumwollpullover, der an ihrem Rücken nicht allzu sehr kratzte. Die Wundsalbe tat ihr Übriges, und so fühlte sie sich trotz der Schmerzen und dem Gefühl, in der Nacht einen Marathon absolviert zu haben, herrlich erfrischt.

Hungrig bestellte sie sich ein dreigängiges Menü. Johannes beobachtete sie belustigt.

»So kenne ich dich gar nicht.«

»Was meinst du?« Sie bestrich ein Brötchen mit Kräuterbutter und biss hinein.

»So hungrig. Strahlend. Einfach … Wenn ich's nicht besser wüsste, würde ich sagen, du hast gestern den besten Sex deines Lebens gehabt.«

Isabel musste unwillkürlich grinsen. »Und wenn es so wäre?«, fragte sie herausfordernd.

»Wenn es so wäre, würde ich natürlich fragen, warum du diesen besten Sex deines Lebens nicht mit mir haben konntest?«

Vielleicht warst du es ja?, dachte Isabel.

Aber wollte sie ernsthaft herausfinden, wer der Unbekannte war? Würden sie dann ihr herrliches Spiel weitertreiben, wenn sie seine Identität enthüllte?

Vermutlich nicht. Im Moment lag der Reiz ja vor allem darin, dass sie seine Identität nicht kannte. Und sie würde auch in naher Zukunft nichts unternehmen, um ihn zu demaskieren.

Irgendwann vielleicht … wenn sie beide für diesen Schritt bereit waren …

»Also? Was hat er mit dir angestellt? Oder«, gespielt schockiert riss er die Augen auf, »hast du eine Frau gevögelt?«

Isabel lachte. »Er hat mich entführt. Hat mir die Augen verbunden, mich in einen dunklen Wald geführt. Und dann stand ich an diesen Baum gefesselt da und … ja.«

»Ganz schön gewagt für ein erstes Date.«

»Habe ich gesagt, dass wir uns das erste Mal begegnet sind?«

Das Gespräch begann, ihr Spaß zu machen.

»Nicht? Du hast einen Lover und mir nichts davon erzählt? Wie heißt er? Was macht er? Wann siehst du ihn wieder?«

»Ich weiß es nicht«, gestand Isabel. »Nichts von alledem. Keinen Namen, keine Details. Keine Ahnung, wann ich ihn wiedersehe.«

»Das musst du mir erklären.« Johannes runzelte die Stirn. Er wirkte plötzlich besorgt.

Isabel begann zu erzählen. Sie ließ die erste Begegnung in ihrer eigenen Wohnung aus und berichtete nur, wie der Fremde ihr in der Hotelsuite aufgelauert hatte. Wie er sie zu diesem besonderen Rendezvous aufgefordert und sie am Vorabend in den Wald entführt hatte. Während sie schilderte, wie der Unbekannte sie gegen den Baumstamm gedrückt und mit den Handschellen gefesselt hatte, wurde sie schon wieder unruhig und rutschte auf ihrem Stuhl nervös hin und her. Johannes bemerkte es und legte unter dem Tisch eine Hand auf ihr Knie. Sanft schob er den Rock hoch und streichelte ihren Oberschenkel. Isabel seufzte wohlig. Die Vorstellung, mit Johannes eine schnelle Nummer in der Damentoilette zu schieben, war reizvoll. Andererseits kam es ihr plötzlich öde vor, nicht mehr so spannend wie noch vor wenigen Tagen.

Das war es also, was der Fremde in ihr weckte – ein Verlangen nach mehr. Natürlich konnte sie jetzt mit Johannes kurz aufs Klo verschwinden und sich von ihm in einer der engen Kabinen nehmen lassen – stets darum bemüht, nicht zu laut zu stöhnen und ihr Tun zu verraten –, aber es war nicht das, wonach sie sich sehnte. Nein, sie wollte überrascht werden.

Kurz entschlossen schob sie Johannes' Hand beiseite.

»Ich habe mir überlegt, eine Party zu geben. In meinem Haus auf Sylt«, wechselte sie abrupt das Thema.

»Wirst du deinen Unbekannten auch einladen?«

Er wollte also wirklich den eifersüchtigen Freund spielen. Isabel seufzte.

»Was ist dein Problem?«

»Mein Problem? Mein Problem ist, dass du dich in eine unberechenbare Gefahr begibst! Du vögelst einen Fremden, und es kümmert dich nicht einmal, wie er heißt? Bist du denn verrückt, Isabel?«

Er fuhr sich mit beiden Händen durchs Haar. Isabel blickte sich verstohlen um. Einige andere Gäste blickten zu ihnen herüber, und sie senkte peinlich berührt den Blick.

Leiser fuhr Johannes fort: »Was ist, wenn er dich absticht? Was ist, wenn das ein verrückter Psychopath ist, der es auf dich abgesehen hat? Hast du die Möglichkeit schon mal bedacht?«

»Zufällig bin ich nicht doof«, zischte sie zurück. »Und ja, natürlich hatte ich Angst. Aber wenn er mir etwas antun wollte, hätte er schon viel früher die Gelegenheit dazu gehabt, findest du nicht?«

»Und wenn er's auf dein Geld abgesehen hat?«

Darauf wusste Isabel keine Antwort, weil sie auf den Gedanken bisher noch nicht gekommen war.

»Pass auf, Isabel.« Johannes beugte sich vor. Seine Stimme war nur noch ein eindringliches Flüstern. »Als du vor wenigen Tagen hierherkamst, habe ich alles Mögliche von dir gedacht – aber ich habe dich nicht für naiv gehalten!«

Das saß. Sie war wie erstarrt.

Hatte der Fremde es auf ihr Geld abgesehen?

Der Gedanke ließ sie nicht mehr los.

Die Vorspeise wurde serviert, doch ihr war der Appetit vergangen. Lustlos schob sie die grünen Spargelspitzen auf ihrem Teller hin und her und stocherte zwischen den Salatblättern herum.

»Aber wer außer uns weiß denn von meiner Erbschaft?«, fragte sie leise.

»Praktisch jeder in Hamburg.« Er seufzte. »Ach, Isabel. Du bist wirklich naiv!«

Dieser Vorwurf traf sie. Den Rest des Mittagessens verbrachten sie weitgehend schweigend. Erst als der Nachtisch serviert wurde, kam Johannes auf ihre Idee zurück.

»Eine Party in deinem Strandhaus? Mit all unseren Freunden?«

»Sind sie denn auch meine Freunde? Oder sind sie nur hinter meinem Geld her?« Isabel konnte eine gewisse Ironie in ihrer Stimme nicht unterdrücken.

Johannes schenkte ihr sein bezauberndstes Lächeln. »Glaub mir, sie mögen dich, weil du bist, wie du bist.«

»Aber wenn ich kein Geld hätte, wäre mir der Zutritt zu diesem illustren Kreis nie möglich gewesen? Das willst du damit doch andeuten?«

»Das stimmt«, gab Johannes zu. »Aber Geld allein ist es nicht. Ich habe schon viele Frauen kommen und gehen sehen, die zwar über das nötige Geld verfügten, aber einfach nicht zu uns passten.«

Das versöhnte Isabel ein wenig mit Johannes. Den Rest der gemeinsamen Zeit verbrachten sie mit den Planungen für ein Partywochenende auf Sylt.

»Wirst du ihn einladen?«, fragte Johannes schließlich, als sie wieder in Isabels Limousine saßen.

»Hättest du was dagegen?«

Er schüttelte den Kopf, doch etwas an ihm – seine Art, sie anzusehen, seine Hand, die sich unwillkürlich ballte – sprach eine andere Sprache. Isabel beugte sich zu ihm herüber. »Sei nicht eifersüchtig«, wisperte sie ihm ins Ohr. »Er hat kein Exklusivrecht auf mich erworben.«

Zumal sie nicht einmal wusste, ob der Fremde sich

bis zum Wochenende melden würde … Darum hielt sich Isabel lieber ihre Möglichkeiten offen. Es wäre doch schrecklich, wenn sie sich auf ihrer eigenen Party langweilen müsste!

Am kommenden Freitag fuhr Isabel allein nach Sylt. Ihre neuen Freunde würden am nächsten Morgen nachkommen, aber sie wollte wenigstens eine Nacht in ihrem neuen Ferienhaus alleine sein und sich mit den Begebenheiten vertraut machen. Außerdem sehnte sie sich danach, ein bisschen für sich zu sein.

Johannes' Worte gingen ihr nicht aus dem Kopf. War der Fremde nur darauf aus, sie um ihr Geld zu erleichtern? Aber warum?

Sie hatte Johannes nicht alles erzählt. Dass der Unbekannte sie bereits in ihrem alten Leben aufgesucht hatte, schien für sie nicht relevant zu sein. Aber schon damals hatte er mehr gewusst und ihre Fragen nicht beantwortet.

Aber was bedeutete das für sie? Musste sie Konsequenzen daraus ziehen? Oder sollte sie in Zukunft nur mehr Vorsicht walten lassen?

Sie brauchte einfach etwas Zeit für sich, um ihre Gedanken zu ordnen und zu entscheiden, was sie tun sollte, falls der Fremde sich wieder bei ihr meldete. Aber mit jedem Tag, an dem sie keine Nachricht von ihm erhielt, schwand ihre Hoffnung. Vielleicht hatte er ja genug von ihr und war bereits auf der Suche nach einer neuen Herausforderung …

Jorge trug ihr Gepäck ins Haus und verabschiedete sich von ihr. Sie brauchte ihn nicht mehr, aber er würde Sonntag wiederkommen und sie abholen. Nachdem er davongefahren war, wanderte Isabel durch die verlassenen Räume und versuchte, sich an den Gedanken zu gewöhnen, ganz allein zu sein. Es war schwierig. Aber zugleich spürte sie, wie sich eine tiefe Ruhe in ihr ausbreitete.

Sie öffnete die Terrassentür und ging am Pool vorbei zu dem Pfad, der auf Holzbohlen zwischen den Dünen hindurch zum Strand führte. Das Meer rauschte und brandete an den Strand, sie hörte das Kreischen der Möwen und schmeckte die salzige Luft. Es war ein herrlicher Ort.

Und wenn sie einfach nicht nach Hamburg zurückkehrte, sondern ein zurückgezogenes Leben in diesem Haus führte? Der Gedanke war allzu verlockend. Doch dann vergab sie sich vielleicht die Chance, noch einmal mit dem Unbekannten zusammenzutreffen …

Ein Knallen ließ sie herumfahren. Was war das? Kam das Geräusch vom Haus? Zögernd machte Isabel ein paar Schritte zurück zum Dünenpfad, doch dann verharrte sie und lauschte. Nein, da war nichts außer dem Kreischen der Möwen und dem Rauschen der Wellen.

Fröstelnd zog sie die Jacke enger um ihre Schultern und machte sich auf den Rückweg. Sie hatte ihre Hausangestellte telefonisch angewiesen, für sie einzukaufen. Der Kühlschrank quoll vermutlich über vor lauter Köstlichkeiten.

Sie betrat den Garten, ging am Pool vorbei zur Terrasse und wollte die Tür aufschieben …

Sie war von innen verriegelt.

Verzweifelt rüttelte Isabel an der Tür, doch es konnte kein Zweifel bestehen: Jemand hatte die Terrassentür geschlossen und von innen verriegelt.

Sie war ausgesperrt, und zu allem Unglück befand sich ihr Handy in ihrer Handtasche, die natürlich im Flur auf der Kommode lag.

Ein kalter Schauer rann über ihren Rücken. Sie blickte sich nach allen Seiten um. Was ging hier vor?

Der erste Gedanke, der sich ihr aufdrängte, war der,

dass der Unbekannte ihr nach Sylt gefolgt war und sie nun zu einem neuen Abenteuer einlud. Er spielte mit ihrer Angst.

Wenn das so war, musste sie nur noch warten, bis er zu ihr kam …

Isabel setzte sich in einen der Gartenstühle. Sie legte ihre Hände auf die Armlehnen und beobachtete, wie sich am Horizont eine dunkle Gewitterfront zusammenballte, die schon bald bedrohlich näher rückte. Der Wind frischte auf und strich warm über ihre Haut.

Sie wartete.

Geduld gehörte nicht gerade zu ihren hervorstechenden Eigenschaften, aber sie ahnte, dass er sie wieder einer Geduldsprobe unterzog. Dass er sie beobachtete. Der Garten wurde von hohen Büschen und niedrigen Bäumen gesäumt, eine Hecke begrenzte das Grundstück. Es gab unzählige Plätze, an denen er sich versteckt halten und sie beobachten konnte. Und sie war sicher, dass er genau das tat. Sie beobachten. Warten, bis sie begann, unruhig zu werden.

Es war aber nicht ihre Ungeduld, die sie nervös werden ließ, sondern die immer näher rückende Gewitterfront. Erste Blitze zuckten, ein fernes Grollen kündigte das Unwetter an.

Sie wollte auf keinen Fall draußen sein, wenn das Unwetter losbrach. Aber im Moment blieb ihr kaum etwas anderes übrig, denn wenn sie sich jetzt auf den Weg in die nächste Ortschaft begab, war sie zu Fuß ewig unterwegs. Bestimmt lief sie dann Gefahr, vom Blitz getroffen zu werden.

Nein, das Beste war, wenn sie hierblieb und wartete.

Auf ihn.

Sie schlug die Beine übereinander. Der Stoff ihres Slips rieb sich an ihrer Scham, und sie spürte die Feuchtigkeit, die sich bereits wieder ausbreitete. Allein der Gedanke an ihn vermochte das. Wie es wohl war, wenn er sie endlich wieder berührte? Wenn er in sie eindrang?

Ein Blitz zuckte. Isabel duckte sich instinktiv und spürte im selben Moment eine Hand, die sich auf ihre Schulter legte. Sie wollte sich zu ihm umdrehen, wollte endlich sein Gesicht sehen, doch im nächsten Augenblick lag etwas über ihren Augen.

Er hatte sich von hinten an sie herangeschlichen und verband ihr wieder die Augen. Sie saß wie erstarrt und wartete, bis er das Tuch hinter ihrem Kopf verknotet hatte. Dann spürte sie, wie er sich zu ihr vorbeugte.

»Bist du bereit für eine neue Lektion in Gehorsam?«, fragte er.

Der Wind zerrte an ihr. Das Gewittergrollen wurde leiser – es schien, als zöge das Unwetter bereits davon.

Stumm nickte sie.

Was erwartete er dieses Mal von ihr?

»Die Regeln sind dieselben. Wenn du nur ein Wort sagst, bringe ich dich zurück und werde dir den Schlüssel zu deinem Haus geben. Und jetzt steh auf.«

Er packte sie grob am Arm. Heute schien ihm nicht danach zu sein, zärtlich mit ihr umzugehen. Er zerrte sie über die Rasenfläche, und als Isabel umknickte, schrie sie leise auf. Plötzlich hörte sie ein Rauschen, und dann prasselte der kalte Regen auf sie nieder. Innerhalb weniger Augenblicke war sie vollständig durchnässt.

Ihn schien das nicht zu stören, denn er schritt unnachgiebig voran. Isabel fragte sich, wohin er sie führte. Wollte er sie zum Strand bringen? War das bei diesem Gewitter nicht viel zu gefährlich? Sie wollte sich wehren, aber sie hatte keine Chance gegen ihn.

Er brachte sie zum Strand. Ihre Schuhe klapperten auf den Holzbohlen, sie spürte, wie es bergauf ging. Dann waren sie über den Dünenpfad hinweg, es ging hinab zum Strand, an dem sie vorhin schon gestanden hatte.

Sie wusste, der Strand war verlassen, kaum jemand verirrte sich hierher, schon gar nicht bei dem Regen. Das Donnergrollen verklang in der Ferne. Offensichtlich war das Gewitter abgezogen und hatte nur den Wolkenbruch zurückgelassen.

Isabels Kleid klebte nass an ihren Schenkeln und ihrem Bauch. Sie zitterte vor Kälte, als er sie schließlich an den Schultern niederdrückte. Sie spürte den nassen, kalten Sand unter ihren Knien, klammerte sich an seinen Hosenbeinen fest. Instinktiv schmiegte sie ihren Kopf an seine Hüfte, spürte an ihrer Wange seinen Penis, der sich hart gegen den Stoff drückte.

Diesmal hatte sie ihre Hände frei und konnte tun, wonach ihr der Sinn stand. Sie griff nach dem Gürtel und öffnete ihn, zog den Reißverschluss herunter und erwartete halb, dass er sie bremste, dass er sie anders haben wollte. Aber ihm schien zu gefallen, was sie mit ihm machte, und als sich seine Hand in ihrem nassen Haar verfing, machte sie weiter. Sie knöpfte die Hose auf, schob sie herunter und hielt sich auch mit seinem Slip nicht allzu lange auf.

Es erregte sie, blind zu sein und sich allein auf ihre Hände und ihren Mund zu verlassen, während sie ihn erkundete. Sein Schwanz fühlte sich heiß an, und sie beugte sich vor, umschloss ihn mit den Lippen und bewegte sich ein paarmal vor und zurück, während ihre Hand seinen Schaft umfasst hielt. Sie spürte das Blut, das in ihm pulsierte, und unwillkürlich musste sie lächeln. Sie saugte heftig an ihm und hörte, wie er zischend die Luft einsog. Eine Weile durfte sie ihn so schmecken, und sie genoss jede Sekunde. Ihr Machtverhältnis hatte sich umgekehrt: Jetzt hatte sie ihn im wahrsten Sinne des Wortes in der Hand, und sie kontrollierte seine Lust.

Schließlich schob er sie von sich weg und zog sie auf die Füße. Ihr Kleid war klatschnass und voller Sand, ihr Mund fühlte sich geschwollen an, und ihre Möse pochte fordernd. Es war eine seltsame Melange der Empfindungen, die sie überrollte, doch das Wichtigste war in diesem Augenblick seine Gegenwart.

Seine Arme, die sich jetzt um ihren Körper legten. Seine Hand, die unter ihr Kleid schlüpfte und ihren Slip beiseiteschob. Seine Finger, die kalt und nass waren, als sie in ihre heiße, pochende Vagina glitten. Sie war so erregt, dass sie glaubte, allein von dieser Berührung zu kommen.

Seine Finger bewegten sich in ihr, während er sie mit der anderen Hand hielt. Sie sank in den Sand, spürte seinen Körper, der sich auf sie legte, spreizte bereitwillig die Beine und hieß ihn willkommen. Sie dachte nicht an Schutzmaßnahmen, sie dachte nur an die Lust, die er ihr bescheren sollte. Doch er war achtsam; später sollte sie an diesen Moment zurückdenken und ihm dankbar sein, weil er sich kurz von ihr löste und sich das Kondom überstreifte. Sie lauschte, doch außer dem unablässigen Rauschen des Regens war nicht viel zu hören. Weil sie es nicht aushielt, länger auf ihn zu warten, hob sie ihre Hüften, wollte ihm entgegenkommen.

»Berühr dich.«

Sie glaubte, sich verhört zu haben, aber dann sagte er es wieder: »Berühr dich. So, wie du es tun würdest, wenn du allein wärst. Wenn du es vor Lust kaum mehr aushältst. Wenn du kommen willst«, fügte er hinzu.

Sie spürte ihn, wie er zwischen ihren Beinen kniete. Sie richtete sich auf, stützte sich mit einer Hand ab und fuhr mit der anderen unter ihr Kleid. Sie fühlte ihre Hitze, die nass gegen ihre Hand brandete. Mit zwei Fingern verteilte sie ihre Nässe auf der Klitoris, verrieb sie und übte dabei Druck auf den Kitzler aus. Sie stöhnte. Spürte die Spannung, die sich rasant in ihrem Körper ausbreitete und sie ganz erfasste. Es war eine Hitze, die sie den kalten Regen vergessen ließ. Mit einem überraschten Schrei kam sie, und im nächsten Moment war er auf ihr, presste ihren Körper nieder, drang in sie ein und verharrte. Sie spürte ihr Pochen, das sich mit seinem vermischte, ehe er begann, sich in ihr zu bewegen.

Dieses Mal ließ er ihnen keine Zeit. Er fickte sie erbarmungslos heftig, sie krallte sich in seine Schultern und schrie, da sie der nächste Orgasmus erfasste und ihre Sinne schwanden.

Sie hörte ihn stöhnen, dann verströmte er sich in ihr und sank auf sie hinab.

Schwer lag sein Körper auf ihrem, doch er war angenehm warm, während von unten der kalte Sand ihren Körper spürbar auskühlte. Obwohl ihr Kälte und Nässe zuwider waren, wäre sie gerne länger liegen geblieben, um sich diesem postorgasmischem Gefühl hinzugeben: matt und sehr zufrieden.

Er rollte von ihr herunter. Sie richtete sich langsam auf und hob ihre Hand zum Gesicht, doch sofort war er wieder da, packte ihr Handgelenk so schmerzhaft, dass sie aufschrie.

»Nein.«

Sie wollte ihm nicht gehorchen.

Sie wollte endlich wissen, wer er war. War das zu viel verlangt?

Anscheinend.

Seine Stimme hatte einen bedrohlichen, geradezu grollenden Unterton. »Hast du unsere Regeln vergessen?«

Sie schüttelte stumm den Kopf.

»Na also. Hab Geduld. Oder bist du es schon leid, mit mir zu schlafen? Bin ich für dich wie die anderen Männer, die du dir nimmst, wie sie dir in den Schoß fallen?«

Kopfschütteln.

Er redet mit mir, als würde er mich schon als seinen Besitz betrachten.

Sie hatte so viele Fragen. Aber wenn sie diese Fragen

stellte, ging er vielleicht für immer? Es war ihr verboten zu sprechen, es sei denn, sie wollte, dass er aufhörte. Das wollte sie auf keinen Fall.

Aber sie ertrug es auch nicht ewig, dass er seine Identität vor ihr verbarg. Wie lange hielt sie es noch aus, ihn nicht zu sehen? Wann erfuhr sie, wer er war?

Oder wollte er dieses Spiel ewig mit ihr treiben?

Sie merkte erst jetzt, dass sie vor Kälte zitterte. Wenn sie nicht schnell zurück ins Haus kam und ein heißes Bad nahm, konnte sie ihre morgige Party vom Bett aus zelebrieren.

Er half ihr auf die Beine, und als Isabel sich frierend zusammenkrümmte, hob er sie kurzerhand hoch und stapfte los. Sie klammerte sich instinktiv an seine breiten Schultern, drückte den Kopf an seine Brust und hörte ihr eigenes Blut rauschen, sein Herz heftig schlagen …

So trug der Fremde sie zurück zum Haus und stellte sie vor der Haustür wieder auf die Füße. Sie spürte, dass sie vor dem Haus standen, ohne genau sagen zu können, woher sie das wusste. Ein Schlüssel wurde ins Schloss gesteckt, er öffnete die Tür und nahm ihre Hand.

»Ich werde mich jetzt um dich kümmern«, wisperte er. Seine Worte waren wie das Versprechen eines erneuten Vergnügens, doch sie fühlte sich so zittrig und erschöpft, dass sie nicht glaubte, noch einmal zum Höhepunkt kommen zu können. Ihr Körper war einfach müde.

Er führte sie nicht in das große Schlafzimmer, das sie im oberen Stockwerk als das ihre auserkoren hatte, sondern in das angrenzende Badezimmer. Er setzte sie auf einen Hocker, legte ein Handtuch um ihre Schultern und ließ Badewasser ein.

Noch immer wagte sie nicht, ihre Augenbinde abzunehmen. Sie wagte es nicht, weil sie es sich nicht mit ihm verscherzen wollte. Zudem drang kein Wort über ihre Lippen, als wäre sie mit den Schreien ihres Orgasmus vollends verstummt. Aber sie ahnte, es lag vor allem an der Angst, er könne sie allein lassen, wenn sie jetzt sprach.

Sie wollte nicht allein sein. Ihr Körper bebte vor Kälte, ihre Zähne klapperten, und sie fühlte sich elend, fast ein bisschen weinerlich. Aber er war da und kümmerte sich um sie.

Der Duft eines Erkältungsbads im heißen Wasserdampf erfüllte den Raum, und sie atmete tief durch.

»Du bist sehr mutig.« Er war wieder bei ihr, nachdem er die Vorbereitungen für ihr Bad getroffen hatte. Seine Finger strichen über ihre Wange und berührten ihre Augenbinde. »Ich würde so gerne deine Augen sehen, aber …«

Gespannt wartete sie. Ihr Atem beschleunigte sich.

»Nein. Wir brauchen mehr Zeit.«

Sie wollte ihn fragen. Wie lange soll ich noch warten?

Als hätte sie die Frage laut ausgesprochen, seufzte er. »Nicht mehr lange«, versprach er ihr. »Vertraust du mir? – Natürlich vertraust du mir. Wäre es nicht so, hättest du längst geredet.« Sein Finger glitt über ihre Lippen, und sie schnappte nach ihm, saugte an seinem Finger. Die Vorstellung, es wäre nicht sein Finger, sondern sein Penis, an dem sie lutschte, weckte wieder die Erregung in ihr, doch sie war nur wie ein schlafendes Tier, das sich im Traum regte und danach wieder in Starre verfiel.

Sie war zu erschöpft, um überhaupt darüber nachzudenken, ob sie es vielleicht noch einmal tun sollten – dabei wäre sogar ein Bett in der Nähe.

»Bleib einfach stumm, Isabel. Genieß es. Ich verspreche dir, eines Tages wirst du erfahren, wer ich bin.«

Aber wann? Wie lange soll ich noch warten? Genügt es dir nicht, was du bisher von mir bekommen hast?

Sie hatte doch bloß Angst, er würde irgendwann verschwinden und nie wieder zu ihr zurückkommen …

Der Fremde half ihr, das total durchnässte, sandige

Kleid abzustreifen. Als er ihr aus dem Höschen half, strichen seine Finger über ihren Venushügel und berührten ihren Kitzler. Isabel musste sich an seiner Schulter festklammern. Sie seufzte wohlig.

Doch er schien nicht die Absicht zu haben, sie noch einmal zu verführen. Auch er schien zu spüren, dass sie jetzt zu erschöpft war.

Er half ihr in die Badewanne. Das Wasser war so heiß, dass sie im ersten Augenblick fröstelte, aber dann gewöhnte sie sich an die Wärme und streckte sich ganz darin aus. Ihre Hände tasteten nach dem Wannenrand, und sie rutschte so tief, dass nur noch ihr Kopf aus dem Wasser und den Schaumbergen hervorschaute.

Er war dicht neben ihr.

»Ich werde jetzt gehen und dich allein lassen. Wir sehen uns schon bald wieder ... Wenn du das willst. Willst du mich wiedersehen, Isabel?«

Sie nickte.

»Wenn ich das Badezimmer verlasse, möchte ich dich bitten, bis hundert zu zählen und erst dann die Augenbinde abzunehmen. Versprichst du mir das?«

Wieder nickte sie.

Er beugte sich vor und küsste sie auf die Stirn. »Bis bald«, wisperte er.

Sie hörte, wie er das Bad verließ, die Treppe hinunterging und die Haustür hinter sich ins Schloss zog.

Sie wartete. Ihre Gedanken beruhigten sich, die Wärme breitete sich in ihren Gliedmaßen aus, und eine angenehme Erschöpfung ergriff von ihr Besitz. Sie brauchte nicht bis hundert zählen. Sie wusste, es brachte nichts, wenn sie die Augenbinde herunterriss. Was sollte sie dann schon tun? Aus der Badewanne springen, sich ein Handtuch greifen und hinter ihm herlaufen? Er wäre längst fort.

Aber er würde wiederkommen. Schließlich hatte er es ihr versprochen ...

8. Kapitel

Das Gewitter zog in der Nacht immer wieder über die Insel hinweg, klammerte sich an die schmale Landmasse und tobte sich aus. Isabel lag wach in ihrem Schlafzimmer und lauschte auf die Geräusche im Haus; ein leises Knacken, das Rauschen des Regenwassers in den übervollen Traufen und in der Ferne das aufgebrachte Brausen des Meers, das gegen den Strand brandete.

Sie setzte sich auf, schaltete die Nachttischlampe an und nahm ein Buch zur Hand. Sie war müde, aber etwas zerrte an ihren Nerven und ließ ihr keine Ruhe.

In diesem Moment klingelte das Telefon.

Sie ließ das Buch sinken und lauschte. Wer sollte sie nachts um zwei anrufen? Und warum?

Kurz entschlossen warf sie die Bettdecke zurück, schlüpfte in den Bademantel und eilte nach unten. Blitze erleuchteten ihren Weg, als sie in der Dunkelheit die Treppe hinunterlief. Das Telefon lag auf dem Sideboard im Flur. Sie griff danach und rief atemlos in den Hörer: »Hallo?«

»Habe ich dich geweckt?«

Sie erstarrte.

»Wer sind Sie?«, flüsterte sie. Die Stimme war ihr unbekannt, aber das lag daran, dass der Anrufer sie irgendwie verfremdete. Er klang verzerrt, dumpf und wie aus weiter Ferne.

»Bist du allein, Isabel?«

»Wer sind Sie?«, wiederholte sie. Das war ihr unheimlich. Die verzerrte fremde Stimme, die Dunkelheit im

Haus und das Gewitter draußen. Das alles gepaart mit der Erinnerung an den Fremden ... Konnte es sein, dass sie gerade mit ihm sprach? Rief er sie nun auch schon nachts an, um sie zu einem neuen Abenteuer zu verführen?

»Ich bin nur ein Freund, Isabel. Und in aller Freundschaft will ich dich warnen.«

Sie lauschte.

»Gefällt es dir, wenn du gefesselt wirst? Wenn ich dir einen Knebel in den Mund stopfe, damit niemand deine Schreie hört?«

O Gott. Er war es. Der Fremde.

Ihre Knie wurden weich.

»Gefällt es dir, wenn ich dich ordentlich durchficke? Wenn ich dir den Verstand rausvögele? Das würde dir gefallen, nicht wahr?«

Sie presste den Telefonhörer ans Ohr und lauschte angestrengt. Seine Stimme kam wie aus weiter Ferne zu ihr, und obwohl er Dinge beschrieb, die sie sich wünschte, nach denen sie sich seit der ersten Begegnung mit dem Fremden gesehnt hatte, waren seine Worte ihr zuwider. Zu grob, geradezu gewalttätig wirkte er plötzlich auf sie, und sie fragte sich, ob Johannes nicht recht gehabt hatte, als er sie vor dem Fremden warnte.

»Würde es dir gefallen, wenn ich dich schlage? Wenn ich dich peitsche, bis deine Haut aufreißt? Wenn ich Salz in deine Wunden streue, damit es noch mehr brennt? Wenn ich heißes Kerzenwachs auf deine Scham tropfen lasse?«

»Nein, nein«, wimmerte sie. »Nicht, tu mir nicht weh ...«

Das war nicht der Fremde, wie sie ihn kennengelernt hatte. Das war nicht der Mann, den sie begehrte, ohne je sein Gesicht gesehen zu haben. Etwas hatte ihn verändert, und sie bekam Angst vor ihm. Ja, Angst. Sie konnte es nicht länger ertragen, ihm zuzuhören, doch seine

Stimme war so eindringlich, dass sie nicht anders konnte, als weiter zu lauschen.

»Wenn du nicht willst, dass ich dir weh tue, verschwindest du besser aus Hamburg«, schloss er. »Denn wenn wir uns begegnen, weiß ich nicht, ob ich mich bremsen kann. Dann will ich sehen, wie du dich unter Schmerzen windest, wie du leidest. Ich will sehen, wie du mich um Gnade anflehst …«

Sie legte auf.

Ihr Herz raste, und sie drückte den Telefonhörer gegen ihre Brust. Sie schnappte nach Luft, hatte das Gefühl, ihr wurde schwarz vor Augen.

Der Fremde war zu einem Monster geworden. Er wusste, wo sie war, lauerte ihr in ihrem Ferienhaus auf, und nachdem er ihr so berauschende Stunden der Lust geschenkt hatte, rief er sie mitten in der Nacht an, bedrohte und verhöhnte sie. Nein, daran war nichts aufregend oder abenteuerlich. Es gab ihrem Liebesspiel einen faden Beigeschmack, und schlimmer noch: Sie spürte Angst, die kalt ihren Rücken hinaufkroch.

Bisher war er immer zu ihr gekommen. Sie war ihm ausgeliefert gewesen und hatte es genossen. Wie sollte sie es jetzt noch genießen, wenn er ankündigte, solche Dinge mit ihr zu tun? Wie sollte sie ihm vertrauen, wenn er sie fesselte? Geilte ihre Angst ihn auf? Schreckte er sie deshalb mitten in der Nacht auf und stieß diese wilden Drohungen aus?

Aber was konnte sie tun, um sich beim nächsten Mal vor ihm zu schützen?

Schlag ihn dir aus dem Kopf. Er ist verrückt, ein Irrer.

Sie legte das Telefon zurück auf das Sideboard und ging zur Treppe. Langsam schleppte sie sich die Stufen hinauf. Es war, als hingen schwere Bleigewichte an ihren Gliedern, während in ihrer Brust ein wildes Vögelchen tanzte. Ihre Nerven flatterten.

Wie konnte sie verhindern, dass er sich ihr noch einmal näherte? Denn eines war gewiss – sie wollte es nicht. Nein, nein und noch mal nein! Er durfte ihr nie wieder nahekommen. Solange sie nicht wusste, ob er seine Drohungen tatsächlich in die Tat umsetzen würde, konnte sie ihm nicht mehr vertrauen …

»Hast du einen Moment Zeit?«

Genervt drehte Isabel sich zu Johannes um. Was wollte er denn von ihr? Störte es ihn etwa, dass sie ihm heute Abend die kalte Schulter zeigte?

Die Party war im vollen Gange, und Isabel genoss die Komplimente, die ihr die Gäste machten. Sie musste zugeben, dass sie in dem dunkelroten Korsagenkleid wirklich unwiderstehlich aussah. Doch auf Johannes war sie seit dem Mittagessen vor ein paar Tagen ein bisschen wütend, und das ließ sie ihn auch spüren. Er hatte in ihr das Misstrauen gesät. Zwar hatte sie sich davon gestern Abend nicht in ihrem Verhalten beeinflussen lassen – sie hatte gar keinen Gedanken an Johannes' Worte verschwendet –, aber der nächtliche Anruf hatte neben der Angst auch einen Zorn auf Johannes erweckt, denn sie fühlte sich von ihm manipuliert, und das mochte sie ganz und gar nicht.

Zumindest nicht von ihm. Denn ihr war schon bewusst, dass der Unbekannte sehr manipulativ vorging, um das zu bekommen, was er wollte. Da sie dasselbe wollte – göttlichen Sex mit einem Fremden, der seine Identität geschickt vor ihr verbarg –, ließ sie es sich von ihm jedoch gefallen.

»Wo ist eigentlich Bastian?«, fragte sie, um ihn abzulenken.

»Keine Ahnung. Er kommt wohl später. Hör mal, Isabel …«

Sie seufzte. Sie ahnte, was jetzt kam.

»Willst du mir etwa eine Szene machen?«, flüsterte sie und entfernte sich mit diesen Worten ein paar Schritte von Marie und Sonja, mit denen sie gerade ausgelassen und eher scherzhaft über das Thema gesprochen hatte, wie es wohl wäre, einen Liebhaber zu haben, dessen Identität man nicht kannte. Isabel hatte das Thema ganz bewusst angesprochen, und die Reaktionen waren, wie sie es vermutet hatte: Marie lief dunkelrot an und murmelte, das käme für sie auf keinen Fall in Frage. Sonjas Augen aber leuchteten auf, und sie malte sich aus, was dieser Fremde mit ihr anstellen konnte.

Hieß das, Isabel war inzwischen eine der Frauen, die sich einfach nahm, was sich ihr anbot? War es nicht das, was Sonja stets lautstark propagierte, weil ihre Ehe nur so spannend blieb? Würde ihre Beziehung mit dem Fremden an Spannung verlieren, sobald sie wusste, wer er war?

»Nein! Wie kommst du denn darauf?« Johannes stritt natürlich alles ab.

Nun, zum Beispiel, weil du mir vor wenigen Tagen eine Szene gemacht hast, dachte sie. Aber sie zuckte mit den Schultern. »Hätte ja sein können.«

»Du meinst wegen Bastian und dir? Ach, mein Gott, ihr seid erwachsen. Nein, ich will dir etwas zeigen.«

Er nahm Isabels Hand und führte sie die Treppe hinauf zu ihrem Schlafzimmer. Vor der verschlossenen Tür zögerte Johannes.

»Eigentlich wollte ich dir eine Überraschung bereiten«, sagte er. »Aber als ich in dein Schlafzimmer ging ... Nun, da fand ich das hier vor.«

Er öffnete mit einem Ruck die Tür und ließ Isabel den Vortritt. Sie machte zwei Schritte in den Raum und blieb stehen.

»Was ist denn hier passiert?«, fragte sie verwirrt.

Der Anblick, der sich ihr bot, war mehr als befremdlich. Jemand hatte ihr Zimmer verdunkelt und an den

Ecken ihres Betts mehrere Stumpenkerzen arrangiert und entzündet. Der Raum war in goldenes Licht getaucht, und es dauerte einen Moment, bis Isabel all die Details wahrnahm, die dieser Jemand auf und um ihr Bett arrangiert hatte.

Dieser Jemand hatte die Schublade aus ihrem Nachttisch herausgezogen und auf das Bett gelegt. In der offenen Schublade lag eine schwarze Augenbinde neben weichen Seilen, Tüchern und einem Paar Handschellen. Darüber lag eine langstielige rote Rose.

Isabel trat ans Bett. Sie erkannte den Briefumschlag, der an der Schublade lehnte, weil sie schon andere Umschläge dieser Machart bekommen hatte. Sie zögerte, weil Johannes sie beobachtete. Sie wollte die Botschaft nicht in seiner Gegenwart lesen.

»Was ist das?«, fragte er.

»Eine Einladung«, sagte sie leise. Ihre Finger umspielten den Umschlag. Nein, sie wollte ihn nicht öffnen. Nicht jetzt.

»Darf ich?«

Bevor sie protestieren konnte, hatte Johannes ihr den Briefumschlag aus der Hand geschnappt. Er riss ihn auf, zog die Karte heraus und las vor.

»Viel Spaß! Heute steht es dir frei, dich den Vergnügungen hinzugeben, die sich dir bieten. Ab morgen gehörst du wieder mir«, las er vor.

Also war der Fremde unter ihren Partygästen …

Der Gedanke erschreckte sie. Nach dem nächtlichen Anruf war sie verunsichert, obwohl sie inzwischen das Gefühl hatte, es war nur ein böser Traum gewesen. Sie war danach ins Bett gegangen und sofort eingeschlafen, und bei Tageslicht betrachtet verlor seine Drohung an Schärfe.

Und heute stellte er ihr frei, sich den Vergnügungen hinzugeben … Ob er darauf spekulierte, dass sie ihn unwissentlich in ihr Bett einlud? Oder wollte er sie dabei beobachten, wie sie es sich von einem anderen Mann besorgen ließ?

Aber wollte sie das überhaupt? Einen anderen Mann vögeln?

Johannes steckte das Kärtchen zurück in den Umschlag. »Nun? Lässt du dich wirklich so von ihm herumkommandieren?«

Sie antwortete nicht.

Johannes machte einen Schritt auf sie zu. »Ich würde mich gerne mit dir vergnügen«, wisperte er. »Sieh nur, er hat uns eine Kiste mit Spielzeug geschenkt ... Hat er all diese Dinge schon mal mit dir verwendet?«

Isabel sagte nichts.

Es kam ihr falsch vor, mit Johannes in ihrem Schlafzimmer zu stehen und darüber zu reden, ob oder was sie mit dem Fremden tat. Das waren zwei Welten, die sie sorgfältig voneinander trennen wollte.

Sie schob sich an Johannes vorbei und verließ das Schlafzimmer. Vor der Tür wartete sie, bis er ihr folgte, dann schloss sie die Tür hinter sich.

»Dann bin ich wohl heute Abend nicht der Auserwählte.« Johannes klang enttäuscht.

»Tut mir leid, aber ich weiß nicht, ob ich überhaupt in der Stimmung bin.«

Er stand dicht neben ihr, und sie spürte seine Hand, die sich in ihren Rücken legte und langsam nach unten glitt. Seine Finger tanzten über ihre nackte Haut, verharrten über dem tiefen Rückenausschnitt ihres Kleids. Sie fröstelte. Seine andere Hand legte sich an ihre Wange, und plötzlich lag sie in seinen Armen, und er drängte sie gegen die Wand. Isabel genoss den Kuss, sie spürte sogar schon, wie sich die Nässe pochend in ihr ausbreitete, doch dann löste sie sich von ihm und zuckte bedauernd mit den Schultern.

»Tut mir leid«, wiederholte sie und ging die Treppe hinunter.

Wenn sie sich heute vergnügen durfte, wie es ihr gefiel, dann wollte sie mehr. Nicht bloß einen Mann, der sie nach allen Regeln der Kunst verwöhnte – denn dass Johannes das tun würde, bezweifelte sie nicht. Nein, sie wollte mehr.

Ob sie Bastian einlud? Oder ...

Sie betraten wieder das große Wohnzimmer, in dem sich die meisten Partygäste aufhielten. In der angrenzenden Küche war das reichhaltige Büfett aufgebaut, und während der nächsten halben Stunde stürzte Isabel sich einfach ins Getümmel. Ihre neuen Freunde hatten es sich nicht nehmen lassen, weitere Gäste einzuladen. Das war bestimmt Johannes' Verdienst, und Isabel freute sich darüber, denn die Gäste feierten ausgelassen. Eine gelungene Party, ihr Einstand in Hamburg, wenn sie länger blieb ...

Doch immer wieder blickte sie sich während ihrer Gespräche mit neuen Bekannten, die sie »unbedingt kennenlernen« musste, verstohlen um. Beobachtete sie jemand?

Sie war sicher, dass er da war. Irgendwo im oder ums Haus war ihr Unbekannter und beobachtete sie. Er wartete, was sie machte.

In der Zwischenzeit wurde die Stimmung immer ausgelassener, die Musik wurde aufgedreht, und hämmernde Beats gruben sich in Isabels Körper. Sie tanzte auf der Terrasse, hielt ein Glas Mai Tai locker in der Rechten, während sich ihr Körper ganz den Rhythmen hingab.

Bastian schob sich von hinten an sie heran, und sie lächelte ihn auffordernd an. Plötzlich war auch Johannes da, und so tanzten sie – Bastians Hände von hinten auf ihre Hüften gelegt, während Johannes sich dicht an sie schmiegte und ein Bein zwischen ihre Schenkel schob, dass sie sich daran reiben konnte. Sie hob die Hände über den Kopf, spürte etwas Mai Tai überschwappen und in ihrem Haar versickern, doch das war jetzt egal; jetzt tanzte sie diesen erregenden Tanz mit zwei Männern, die um ihre Aufmerksamkeit buhlten.

Ob sie beide in ihr Schlafzimmer mitnehmen sollte?

Die Vorstellung, von zwei Männern verwöhnt zu werden, gefiel ihr. Aber als sie sich ausmalte, wie Johannes und Bastian darum rangen, wer sie befriedigen durfte … nein. Beide waren zu dominant. Sie wollte sich als Königin fühlen und nicht als Streitobjekt.

Sie ließ den Blick schweifen. Marie stand mit finsterem Blick und vor der Brust verschränkten Armen am Rand und beobachtete sie. Etwas an Marie war unglaublich sinnlich, und Isabel fragte sich, ob es einer anderen Frau gelang, dieses sinnliche Feuer zu entfachen. Männern gegenüber wirkte Marie seltsam verschlossen. Warum gehörte sie zu diesem Freundeskreis? Ein Geheimnis, das zu lösen sich bestimmt lohnte …

Doch bevor Isabel noch einen Schritt in Maries Richtung machen konnte, löste diese sich von der Wand, an die sie sich gelehnt hatte, sagte kurz etwas zu Daniel, der neben ihr stand und an seinem Getränk nippte, und ging mit raschen Schritten davon. Ihr Rücken war so starr, dass Isabel ahnte, wie sehr Marie diese Party und die damit verbundenen Ausschweifungen verabscheute.

Okay, damit wäre diese Frage wohl auch geklärt …

Pia kam quer über die Tanzfläche zu ihnen, spielerisch und mit fließenden Bewegungen. Sofort widmete Johannes ihr seine Aufmerksamkeit. Pia drückte ihre Brüste an ihn, drehte sich in seinen Armen um und rieb ihren Po an seinem Schritt. Isabel wusste, dass Pia jetzt seine Erregung spüren würde, und sie wusste auch, dass es nicht lange dauern würde, bis die beiden sich eine stille Ecke in der Villa suchten. Nun, sie gönnte es ihnen.

Blieb nur Bastian. Oder …

Sie spürte die Blicke der beiden, während sie weiter mit Bastian tanzte und die Arme um seinen Hals legte. Bastian beugte sich vor, sein Mund lag nah an ihrem Ohr. »Sonja und André beobachten uns.«

Sie drehte sich nicht zu den beiden um, die wenige Schritte entfernt ebenfalls tanzten.

Isabel zuckte mit den Schultern, als interessierte es sie nicht, dass André und Sonja herüberschauten. Es war ein Spiel, bei dem es darum ging, wer den ersten Schritt machte.

Sonja war plötzlich neben ihr. »Möchtest du auch noch was trinken?«

Isabel nahm die Gelegenheit wahr und nickte atemlos. Ihr Mai Tai war fast zur Neige.

Gemeinsam gingen sie zwischen den Tanzenden hindurch zur Küche.

»André ist heute kaum zu bändigen.« Sonja blies sich eine Strähne ihres dunklen Haars aus der Stirn, während sie wartete, bis der Barkeeper ihr einen Caipirinha gemixt hatte. »Puh, und diese Cocktails haben es wirklich in sich.«

»Aber es ist doch praktisch, dass wir jemanden haben, der sie uns mixt.« Isabel lächelte dem Barkeeper aufmunternd zu. Er erwiderte ihr Lächeln, ehe er sich wieder der Arbeit widmete. Gut. Er schien seinen Job ernst zu nehmen und wollte nicht flirten.

»Eigentlich wollten wir vorhin Marie bitten, sich zu uns zu gesellen.« Sonja probierte den Cocktail und nickte begeistert. »Der ist gut.«

»Marie macht auf mich nicht gerade den Eindruck, als würde sie …« Isabel verstummte, als Sonjas Blick sie traf. Etwas Hartes glitzerte in ihren Augen.

»Was weißt du über Marie?«, fragte Sonja.

»Entschuldige, nicht viel«, gestand Isabel. Sie verschränkte die Arme vor der Brust. Sie fühlte sich in die Ecke gedrängt.

»Ja, das dachte ich mir.« Sonja seufzte und saugte an ihrem Strohhalm. »Zu schade. Diese Nacht ist einfach perfekt, und es wäre bedauerlich, wenn wir sie nicht mit einem Dreier beschließen könnten.« Sie zog einen Schmollmund.

Isabel lachte. »Nun frag schon.«

Überzog etwa eine zarte Röte Sonjas Wangen? Bestimmt kam das vom Alkohol und von der Hitze des Tanzes, denn Isabel konnte sich nicht vorstellen, dass ihr unverhohlenes Angebot Sonja in Verlegenheit brachte.

»Ich dachte, du und Johannes. Oder Bastian? Wer von den beiden ist nun dein Favorit?«

»Keiner von beiden«, gestand Isabel. Doch sie erzählte Sonja nicht von dem Fremden.

Vielleicht war es ja André, der nachts zu ihr kam? Wusste Sonja davon?

»Du hältst dir alle Möglichkeiten offen?«

Isabel nahm den Mai Tai vom Barkeeper entgegen und nippte daran. Das war ihr letzter, schwor sie sich. Sie merkte, wie ihr der Alkohol langsam zu Kopf stieg.

Sie antwortete nicht, aber Sonja grinste. »Sieh an, dabei habe ich geglaubt, du wärst die Unschuld vom Lande. Und soll ich dir ein Geheimnis verraten?« Sie beugte sich vor und flüsterte ihr ins Ohr: »André wollte dich von Anfang an.«

Isabel legte ihre Hand wie zufällig auf Sonjas Hüfte. »Und wie ist es mit dir? Willst du mich auch?«

Sonja stellte den Cocktail beiseite und legte ihre Hände an Isabels Wangen. Sie beugte sich vor. Ihre grünen Augen taxierten Isabel, und dann berührten sich ihre Lippen.

Isabel schloss die Augen. Sonjas Lippen waren weich, und als sich ihre Zunge wie ein schlüpfriges Tier in Isabels Mund stahl, schmeckte sie den süßen, von Rum und

Limetten durchdrungenen Atem der anderen. Sie seufzte enttäuscht, als Sonja sich von ihr löste. Zu gerne hätte sie mehr von diesem Kuss gekostet.

»Komm«, sagte Sonja und griff nach ihrer Hand. Sie ging voran, zog Isabel ins Wohnzimmer, wo sie sich kurz suchend umblickte, doch André schien auf sie gewartet zu haben, denn er entschuldigte sich bei seinem Gesprächspartner und kam lässig zu ihnen herübergeschlendert.

»Nun?«, fragte er, aber das Lächeln der beiden Frauen schien ihm Antwort genug zu sein. Er grinste und wies einladend auf die Treppe nach oben, als gehörte das Haus Sonja und ihm.

Sie entschieden sich für Isabels Schlafzimmer. Sonja zog sie in den Raum, von hinten legte André bereits seine Hände auf ihren Po und rieb ihn durch den zarten Stoff. Isabel kicherte, sie brachte es gerade noch zuwege, ihr Glas beiseitezustellen, ehe sie sich zwischen den beiden gefangen fühlte. Sonja zog sie an sich, während André sich von hinten an sie drängte. Sie spürte seinen harten Schwanz, der sich durch die Stoffschichten zwischen ihre Hinterbacken drängte.

Sonjas Hand wanderte an ihrem Hals hinab zum Dekolleté. Ihre Finger hinterließen ein kribbelndes Gefühl der Spannung auf Isabels Haut.

»Du musst das hier nicht tun«, betonte sie leise. »Wir würden uns sehr darüber freuen, aber fühl dich nicht von uns überredet oder gezwungen …«

Isabel schluckte. »Ich war es, die danach gefragt hat, nicht wahr?«

Sonja lächelte. »Dann freuen wir uns sehr, dass du uns in dein Bett einlädst.«

Andrés Hände fuhren von ihren Hüften hinauf, schlüpften unter das Kleid und umfassten ihre Brüste. Er beugte sich über sie und küsste ihren Nacken. Isabel wurde in seinen Armen ganz weich, während Sonja einen Schritt zurück machte und sie beobachtete.

Das war der Moment, in dem sie jedes Nachdenken aufgab. Jetzt gab es nur noch Sonja und André. Vier Hände und zwei Münder, die sie verwöhnten.

Sie streckte die Hände nach Sonja aus, wollte noch einmal den süßen Atem der anderen Frau schmecken. Sonja kam zu ihr, sie stand jetzt zwischen den beiden und küsste Sonja hungrig, während André geschickt ihr Kleid öffnete, das in einer dunkelroten Wolke zu ihren Füßen niedersank. Darunter trug sie nur einen Slip und Strümpfe.

Sonjas Hände legten sich jetzt auf ihre Brüste, die Finger kniffen ihre Nippel, die sich bereits hart zusammenzogen. Isabel spürte ihre eigene Nässe, und dann waren Andrés Hände schon dort, wo sie ihn haben wollte, und schoben ihr Höschen einfach herunter. Er kniete hinter ihr, half ihr aus Kleid und Slip, warf beides vorsichtig beiseite.

Die Kerzen flackerten leise.

Sonja nahm ihre Hand und zog sie zum Bett. Einen Moment zögerte Isabel, als Sonja sich auf den Rücken legte und sie erwartungsvoll anblickte. Doch dann warf sie alle Bedenken über Bord. Sie folgte Sonja aufs Bett, die Schublade räumten sie gemeinsam weg, und schon lagen sie Seite an Seite auf der großen Matratze, während André sich im Hintergrund hielt und abwartete, was passierte.

Sonja trug ein traumhaftes zartes Kleid, weiß und enganliegend. Den ganzen Abend schon hatte Isabel sich gefragt, was Sonja wohl darunter trug. Höchste Zeit, es herauszufinden …

Sie fühlte sich etwas linkisch, als sie nach dem Verschluss von Sonjas Kleid tastete. Sonja half ihr, und gemeinsam zogen sie ihr das weiße Kleid aus.

Darunter war sie vollständig nackt.

Der Anblick dieser nackten Schönheit raubte Isabel kurz den Atem. Sie kniete auf dem Bett und betrachtete Sonja, die sich in ihrer Nacktheit zufrieden rekelte.

»Du bist schön«, flüsterte Isabel ergriffen.

Sie hätte nie gedacht, dass der Anblick einer anderen Frau sie so sehr erregen könnte. Einen Moment lang wusste sie nicht, was sie jetzt machen sollte, aber Sonja war in diesen Dingen erfahren und tat genau das Richtige. Sie richtete sich auf, legte ihre Hand zwischen Isabels Brüste auf deren Brustbein und drückte sie in die Matratze. Isabel lag neben ihr, und Sonjas Kopf beugte sich hinab, ihr Atem strich heiß über die harten Knospen, ehe sich ihre Lippen um den linken Nippel schlossen und heftig daran saugten.

Isabel stöhnte. O ja, das war gut, viel besser, als sie es sich vorgestellt hatte. Ganz anders als bei einem Mann. Als wüsste Sonja genau, was sie tat. Ihre Hand wanderte an Isabels Leib hinab und verharrte kurz auf ihrem Venushügel. Die Spannung, die sich damit in Isabel aufbaute, war schier unerträglich, und sie legte kurz entschlossen ihre Hand auf Sonjas und drückte sie hinab.

Sonjas Finger tauchten in ihrer Scham unter, die heiß pulsierte. Sie begann, Isabel mit den Fingern zu ficken, erst mit einem Finger, dann mit einem zweiten, mit drei Fingern. Isabel stöhnte immer lauter, wollte Sonja ganz spüren, wollte sie küssen und auf die gleiche Art verwöhnen. Sie schob Sonja von sich weg, beugte sich über sie und massierte die kleinen, prallen Brüste, ehe sie ihren Mund auf den harten Nippel legte und vorsichtig daran saugte. Sonjas Seufzen ermutigte sie, mehr zu geben, und so widmete sie sich mit Hingabe Sonjas Brüsten, während ihre Hand an Sonjas Flanke auf und ab fuhr.

Plötzlich spürte sie André, der sich hinter ihr aufs Bett kniete. Seine Hände packten ihren Po und dirigierten sie so, dass sie seinen Schwanz spürte, der in ihrer tropfnassen Kimme auf und ab fuhr. Sie hielt einen Moment still, doch er schien auf ihre Erlaubnis zu warten, in sie einzudringen.

Isabel zögerte. Sie wusste nicht, was sie tun sollte, aber jetzt war es wieder Sonja, die wie selbstverständlich die Regie übernahm. Sie schob sich auf dem Bett weiter nach oben, öffnete ihre Schenkel und präsentierte Isabel so ihre feucht glitzernde Spalte, die betörend weiblich duftete.

Isabel fuhr mit dem Finger über die Schamlippen. Sonjas Hand legte sich auf ihren Scheitel und drückte sie sanft hinab. Ihr Gesicht war nun Sonjas Möse so nah, dass sie glaubte, der Duft würde ihr die Sinne rauben. Sonjas Hand war fort, nichts und niemand zwang sie zu irgendwas.

Doch sie wollte es. Wollte den Geschmack einer anderen Frau kosten.

Sie kniete sich hin, reckte das Hinterteil auffordernd in die Höhe. Andrés Finger gesellten sich zu seinem Schwanz, er massierte ihren Anus, während sie Sonjas Schenkel umfasste und ihr Gesicht zwischen den Schenkeln der anderen Frau vergrub.

Zunächst kostete sie nur behutsam mit der Zungenspitze vom Aroma. Es schmeckte leicht salzig, vor allem aber süß und würzig. Sonja hob ihr die Hüften entgegen, und von dieser Reaktion ermutigt, widmete Isabel sich ihrer Vagina, ließ ihre Zunge auch hinauf zum Kitzler gleiten, der hart und rot unter der kleinen Hautkapuze hervorlugte. Ihre Zunge umspielte das Knötchen, umkreiste und umschmeichelte es.

Das war der Moment, in dem André seinen Schwanz an ihrer eigenen Möse rieb. Der Moment, in dem sie kurz innehalten musste. Sonja jammerte leise unter ihr, doch Isabel ignorierte sie. Über die Schulter blickte sie zu

André hinauf, der jetzt lächelte und mit einem einzigen festen Stoß seinen Schaft bis zum Anschlag in ihre Fotze trieb.

Sie spürte, wie die Lust im selben Moment über ihr zusammenschlug, während sie sich den vielfältigen Empfindungen hingab, die ihren Körper durchströmten. Sie beugte sich wieder über Sonjas Möse und ließ ihre Zunge um den Kitzler kreisen, doch verlor sie sich immer mehr in Andrés schnellen Stößen, mit denen er sie unnachgiebig zum Orgasmus trieb.

Ihre Finger krallten sich in Sonjas Oberschenkel, als sie kam. Sie vergrub ihr Gesicht in Sonjas Vagina, erstickte ihre Schreie in der Hitze des Geschlechts. Danach kippte sie zur Seite und blieb atemlos liegen. Schweiß glänzte auf ihrer Haut.

André und Sonja hatten längst nicht genug. Sofort nahm André ihren Platz zwischen den Schenkeln seiner Frau ein, schob seinen Schwengel in ihre Möse und begann, sie zu ficken. Atemlos beobachtete Isabel die beiden. Sie hatte damit gerechnet, dass dieser Abend etwas Besonderes für sie bereithielt, doch dass es so großartig werden würde, hatte sie sich nicht ausgemalt.

Mit spitzen Schreien kam auch Sonja, und André stöhnte, als er den Kopf am Hals seiner Frau vergrub. Er blieb einen Augenblick auf ihr liegen, dann zog er sich aus ihr zurück und sank zwischen den beiden Frauen aufs Bett. Er zog Isabel an sich, und sie schmiegte sich zufrieden an ihn.

»Und? Wer will als Nächste?«

Er grinste. Isabel kicherte, und ihre Finger schlossen sich um seinen halb erigierten Penis. Sie schloss die Augen und hörte die Atemzüge der beiden anderen, während sich ihre Hand auf und ab bewegte. Er wurde wieder hart – oder war er gar nicht schlaff geworden? Egal. Sie richtete sich auf, rollte das Kondom herunter und warf es achtlos auf das Nachttischchen. Dann beugte sie sich über ihn und nahm seinen Schwanz in den Mund.

André schnappte überrascht nach Luft. Fast schien es Isabel, als hätte er mit dieser Initiative nicht gerechnet, aber das bestärkte sie nur in ihren Bemühungen.

Sie wurde für ihren Einsatz belohnt, denn sie konnte sehr genau spüren, wie Andrés Schwanz in ihrem Mund wieder zur vollen Größe anschwoll. Er stöhnte, seine Hände krallten sich in ihr Haar, er drückte ihren Kopf nieder, doch sie hielt seinen Schaft mit einer Hand fest umschlossen, so dass sie nicht Gefahr lief, ihn zu tief in den Mund zu nehmen und zu würgen.

Sie spürte unter ihrer Hand das Blut pochen und prickeln, das in seinen Penis schoss. Sie genoss es, Macht über ihn auszuüben. Doch dann hielt sie atemlos inne – jetzt wollte sie ihn wieder in ihrer Möse spüren.

Sonja hatte sich inzwischen von ihrem Orgasmus erholt, und während André sich kurz vom Bett erhob, um ein neues Kondom zu holen – er schien die Dinger in der Hosentasche stets bei sich zu tragen –, schob Sonja Isabel in die Kissen, kniete sich vor sie und spreizte Isabels Schenkel, um sie zu verwöhnen.

Isabel schloss die Augen. Sonjas Zunge war flink und geschickt, und es dauerte nicht lange, bis Isabel glaubte, vom nächsten Orgasmus fortgetragen zu werden. Doch es fehlte etwas, um sich über diese Klippe zu stürzen. Das wusste auch Sonja, denn sie machte André bereitwillig Platz, der sich jetzt zwischen Isabels Schenkel kniete und seinen Penis quälend langsam in ihre enge Muschi schob.

Sie blickte zu ihm auf. André nahm ihre Beine, legte sie auf seine Schultern und begann, sie zu ficken. Er war erbarmungslos und schnell, und während Isabel sich ganz in seinen Stößen verlor, kniete Sonja abwartend neben ihr und hatte sich die Hand zwischen die Schenkel geschoben, um ihre Klitoris in kreisenden Bewegungen zu massieren.

Sie kamen alle gleichzeitig. Zuerst war es Sonja, die kurz innehielt und sich dann mit unverminderter Kraft weiter rieb. Ihr Gesicht wurde ganz weich, als die Lust über ihr einer Welle gleich zusammenschlug, und dieser Anblick war auch für Isabel genug. Sie schrie, krallte ihre Hände in Andrés Pobacken, trieb ihn an, noch tiefer in sie zu dringen. Sein Unterleib rieb sich an ihrem heißen und roten Kitzler, und als sie kam, zuckte ihre Möse wild und schloss sich so fest um Andrés Schwanz, dass er mit einem tiefen Stöhnen kam und den Kopf an ihrer Schulter barg.

Danach lagen sie einige Minuten still auf dem Bett. Sonja schmiegte sich an Isabel, André lag auf der anderen Seite, er hatte sich wie ein kleines Kind zusammengerollt und hielt die Augen geschlossen.

Sonjas Finger wanderten ziellos über Isabels Haut. Ihre Bauchmuskeln zuckten leicht zusammen, und Sonja lächelte.

»Du bist außergewöhnlich«, flüsterte sie. »Ich glaube, André hätte auch nichts dagegen, wenn du häufiger einen kleinen Ausflug in unser Bett machst.«

Isabel dachte wieder an die Nachricht des Fremden. Es reizte sie, in Zukunft häufiger das Bett mit den beiden zu teilen, aber was würde er davon halten?

Seine Botschaft war unmissverständlich gewesen. Heute Nacht durfte sie tun und lassen, was sie wollte. Doch danach war sie wieder ganz die Seine.

Aber wollte sie das überhaupt bleiben? Sein Anruf hatte ihr Angst eingejagt, und sie fühlte sich in diesem Haus nicht mehr sicher. War es nicht besser, wenn sie Hamburg verließ?

Sie döste ein, und als an der Tür eine leise Bewegung

entstand, schrak sie hoch. War da jemand? André hatte die Tür nur angelehnt, und durch den Türspalt glaubte sie, den Umriss eines Gesichts zu sehen. Aber das war nur Einbildung; der Wind fuhr durch alle Ritzen in diesem Haus, und da knarrte schon mal eine Tür …

Sie schlief ein. Im Traum erst kam ihr der Gedanke, dass es vielleicht der Fremde gewesen war, der hinter der Tür gelauert und sie bei ihrem Liebesspiel beobachtet hatte. Wäre sie doch nur aufgesprungen und zur Tür geeilt … Sie hätte in diesem Moment vielleicht seine Identität enthüllen können …

Im Morgengrauen wachte sie auf. Sonja kuschelte sich an sie, jemand hatte in der Nacht fürsorglich eine Decke über sie gebreitet. Isabel richtete sich auf und blickte sich suchend im Zimmer um.

André saß im Sessel neben der Tür. Er beobachtete sie, und sein forschender Blick machte sie verlegen. Sie zog die Bettdecke über ihre nackten Brüste.

»Hast du etwa vergessen, was wir heute Nacht getan haben?«

Stumm schüttelte sie den Kopf.

»Hat es dir gefallen?«

Sie nickte widerstrebend. Sie wollte etwas sagen, doch ihre Stimme versagte, und sie musste sich räuspern, ehe sie heiser erwiderte: »Aber jetzt ist die Nacht vorbei.«

Obwohl André ihre Worte nicht verstand – den tieferen Sinn dahinter nicht verstehen konnte –, erhob sie sich, zog die dünne Decke enger um ihren Körper, raffte ihre Sachen zusammen und ging aus dem Zimmer.

Es war vorbei. Sie gehörte wieder dem Unbekannten.

Sie konnte nicht anders.

9. Kapitel

Er hatte es perfekt arrangiert. Ein letzter Blick bestätigte ihm, dass er an alles gedacht hatte: Die Kerzen waren entzündet und flankierten ihr Bett. Die Schublade aus ihrem Nachttisch hatte er mit den Utensilien befüllt, von denen er wusste, dass sie ihr gefielen. Er hatte gespürt, wie sie sich an ihn schmiegte, wie sie in seinen Armen ganz weich wurde, wenn er sie festhielt. Wenn sie gefesselt war und er ihr die Augen verband, wenn sie ganz seiner Gnade ausgeliefert war, um Lust zu erfahren. Ja, das war es, was sie immer wollte. Wonach sie sich sehnte.

Zuletzt legte er den Briefumschlag auf die Schublade, verließ den Raum und zog die Tür hinter sich zu. Niemand hatte ihn bemerkt, im Moment spielte sich das Hauptgeschehen der Party noch in den unteren Räumen ab. Später erst würden einige der Gäste sich eine stille Ecke suchen, um dort ihren ganz privaten Vergnügungen nachzugehen.

Das plante auch er. Obwohl ihm bewusst war, dass seine Scharade ein gewisses Risiko barg …

Es konnte sein, dass sie ihn erkannte. Oder aber dass sie beschloss, sich mit einem anderen Mann zu vergnügen.

Nun, das konnte er nicht ausschließen. Aber er war bereit, ihr diesen Spaß zu gönnen. Dass er sie dafür bei nächster Gelegenheit auf seine Art bestrafen würde, konnte sie ja nicht ahnen.

Er schloss die Tür hinter sich und ging wieder nach unten. Nun musste er nur noch warten, bis Isabel sein Arrangement entdeckte.

Und bis sie ihn entdeckte …

Leider lief danach nichts wie geplant. Er musste zusehen, wie Isabel sich von Sonja und André erst umgarnen ließ und anschließend mit den beiden nach oben verschwand. Er hatte dafür gesorgt, dass sie seine Botschaft fand – es war gar nicht so schwer –, aber sie schien sich wirklich in dieser Nacht einem großen Spektrum der Lust widmen zu wollen.

Er nippte an seinem Drink. Nein, es hatte wohl wenig Sinn, den dreien zu folgen und sie bei ihrem Liebesspiel zu beobachten. Sicher, es wäre aufregend. Erregend. Doch er spürte die Eifersucht, die an ihm nagte.

Isabel gehörte ihm. Hatte ihm gehört, seit er sie aufgespürt und in jener Nacht davor gewarnt hatte, nach Hamburg zu kommen. Dass sie nicht auf ihn gehört hatte, ermöglichte ihnen etwas ganz Besonderes.

Er spürte, wie die Erregung von ihm Besitz ergriff. Ja, er wollte Isabel. Sie und keine andere.

Aber wenn es ihm heute Nacht nicht vergönnt war, mit ihr das zu tun, was beide wollten – weil sie sich lieber mit Sonja und André vergnügte –, dann fühlte er sich auch frei, anderen Frauen wenn nicht sein Herz, so zumindest Lust zu schenken.

Und er wusste auch schon, wen er wollte …

Sie hatte ihn schon immer gereizt. Unnahbar war sie, und er wusste, unter der rauen Schale verbarg sich ein weicher Kern, mehr noch: Unter dem schwarzen Rollkragenpulli und dem grauen Rock schlummerte eine leidenschaftliche Frau. Sie wusste es bloß nicht und klammerte sich stattdessen an zweifelhafte Vergnügungen.

Aber er wollte Marie erwecken.

Hin und wieder hatten sie in der Vergangenheit schon mal das Bett geteilt, aber heute Nacht suchte er kein Bett, in dem er sie vernaschen wollte. Von seinen ausgedehnten Erkundungsstreifzügen ums Haus wusste er von dem kleinen Schuppen im Garten, zwischen Sträuchern und Bäumen verborgen, von der Terrasse kaum einsehbar, aber nah genug, dass man jedes Geräusch hörte, das von dem Schuppen herüberdrang.

Dort wollte er sie nehmen.

Er liebte nun mal die Herausforderung!

Es dauerte, bis er Marie fand. Im Wohnzimmer war sie nicht, ebenso wenig auf der Terrasse. Er stieg leise die Treppe hinauf. In einige der Schlafzimmer hatten sich schon Paare zurückgezogen, und vor Isabels Schlafzimmer am Ende des Gangs sah er Marie knien – eine Hand auf die Türklinke gelegt, das Gesicht an den Türspalt gedrückt, durch den sie das Geschehen im Zimmer beobachtete. Ihre freie Hand hatte sie unter den Rock geschoben.

Er trat hinter sie. Kniete hinter ihr nieder. Sie seufzte leise, und als er an ihr vorbeispähte, verstand er, warum sie sich von der Szene im Zimmer so ganz einnehmen ließ.

Isabel kniete über André und lutschte hingebungsvoll seinen Schwanz. Andrés Hände krallten sich in ihre blonden Haare, während sie den Kopf rhythmisch auf und ab bewegte.

Er schluckte hart. Sie dabei zu beobachten, wie sie es einem anderen Mann besorgte, war zu viel. Es war schlimm genug, davon zu wissen …

Trotzdem konnte er den Blick nicht von der Szene abwenden, die sich vor seinen Augen abspielte. Marie drehte sich halb zu ihm um, ihre Augen weiteten sich kurz, doch er legte ihr einen Finger auf die Lippen, damit sie nichts sagte. Dann schob er die Tür etwas weiter auf, und gemeinsam beobachteten sie den Dreier. Er kniete hinter Marie, überragte sie und blickte über ihre schwarzen Haare hinweg, während sie ihre Hand weiterhin zwischen ihren Beinen bewegte.

Als André vom Bett kletterte und zu seinen Sachen ging, die auf dem Sessel neben der Tür lagen, zog Marie vorsichtig die Tür zu, damit sie nicht entdeckt wurden. Sie zitterte vor Aufregung, ihre Hand verharrte zwischen ihren Beinen. Er legte den Arm um ihre Taille, zog sie auf seine Knie und ließ die freie Hand unter ihren Rock gleiten. Er spürte die Seide ihrer Strümpfe, fuhr die Linie der Strapse nach und stellte überrascht fest, dass sie unter dem Rock kein Höschen trug. Die Hitze ihrer nassen glattrasierten Spalte überrumpelte ihn, und er holte zischend Atem, als seine Finger in sie eintauchten.

André stieg wieder aufs Bett und nahm den Platz seiner Frau ein, die bisher hingebungsvoll an Isabels Möse gelutscht hatte. Er trieb seinen Schwengel in Isabel, und sie stöhnte.

O ja, es erregte ihn, Isabel dabei zuzusehen und zugleich langsam Maries Spalte zu erforschen. Marie war unglaublich nass, und als er den Zeigefinger in sie schob, spürte er ihr Pulsieren. Sie war mehr als bereit für ihn, aber er hatte seinen Plan noch nicht aufgegeben, sie draußen zu ficken. Das hier sollte nur ein kleiner Vorgeschmack sein, damit sie wusste, was sie erwartete. Ein Versprechen kommender Freuden …

Sie sahen zu, wie André Isabel vögelte, während Sonja es sich mit der Hand besorgte. Als alle drei kamen, packte Marie sein Handgelenk und wollte ihn antreiben, damit er ihr mehr gab, damit er sie zum Höhepunkt brachte. Er lachte leise und nahm seine Hand fort. Sie seufzte frustriert auf.

»Nicht so hastig, meine Liebe. Du bekommst schon, was du willst.«

Aber er schrieb die Regeln.

Es war herrlich, über den Orgasmus einer Frau zu bestimmen. In seiner Hand lag es, wann sie kam. Und Marie war noch nicht so weit.

Sie wollte sich mit der eigenen Hand über den Gipfel der Lust hinwegtreiben, doch er zog ihre Hand fort. »Gleich«, flüsterte er ihr ins Ohr. »Wenn du willst, bekommst du gleich alles, was du willst.«

Und wenn es nach ihm ginge, noch mehr.

Nein, Marie war nicht so kalt und frigide, wie die anderen gerne glaubten. Er wusste, wie viel Leidenschaft in ihr verborgen war. Aber ihr fehlte oft der Mut, ihre geheimen Wünsche auszusprechen oder den Männern einfach ein Zeichen zu geben, wenn sie interessiert war. Und es entsprach nicht ihrem Stil, sich in sündhaft teure Kleider mit tiefen Ausschnitten zu zwängen, die kaum etwas der Fantasie überließen. Er wusste, dass Marie sich nicht hübsch fühlte. Das war es, was sie antrieb, wenn sie sich statt von Stoff von anderen Materialien umschmiegen und vernaschen ließ ...

Aber er würde das ändern.

»Hat es dir gefallen, ihnen zuzusehen?«, flüsterte er ihr ins Ohr.

Sie nickte stumm.

Er legte die Hand auf ihre Schulter. »Komm mit.«

Sie standen leise auf. Ein letztes Mal schaute er durch den Türspalt. Kam es ihm nur so vor, oder hatte Isabel die Augen geöffnet und blickte ihn direkt an? Er wich zwei Schritte in die Dunkelheit des Flurs zurück, nahm Maries Hand und ging voran.

Sie stiegen die Treppe herunter, gingen durch das Wohnzimmer und traten auf die Terrasse. Ein schmaler Kiesweg führte zwischen Büschen und Bäumen zu dem Gartenhäuschen.

Marie hinter ihm atmete schnell, ihre Hand klammerte sich an seine, als fürchtete sie, den Mut zu verlieren, wenn sie ihn losließ. Der Garten lag dunkel da, vereinzelt klang Gelächter vom Haus herüber. Ein Glas fiel klirrend zu Boden, jemand drehte die Musik lauter. Die Beats schwappten über das Gelände und vermischten sich mit dem Rauschen des Meeres.

Er drückte Marie an die Wand des Gartenhäuschens. Seine Hände fuhren über ihren schmalen Körper, sie zog sein Gesicht zu sich herunter und küsste ihn, ihre Lippen so süß wie der Piña Colada, den sie so gerne trank. Er zog ihr kurzerhand den Pullover über den Kopf, schob die Hände unter den BH und erwiderte ihren Kuss, drückte ihren Rücken gegen die Wand. Er liebkoste ihre harten Knospen. Marie stöhnte leise, und ihre Hand massierte durch die Hose seinen harten Penis. Sie sank auf die Knie und nestelte an seinem Reißverschluss, öffnete ihn und befreite sein Glied, das sich ihr entgegenreckte. Ihre Lippen schlossen sich um die dunkle Eichel.

Er stellte sich vor, es wären Isabels Lippen, schloss die Augen und dirigierte sie mit einer Hand, während er sich mit der anderen Hand an der Holzwand abstützte. Nur mit Mühe konnte er verhindern, dass er in ihren Mund abspritzte. Sie war überaus geschickt, und ihre kleine Zunge umkreiste seine Eichel in schwindelerregendem Tempo.

Sie richtete sich auf, streckte die Hand aus, und er wusste, was sie jetzt wollte. Er gab ihr das Kondom, sie rollte es ihm über und stand auf.

Er drehte sie einfach um, schob ihren Rock hoch und genoss den Anblick ihres kleinen, festen Hinterns, der im silbrigen Mondlicht hell leuchtete. Er schob seinen Schwanz zwischen ihre Pobacken, spürte die Nässe ihrer Möse und schob sich langsam in ihre Enge, während sie sich vorbeugte und mit beiden Händen an der Wand abstützte.

Es war ihm plötzlich egal, ob sie zu ihrem Vergnügen kam. Doch bestimmt bekam sie, was sie wollte, denn kaum war er in ihr, da begann sie schon, unkontrolliert zu stöhnen, kam ihm mit jedem Stoß entgegen und massierte zugleich ihren Kitzler. Er spürte die Zuckungen ihres Orgasmus, ehe auch ihn die Lust übermannte. Sie war so unglaublich eng, dass er verzückt die Augen schloss und ganz in ihr schwelgte. Immer und immer wieder stieß er in sie, und ihre spitzen, lauten Schreie vermischten sich mit seinem kehligen Stöhnen, als er sich endlich in ihr ergoss.

Marie richtete sich auf. Ihre dunklen Augen wirkten noch größer, und als er sich vorbeugte und sie sanft auf den Mund küsste, drehte sie den Kopf weg. Doch sie lächelte zufrieden, als sie ihren Rock wieder zurechtrückte und nach ihrem Pullover griff, der im nassen Rhododendron hing.

Sie kehrten zur Party zurück, als wäre nichts geschehen.

10. Kapitel

In den nächsten Tagen blieb Isabel auf Sylt.

Am Morgen brunchte sie ausgiebig mit den Gästen, die über Nacht geblieben waren. Johannes wich nicht von ihrer Seite, während Bastian sich bemühte, Abstand zu halten, und ihr vom anderen Ende der Tafel immer wieder finstere Blicke zuwarf.

Marie war die Einzige, die fehlte, und als Isabel nach ihr fragte, tauschten Pia und Sonja wissende Blicke.

»Sie ist schon heimgefahren«, sagte Pia, und in ihrer Stimme schwang ein Unterton mit, den Isabel nicht zu deuten wusste.

»Ist etwas vorgefallen?«, fragte sie, doch alle am Tisch Versammelten schüttelten den Kopf, die einen zögernd, die anderen entschieden.

Schade, dachte Isabel. Sie mochte Marie.

Mittags waren die anderen abgereist. Die Mitarbeiter vom Cateringservice kamen und halfen der Haushälterin beim Aufräumen und Säubern des Hauses. Isabel zog sich um und ging in der Zwischenzeit am Meer spazieren. Das tat ihr gut. Der Wind pustete ihr Hirn ordentlich durch, und sie versuchte, ihre Gedanken zu ordnen.

Was sollte sie als Nächstes tun? Es war nur eine Frage der Zeit, bis der Fremde wieder zu ihr kam. Und dann? Konnte sie sich nach den Ereignissen der letzten Tage ihm wieder hingeben?

Ihr Handy hatte sie mitgenommen, und sie war gerade auf dem Rückweg, als es klingelte. Keine Nummer wurde angezeigt, und sie zögerte, ehe sie ranging.

Ein lautes Rauschen war zu hören, und dann war da wieder die dunkle, verzerrte Stimme, seine Stimme.

»Mir wurde zugetragen, dass du gestern eine Menge Spaß gehabt hast.«

Sie war versucht, das Handy in den Sand zu werfen, doch sie presste es an ihr Ohr und flüsterte: »Was willst du von mir?«

»Wenn du nach Hamburg kommst, werde ich dich dafür bestrafen. Du wirst bezahlen, weil du dich mit anderen vergnügt hast.«

»Aber du hast doch …«

»Verärgere mich nicht. Du weißt, dass ich stets weiß, wo du bist. Und wenn du mir nicht gehorchst, werde ich dich nicht mehr so sanft anfassen.« Seine Stimme wurde zu einem heiseren Flüstern. »Wenn du nicht gehorchst, fließt Blut.«

Er legte auf.

Isabel stand wie erstarrt. Sie ließ die Hand mit dem Mobiltelefon sinken, das ihren Fingern entglitt und im Sand landete. Es dauerte eine Weile, bis sie ihre Gedanken wieder so weit beisammenhatte, dass sie sich danach bückte und es aufhob. Dann sank sie in den Sand. Sie hockte nur wenige Meter von der Wasserlinie entfernt, die mit der hereinkommenden Flut immer näher rückte, und starrte auf das Meer hinaus.

Warum tut er das? Glaubt er, das ist eine neue Stufe unseres Liebesspiels? Ist das ein weiterer Schritt in diese mir so unbekannte Welt?

Aber anders als die Gelegenheiten, bei denen er sie gefesselt hatte, verursachten diese Drohungen bei ihr ein Gefühl von Panik. Es war ihm ernst, er würde ihr etwas antun, wenn sie nicht gehorchte.

Andererseits: Wer war er denn, dass er diese Macht über sie ausüben durfte?

Erst als ihre Füße in den Leinenschuhen vom heranflutenden Meer nass wurden, stand sie auf, klopfte sich den Sand von der hellen Hose, nahm ihr Handy und ging langsam zurück zum Haus. Die Haushälterin und das Personal vom Cateringservice waren inzwischen fertig; sie war wieder allein.

Aber es fiel ihr schwer, diese Einsamkeit zu genießen. Abends bereitete sie sich aus den Resten, die ihre Haushälterin im Kühlschrank deponiert hatte, eine Mahlzeit zu, öffnete eine Flasche Wein und gönnte sich ausnahmsweise das Vergnügen, vor dem Fernseher zu essen. Ihre Tante Friederike hatte es wohl geliebt, hier oben auf der Insel Filme zu schauen, denn sie hatte eine umfangreiche DVD-Sammlung angelegt.

Auch die war mit ihrem Tod in Isabels Besitz übergegangen. Es war schon merkwürdig; sie saß in diesem Haus, das sie einer Frau verdankte, die sie kaum gekannt hatte. Und irgendwie bedauerte sie diesen Umstand jetzt. Sie wusste nicht mal, wo Tante Friederike begraben war, aber da konnte sie bestimmt Johannes fragen. Das nahm sie sich fest vor, und dann würde sie das Grab ihrer Tante besuchen – um Abschied zu nehmen.

Jetzt wollte sie das Alleinsein genießen. Zu viel war in den letzten Tagen passiert …

Plötzlich hörte sie ein Geräusch.

Isabel erstarrte. Sie schaltete den Fernseher stumm und lauschte angestrengt. Da, schon wieder … ein kratzendes Geräusch. Es schien von der Terrassentür zu kommen.

Sie stellte das Weinglas auf den Couchtisch, erhob sich leise und ging zur Terrassentür. Nichts. Doch – lag dort nicht ein Briefumschlag?

Ihr Herz schlug unkontrolliert und heftig.

Er war wieder da.

Sie wollte wissen, was er von ihr wollte. Und ja, sie hatte einige Fragen an ihn. Aber konnte sie es wagen, die Tür aufzuschieben? Lauerte er ihr nicht auf und würde sie angreifen, sobald sie sich diese Blöße gab? Seine Worte waren zuletzt unmissverständlich gewesen … Es würde Blut fließen.

Sie hatte Angst vor Schmerzen. Sie wusste, dass es Menschen gab, die ihre Lust aus diesem Spiel mit dem Schmerz zogen, aber nein, das würde ihr nicht gefallen.

Sie zögerte. Sollte sie das Risiko eingehen? Bisher hatte sie sich bei ihm immer sicher gefühlt, aber seine Lust hatte eine neue Stufe erklommen, und sie wollte ihm nicht folgen. Er war gefährlich.

Kurz entschlossen riss sie die Tür auf, bückte sich und griff nach dem Briefumschlag. Ein Windstoß fuhr unter das tiefgezogene Hausdach, riss ihr den Umschlag aus der Hand, und sie machte zwei Schritte ins Freie.

Das genügte ihm. Leise wie eine Katze huschte er heran, wie immer dunkel gekleidet. Wie ein Schatten. Sie schrie entsetzt auf, als sich sein Arm von hinten um sie legte. Im selben Moment presste sich die andere Hand auf ihren Mund und erstickte den Schrei. Aber sie hätte hier ohnehin schreien können, soviel sie wollte, denn im Umkreis von einem Kilometer gab es keine weiteren Häuser. Niemand konnte ihr jetzt noch helfen.

Sie war verloren.

Doch sie würde sich ihm nicht kampflos ergeben. Sie strampelte und trat um sich. Er ließ ein gedämpftes Stöhnen hören, dabei lockerte sich sein Griff für einen Moment, und sie entwischte ihm.

Es waren nur wenige Schritte bis zur Terrassentür. Aber sie war nicht schnell genug.

Er packte sie, riss ihren Arm auf den Rücken, so dass sie vor Schmerz überrascht aufschrie. Diesmal war er nicht sanft zu ihr, er schob sie über die Schwelle, betrat das Haus und verriegelte die Terrassentür hinter sich. Dann schubste er sie von sich, und sie stolperte und stürzte schwer zu Boden.

Isabel lag da und rang nach Luft. Ihre Gedanken rasten. Himmel, sie war mit ihm allein in ihrem Haus, sie war ihm ausgeliefert. Jetzt würde er vollenden, was er ihr zuvor angedroht hatte. Sie schluchzte auf. Wie hatte sie nur so dumm sein können, sich ihm hinzugeben? Er hatte von Anfang an mit ihr gespielt, hatte ihre Hilflosigkeit genossen und genau gewusst, dass er sie am Ende umbringen und wegwerfen würde.

Aber warum?

Sie lauschte. Was tat er?

Er stand einfach nur hinter ihr. Sie drehte sich zitternd um, blickte zu ihm auf. Er trug wieder die Skimaske, aber mit etwas anderem hätte sie auch nicht gerechnet. Er war nicht so dumm, einen Fehler zu machen.

Er war ein Killer, und sie hatte ihm ihr Haus und ihr Herz geöffnet. Und jetzt ließ er sie für diesen Leichtsinn teuer bezahlen.

Er trat zwei Schritte auf sie zu. Isabael wich zurück, sie krabbelte rückwärts, ohne ihn aus den Augen zu lassen, bis sie in ihrem Rücken das Sofa spürte.

»Hast du Angst vor mir?«

Stumm nickte sie. Kein Wort kam über ihre Lippen; als wäre sein Befehl, kein Wort zu sagen, in ihr Gedächtnis eingebrannt. Ob er sie heute verschonte, wenn sie alles mit sich machen ließ? Wenn sie ihm gab, was er wollte? Würde er danach gehen?

Nein. Heute war er gekommen, um sie zu töten.

»Du brauchst keine Angst zu haben.« Er kam langsam näher. Vorsichtig, als wäre sie ein wildes Tier, das er zähmen wollte, hockte er sich vor ihr auf den Boden. »Warum jetzt? Bisher hast du nie Angst gezeigt. Ja, ein gewisses Maß an Furcht gehört zu unserem Spiel, aber ich wollte dich nie ängstigen.«

Sie wollte ihm so gern glauben. Sie sehnte sich so sehr danach, recht zu behalten mit ihrem Gefühl, das ihr sagte, von ihm ginge keine Gefahr aus. Aber seine Anrufe …

Er stand jetzt direkt vor ihr. Bedrohlich. Er hielt ihr seine Hand hin, um ihr aufzuhelfen. Sie zögerte. Vertraute sie ihm?

Ja, sie vertraute dem Mann, der in ihr Haus kam, ihr seine Identität nicht offenbarte und sie auf unvorstellbare Weise erregte. Auch jetzt spürte sie ihre Nässe.

Nein, sie vertraute ihm nicht. Er rief sie nachts an, bedrohte sie und wollte sie vertreiben.

»Ich hätte niemals herkommen dürfen«, flüsterte sie.

»Was hast du gerade gesagt?«

Sie blickte zu ihm auf. »Ich hätte nie herkommen dürfen. Das alles ist ein großer Fehler. Ein Missverständnis. Ich werde diese Erbschaft ausschlagen und verschwinden. Sie tun alle so freundlich, aber in Wahrheit geht es doch niemandem um mich.«

Nachdem sie einmal das von ihm auferlegte Schweigegebot gebrochen hatte, sprudelten die Worte förmlich aus ihr heraus. Er trat einen Schritt zurück. Fixierte sie.

Sie versuchte, wenigstens seine Augenfarbe zu erkennen, doch es war nicht hell genug im Wohnzimmer. Zudem wandte er jetzt den Kopf ab, als überlegte er.

»Ich will nicht sterben«, wisperte sie.

Sein Kopf fuhr zu ihr herum. War er verwirrt? Verdammt, wenn er wenigstens diese blöde Maske ablegen würde, aber sie wusste, das war unmöglich. Er hatte auf diese Vorsichtsmaßnahme nie verzichtet.

»Wer sagt, dass du sterben musst?«

Darauf traute sie sich nicht zu antworten. Würde das nicht seine Wut zusätzlich anfachen? Im Moment wirkte er so anders. Beinahe verletzlich. Sie konnte sich nicht vorstellen, dass er ihr etwas antun würde.

Sie wagte nicht, sich zu bewegen, und nach einer Weile gab er sich einen Ruck. Seine Stimme klang hart, seine

Haltung war unnahbar. Er verschränkte die Arme vor der Brust.

»Du hast geredet. Hast du unsere Regeln vergessen? Dass du kein Wort sagen darfst, weil ich sonst nämlich aufhöre?«

Sie schüttelte den Kopf. Nein, die Regel hatte sie nicht vergessen.

»Siehst du … Schade. Wirklich schade.«

Sie schloss die Augen. *Und jetzt bringt er mich um.*

Sie hörte seine Schritte, dann das Geräusch der Terrassentür, die er aufschob. Er zog die Tür hinter sich zu. Bald war nur noch das Rauschen des Meeres durch die halboffene Tür zu hören.

Er war fort.

Erst jetzt setzte der Schock ein, und Isabel zitterte. Sie kroch zur Terrassentür, schob sie zu und verriegelte sie gewissenhaft. Lange blieb sie dort knien und starrte hinaus auf den Garten und den Bohlenpfad, der zum Dünenkamm führte und den er vermutlich hinaufgelaufen war.

Nein, sie würde ihm nicht folgen. Sie hatte Glück gehabt, und sie würde ihr Glück nicht ein zweites Mal herausfordern.

Er hatte sie verschont.

Sie stand auf, stützte sich an der Tür ab und atmete tief durch. Nur langsam kehrte Ruhe in ihren Körper zurück. Sie befühlte ihre Hüfte, mit der sie unglücklich auf den Fliesenboden aufgeschlagen war, als er sie zu Boden geschleudert hatte. Sie zuckte zusammen. Wahrscheinlich breitete sich dort schon das Grün und Blau eines Blutergusses aus.

Aber eine Frage blieb, als sie zurück zum Sofa humpelte und sich stöhnend hinsetzte.

Warum hatte er seine Drohung nicht wahrgemacht?

Oder bedrohte er gar nicht ihr Leben? War es doch nur ein Teil ihres Spiels gewesen?

Sie schloss die Augen. Nein, es war kein Spiel. Es war vorbei. Sie würde ihn nicht mehr in ihrem Leben dulden.

Er war zu weit gegangen.

Am Ende der Woche kehrte sie nach Hamburg zurück.

Sie hatte in den letzten Tagen ihr Handy ausgeschaltet und war auch nicht ans Telefon gegangen, obwohl es immer mal wieder geklingelt hatte.

Sie hatte nachgedacht. Zu einem Ergebnis war sie leider nicht gekommen.

Nach Tagen, in denen sie ihr Handy ausgeschaltet hatte, schaltete sie es wieder ein. Ihre Mailbox meldete sofort, sie habe drei neue Nachrichten.

Sie zögerte. Wollte sie sich wieder von ihm beschimpfen lassen? Es konnte aber auch sein, dass es Johannes war. Er kümmerte sich noch immer um ihre Vermögensverwaltung und hatte versprochen, sie auf dem Laufenden zu halten.

Sie atmete tief durch und wählte ihre Mailbox an.

»Isabel, hier spricht Johannes. Ich habe dich im Ferienhaus nicht erreicht, und du hast offenbar dein Telefon ausgeschaltet, also ... Wenn du wieder in Hamburg bist, wäre es gut, wenn du mit meiner Sekretärin einen Termin abstimmst. Es gibt Neuigkeiten.«

Die nächste Nachricht stammte von ihrer Freundin Alyson. »Süße, wo steckst du überhaupt? Habe ich die Chance, dass Hamburg dich irgendwann noch mal ausspuckt? Ruf mich an, ich mach mir Sorgen.«

Die dritte Nachricht.

Und da war er wieder. Erst dieses dumpfe Rauschen, dann seine dunkle, verzerrte Stimme.

»Ich bin ehrlich enttäuscht von dir, Isabel. Ich habe gedacht, wir wären uns einig, aber du treibst dich noch immer in dieser Welt herum, die eindeutig nichts für dich ist. Verschwinde. Sonst kann ich für deine Sicherheit nicht länger garantieren …«

Sie hörte die Nachricht noch zweimal an, obwohl es sie Überwindung kostete. Er drohte ihr, wie schon beim letzten Mal. Er würde wieder zu ihr kommen, und dann erging es ihr schlecht.

Sie musste endlich herausfinden, wer er war. Und es musste bald geschehen, bevor sie vor Angst verrückt wurde und die Flucht ergriff. Denn dieses neue Leben übte einen Reiz auf sie aus, mit dem sie nie gerechnet hatte. Sie genoss es, sich um die finanziellen Kleinigkeiten keine Sorgen mehr machen zu müssen, und Hamburg gefiel ihr nicht nur wegen der Männer, die sie umschwärmten und verehrten.

Nun, höchste Zeit, mit Alyson die Entwicklungen, die sich in ihrem Leben ergeben hatten, zu bequatschen. Sie wählte die Nummer der Freundin und beugte sich vor, um sich etwas Champagner nachzugießen, der ihr in ihrer Limousine natürlich auf Wunsch stets serviert wurde.

»Hallo, Süße. Du glaubst ja gar nicht, was mir passiert ist.«

Johannes saß an seinem Schreibtisch und brütete über den Vermögensaufstellungen von Isabel, als seine Sekretärin ihm den Besuch von Pia meldete.

»Ich habe keine Zeit«, versuchte er, seine besondere Freundin abzuwimmeln, aber diese Antwort schien Pia nicht zufriedenzustellen, denn sie stürmte an der Sekretärin vorbei und platzte in sein Büro, dicht gefolgt von Frau Dörfler, der etwas dicklichen Mittfünfzigerin, die ihm seit Jahren treue Sekretärinnendienste leistete.

»Entschuldigen Sie, Herr Franck, aber die junge Dame hat mich einfach beiseitegeschoben.«

Johannes winkte ab. »Schon gut, Frau Dörfler. Bringen Sie uns Kaffee und Gebäck?«

Sie nickte knapp, schob die goldumrandete Brille, die an einer ebenso golden glitzernden Kette vor ihrem Busen baumelte, zurück auf die Nase und warf noch einen letzten bösen Blick in Pias Richtung, ehe sie aus seinem Büro rauschte. Dass sie Pia nicht mochte, war kaum zu übersehen.

»Bitte, setz dich doch.« Einladend wies Johannes auf einen der beiden Stühle vor seinem wuchtigen Schreibtisch. Er lehnte sich entspannt zurück und beobachtete Pia, die durch sein Büro spazierte und keine Anstalten machte, Platz zu nehmen.

»Was wird aus unserer Ménage à trois mit Isabel?«, fragte sie schließlich.

Johannes lachte ungläubig. »Darum bist du hergekommen?«

»Sie ist seit Tagen bei niemandem aufgetaucht.«

»Ich vermute, sie wird noch auf Sylt sein.« Er tippte sich nachdenklich ans Kinn. Es hatte einen gewissen Reiz, mit Isabel und Pia einen Dreier zu machen, obwohl er ahnte, dass Pias Absichten eher in die Richtung gingen, Isabel ihre Grenzen aufzuzeigen und sie danach aus dem Freundeskreis rauszuekeln. Pia konnte so etwas, wenn sie wollte.

»Schau, es würde dich doch gar keine große Überwindung kosten«, lockte Pia ihn. Sie kam um den Schreibtisch herum und stand jetzt direkt vor ihm. Als sie sich vorbeugte, konnte er ihre runden Brüste sehen, die sich unter der Bluse in die Körbchen ihres BHs schmiegten. »Ich will ihr nur ihre Grenzen aufzeigen. Mehr nicht.«

Ein Klappern vor der Bürotür ließ sie herumfahren.

Johannes räusperte sich. Frau Dörfler kam mit einem Tablett in den Händen herein und stellte Kaffeetassen, eine Thermoskanne, Milch und Zucker sowie eine Schale mit Gebäck auf dem Couchtisch der gemütlichen Sitzgruppe ab, in der Johannes kleine geschäftliche Besprechungen mit Mandanten im ungezwungenen Rahmen abzuhalten pflegte.

»Haben Sie sonst noch einen Wunsch?«

»Danke, nein. Sie können für heute Feierabend machen, Frau Dörfler.«

Sie hob die Augenbrauen, sagte aber nichts, sondern verließ nach einem knappen Nicken den Raum.

»Deine Sekretärin ist gut erzogen.« Pia kicherte. Sie setzte sich kurzerhand auf Johannes' Schreibtisch. Neugierig spähte sie in den Ordner, den er gerade bearbeitet hatte.

Er klappte den Ordner zu und stellte ihn auf den Boden.

»Wichtig?«

»Der Nachlass deiner Stiefmutter.«

»Aha«, machte Pia nur. »Was würde eigentlich passieren, wenn Isabel – aus welchen Gründen auch immer – auf die Idee käme, ihr Erbe nicht anzutreten?«

»Dann wäre die nächste Person in der Erbfolge erbberechtigt.« Johannes runzelte die Stirn. »Aber wieso sollte Isabel das tun? Es liegt keine Überschuldung vor, und auch sonst kann ich mir keinen Grund denken, wieso sie verzichten sollte.«

»Es war nur so ein Gedanke«, versicherte Pia ihm eilig. »Du hast ja recht, sie wäre schön blöd, wenn sie's nicht annimmt.«

Sie beugte sich vor und küsste Johannes auf den Mund. Ihre Zunge umschmeichelte seine Lippen, schlüpfte in seine Mundhöhle und erforschte sie. Pia legte die Hand in seinen Nacken und zog ihn näher heran. Johannes packte sie. Sie war nicht bloß hergekommen, um sich nach dem Fortschritt der Erbschaftsangelegenheiten zu erkundigen. Oder nach dem Wohlergehen ihrer Cousine.

Seine Hand fuhr in den Bund ihres Rocks, zerrte die Bluse heraus und schob sich unter den seidigen Stoff. Er spürte ihre weiche Haut, ließ die Hand über ihrem Nabel ruhen, wo sich ihr Bauch angenehm weiblich rundete. Er streichelte ihre Hüfte, ließ die Finger hinaufgleiten und unter ihren BH-Bügel schlüpfen. Pia seufzte in seinen Mund, flüsterte Unverständliches, während ihre Hand sich an seiner Hose zu schaffen machte.

Es war nicht das erste Mal, dass sie es in seinem Büro taten. Aber heute war etwas anders. Nein, Pia war anders. Sie war in seinen Armen nicht so weich, wie er sie kannte, und als er sie behutsam von sich schob und ihr Gesicht mit den Händen umfasste, glitzerten Tränen in ihren Augen.

»Himmel, Pia. Was ist denn los?«

»Ich will dich nicht verlieren.« Sie schluchzte auf, machte sich von ihm los und sprang vom Schreibtisch. Mit wenigen Schritten war sie bei der Couch, sank in die Polster und legte die Hände in den Schoß. So hilflos hatte er sie noch nie erlebt.

Johannes ging zu ihr und setzte sich neben sie. Stumm reichte er ihr ein Stofftaschentuch, und während sie sich laut schnäuzte, goss er Kaffee ein und gab in ihre Tasse zwei Stücke Zucker, so wie sie's mochte.

»Hast du etwa Angst, du könntest mich an sie verlieren?«

Sie schüttelte entschlossen den Kopf, doch als ihr erneut Tränen aus den Augen quollen, wurde ein trotziges Nicken daraus.

»Ach, Pia!«

Er drückte ihr die Kaffeetasse in die Hand und legte tröstend den Arm um ihre Schultern. Nur langsam beruhigte Pia sich, und sie nippte an dem Kaffee, von dem Johannes wusste, dass sie ihn mochte. Der Kaffee war das Einzige, was Pia an Frau Dörfler schätzte.

»Wovor hast du Angst?«

»Sie treibt's mit jedem von euch. Hast du gewusst, dass

sie und Bastian es tun? Und von dir kann sie die Finger auch nicht lassen.«

Johannes verzichtete darauf, Pia daran zu erinnern, dass es nicht allein seine Idee gewesen war, mit Isabel zu schlafen. Sie hatte ihn dazu ermutigt.

»Und dann dieser Dreier mit André und Sonja. Hast du das mitbekommen, auf der Party?«

Johannes schüttelte den Kopf.

»Ja, siehst du. Es ist nur noch eine Frage der Zeit, bis sie's auch mit Daniel tut. Wenn sie länger als diesen Sommer bleibt, fickt sie ganz Hamburg!«

»Daniel hat dich doch nie interessiert.«

»Woher willst du das wissen?« Trotzig reckte sie das Kinn.

Johannes lächelte nachsichtig. »Hast du es nicht bei ihm versucht?«

Sie wurde rot. »Vielleicht«, sagte sie unbestimmt. »Aber es geht mir nicht um Daniel. Isabel ist das Problem.« Ihr zartes Gesicht wurde zu einer starren Maske. Sie rührte den Kaffee so heftig um, dass er überschwappte. »Sie muss verschwinden, und zwar bald.«

Johannes seufzte. Er nahm eins der mit Vanillecreme gefüllten Plunderteilchen und biss hinein. Die Süße breitete sich in seinem Mund aus und zog bis hinauf zum Kiefer. »Was gedenkst du, gegen ihre Anwesenheit hier in Hamburg zu unternehmen?«

»Wenn du mir nicht hilfst? Ach, du kannst mir ja nicht helfen. Mein Plan ist zum Scheitern verurteilt.« Sie seufzte theatralisch. »Wenn du Isabel zu einer Ménage à trois einlädst, wird sie mit Freuden zustimmen. Und wenn sie das nicht macht, heißt das, ich bin die Einzige, die sie nicht begehrt. Bestimmt findet sie mich zu fett.« Wie um ihre Worte zu unterstreichen, nahm sie ein Plunderteilchen mit Nugatfüllung und steckte es mit zwei Bissen in den Mund.

Sie wusste vermutlich gar nicht, wie erotisch sie in diesem Moment auf ihn wirkte. Johannes mochte ihre Rundungen. Er rückte näher zu ihr herüber und legte den Arm um sie. Seine Hand glitt wieder unter ihren Rock, fand ihre Klitoris unter dem Slip. Er kniff und rieb sie. Pia seufzte wohlig, lehnte sich an ihn.

»Ich würde sie gerne zu einer Ménage à trois einladen«, flüsterte er. »Aber du weißt, was ich in Wahrheit will. Dich. Gib dich mir ganz hin, Pia. Ich will sehen, wie du vor Schmerz und Lust aufschreist, wie du dich mir ganz auslieferst. Ich will all das mit dir machen, was du mir bisher verwehrst.«

Er spürte, wie sie in seinem Arm mit jedem seiner Worte steifer und abweisender wurde. Wie sie erstarrte, ihre Bewegungen linkisch wurden. Doch sie stieß ihn nicht weg. Johannes frohlockte. Sie wollte es.

Sie wollte, dass er ihr Schmerzen zufügte.

Nicht mehr lange, und sie gestand es sich endlich ein.

Johannes' Telefon klingelte. Er seufzte. Ausgerechnet jetzt!

»Ja?«, bellte er in den Hörer.

»Herr Franck, Sie wollten benachrichtigt werden, wenn Frau Schwarz ankommt. Sie ist jetzt da.« Die Stimme seiner Sekretärin klang irgendwie abwesend. Als stellte sie sich vor, was Pia und er gerade hinter verschlossenen Türen trieben, obwohl sie es sich nicht vorstellen wollte.

»O ja, natürlich. Ich komme sofort.«

Er legte auf. »Wenn man vom Teufel spricht …«

»Was? Sie ist hier?«

»Es gibt noch einiges zu besprechen, ja. Darum habe ich sie herbestellt.«

»Dann gehe ich wohl besser.« Sie stand langsam auf, nahm ein letztes Stück Gebäck und ging zur Tür. Johannes begleitete sie und verabschiedete sich mit zwei Wangenküsschen von ihr.

»Darf ich dich heute Abend besuchen?«, fragte er, bevor er die Tür öffnete.

Sie tat, als müsste sie darüber nachdenken. »Du denkst an meine Party? Da gibt es einiges zu organisieren …«

»Deine Party, natürlich.«

»Das wird keine so gähnend langweilige Veranstaltung wie dieser Ferienausflug nach Sylt.«

»Davon bin ich überzeugt.« Johannes wurde langsam ungeduldig. Er wollte Isabel nicht unnötig lange warten lassen.

»Also gut, ja. Komm vorbei. Ich erwarte dich …« Mit diesen Worten öffnete sie die Tür und schlüpfte hinaus. Johannes wartete einen Moment, rückte noch einmal seinen Krawattenknoten zurecht und folgte ihr.

Pia verabschiedete sich gerade fröhlich von Frau Dörfler, der man ansah, wie sehr es ihr widerstrebte, die Verabschiedung freundlich zu erwidern. Isabel saß in der Sitzecke für Besucher und stand langsam auf, als Johannes auf sie zuging.

Etwas an ihrem Blick sagte ihm, dass sie alles wusste.

Und das beunruhigte ihn. Sehr sogar.

11. Kapitel

Sie hätte sich ja denken können, dass Pia bei Johannes war. Komischerweise machte es ihr nichts aus. Vor kurzem hätte die Eifersucht sich ihr noch in die Eingeweide gefressen, aber seit der Fremde ihr Leben und ihre Lust bestimmte, hatte sich einiges verändert.

Vor allem hatte sie sich verändert …

»Isabel, wie schön, dass du die Zeit gefunden hast.« Johannes umarmte sie freundschaftlich und betrachtete sie prüfend. »Du siehst schrecklich müde aus. Darf ich dir was anbieten? Kaffee? Hast du Hunger? Wollen wir gleich essen gehen?«

Isabel schüttelte stumm den Kopf. Sie unterdrückte den Impuls, Pia nachzublicken, und versuchte zu lächeln.

»Was ist denn los?« Besorgt legte Johannes den Arm um ihre Schulter und führte sie in sein Büro. »Komm, setz dich.«

Seine Sekretärin folgte ihnen und beseitigte das schmutzige Geschirr. Isabel schaute sich verstohlen um, ob es Anzeichen für anderes außer einer gemütlichen Kaffeestunde gab. Aber offensichtlich hatte Pia ihr Temperament diesmal zügeln können.

»Wie bitte?« Sie hatte Johannes nicht zugehört.

»Ich fragte, ob wir die Besprechung lieber verschieben wollen? Du siehst nicht gut aus.«

»Nein, schon okay. Was gibt es denn?«

Johannes trat an seinen Schreibtisch und holte zwei Ordner, die er auf dem Couchtisch ablegte. »Kurz gesagt: Es gibt Probleme.«

»Probleme?«, echote Isabel.

»Mein Vater und ich haben ein paar Unregelmäßigkeiten in den Konten deiner Tante aufgespürt. Wir sind der Sache nachgegangen, und es sieht wohl so aus, als habe jemand Gelder veruntreut. Im großen Stil.«

»Was heißt das?« Isabels Stimmte wurde plötzlich schrill.

»Beruhige dich.« Johannes legte die Hand auf ihren Unterarm. Sie war sich seiner Nähe sehr bewusst, er saß so dicht neben ihr, dass ihre Schenkel sich berührten. Seine Gegenwart wirkte sich beruhigend auf sie aus, aber sie wollte sich von dieser trügerischen Ruhe nicht einlullen lassen.

»Es bedeutet, dass in den letzten drei Jahren nach und nach immer wieder Gelder auf ein Nummernkonto abgeflossen sind. Mal von diesem Konto, mal von jenem, immer aber waren es kleinere Beträge. Hier.« Er reichte ihr eine Liste, die sich über mehrere Seiten erstreckte.

Sie blätterte die Liste durch. »Kleinere Beträge?«

»Der höchste beläuft sich auf 3.600 Euro.«

»Aber da sind jeden Monat zwei bis drei Abbuchungen vorgenommen worden ...«

»Insgesamt beläuft sich die Summe auf etwas mehr als 100.000 Euro.«

Die Summe verschlug Isabel den Atem. »So viel!«

»Keine Sorge, wir werden der Sache auf den Grund gehen. Aber ich wollte dich darüber informieren, damit du stets auf dem Laufenden bist.«

Zögernd gab Isabel ihm die Liste zurück. »Weißt du, wer das gewesen sein könnte? Ich meine, könnt ihr den Kreis der Verdächtigen schon eingrenzen? So viele Leute werden doch wahrscheinlich gar keinen Zugang zu den Konten meiner Tante gehabt haben, oder?«

Johannes seufzte. »Leider doch. Es ist da etwas passiert ...« Er schien nach den richtigen Worten zu suchen.

»Meinem Vater ist eine kleine ... Indiskretion passiert. Er hat ... also, da gab es eine Frau, die er nach dem Tod meiner Mutter kennenlernte, und sie hat ihn eine Zeitlang ziemlich gut im Griff gehabt. Ihr Frauen könnt das ja.«

Isabel lächelte schmal, aber sie antwortete nicht. Sie war nicht hier, um über die sexuellen Gewohnheiten von Johannes' Vater zu reden.

»Jedenfalls hat sie es ganz geschickt angestellt. Mein Vater hatte die Kontovollmachten. Die Unterlagen hat er nicht im Büro, sondern zu Hause, und meist sind sie sicher verschlossen. Einmal waren sie es nicht, und diese ... also, sie hat die Gelegenheit genutzt, um alle geheimen Daten zu kopieren.«

»Aber warum wurde das nicht viel eher bemerkt?«, fragte Isabel.

Johannes seufzte. »Es wurde erst nach dem Tod deiner Tante bemerkt, weil einen Tag nach ihrem Tod eine dieser Überweisungen getätigt wurde. Bisher hatte mein Vater sich ja keine Gedanken gemacht. Er war nur für die Verwaltung zuständig, die Geldflüsse interessierten ihn nicht.«

»Und nun?«

»Die junge Dame ist natürlich nicht auffindbar, aber wir haben schon jemanden drauf angesetzt.« Johannes schien noch etwas sagen zu wollen, aber dann räusperte er sich und heftete die Liste zurück in den Ordner. »Ich fürchte nur, wir haben geringe Aussichten, dein Geld zurückzubekommen.«

100.000 Euro ... das war so unvorstellbar viel Geld, dass es Isabel schmerzte, obwohl diese Summe ja bereits vor ihrer Erbschaft verschwunden war. Es wühlte sie auf, dass es Menschen gab, die so unehrlich waren und ihre Talente einsetzten, um sich unlauter zu bereichern.

Pia war nicht anders, wenn sie Johannes etwas abtrotzte.

»Es tut mir wirklich leid.« Johannes wirkte ehrlich zerknirscht. »Und auch mein Vater ist außer sich. Er bekam gestern Abend deswegen eine Herzattacke und musste ins Krankenhaus eingeliefert werden. Er bereut zutiefst, was passiert ist.«

Aber ändern lässt es sich nun auch nicht mehr, dachte Isabel. Sie spürte keine Verbitterung, dafür war sie viel zu dankbar, dass es dieses Geld überhaupt gab, das ihr ein bequemes Leben ermöglichte. Doch sie wollte den Verlust auch nicht auf die leichte Schulter nehmen, und Johannes schien da ihrer Ansicht zu sein.

»Wir bleiben dran«, versprach er ihr.

»Danke.« Sie war ihm wirklich dankbar, doch nachdem in der Sache offenbar alles gesagt war, breitete sich ein verlegenes Schweigen aus.

»Also, dann …« Isabel fühlte sich in Johannes' Gegenwart plötzlich unwohl. Lag es an Pia, die zuvor bei ihm gewesen war? Oder war es Johannes' merkwürdig abweisendes Verhalten, da sie den Fremden vorzog?

Im Grunde interessierte es sie auch gar nicht. Nein, Isabel wollte für eine Weile nichts mehr mit diesem Spiel zu tun haben. Sie hoffte, die kommenden Tage brachten etwas Klarheit. Sie hoffte, sie kam zur Ruhe …

Sie zog sich zurück. Musste nachdenken. Doch die Ruhe hielt nicht lange an. Es hatte sich wohl herumgesprochen, dass sie wieder in der Stadt war.

Die Erste, die sich meldete, war Sonja. Ihre Stimme klang etwas rauchig, aber munter, als sie Samstag früh anrief und Isabel zu einer Shoppingtour einlud.

Isabel lehnte höflich ab.

»Ist es wegen letztem Wochenende?«, fragte Sonja nach kurzem Schweigen.

Isabel zögerte. Ja, zum einen stimmte das. Der Dreier mit André und Sonja gehörte – wenn sie von den Nächten mit dem Fremden absah – zum Besten, was ihr im Bett je passiert war. Aber sie wusste nicht, ob sie häufiger Gast in dieser Beziehung sein konnte. Vermutlich nicht. Nicht solange ihr Herz wider besseres Wissen für einen anderen schlug.

Denn das war es, was sie so entsetzte. Obwohl der Fremde sie bedrohte, obwohl er sie wie ein kleines ungezogenes Kind behandelte und das Gefühl der Sicherheit einem Wechselbad der Gefühle gewichen war, konnte sie nicht aufhören, an ihn zu denken. Seine Stimme, die ihr immer vertrauter wurde, seine Hände, die mit jeder Begegnung geschickter mit ihr umzugehen wussten. Seine Lippen, die ihren Atem von ihren Lippen tranken. Seine stille Bewunderung, die sie in jeder Bewegung zu spüren glaubte.

Hatte sie sich das alles nur eingebildet? Ihre letzte Begegnung war so schrecklich schiefgegangen, und sie fragte sich, ob sie nicht eine Mitschuld daran trug. Weil sie so überängstlich reagiert hatte. Weil sie vor ihm weggelaufen war und anschließend geredet hatte. Hatte er ihr aber nicht gerade an jenem Abend bewiesen, dass sie ihm vertrauen konnte?

Denn er hatte Wort gehalten. Nachdem sie gesprochen hatte, hatte er sie nicht mehr angerührt, sondern war in die Nacht verschwunden.

Aber wie passte das mit seinen Drohungen zusammen?

Letztlich konnte sie sich nicht ewig in ihrer Hotelsuite verschanzen, und als Bastian sie am Sonntagmittag anrief und fragte, ob sie ihn nicht auf eine Party begleiten wolle, stimmte sie schließlich zu. Sie fühlte sich wie erschlagen von den Grübeleien der letzten Tage, und im Stillen hoffte sie, eine Party würde sie auf andere Gedanken bringen.

»Es gibt da noch etwas, das du wissen solltest«, sagte

Bastian. »Die Party ist bei Pia. Und … es ist keine normale Party.«

Keine normale Party. Bei Pia.

Isabel ahnte, was das bedeutete.

»Wenn du also ein Outfit hast, das … also, ich meine …«

»Du meinst, ich sollte nicht zu viel Stoff am Körper haben?«, half Isabel ihm auf die Sprünge.

»Wäre das ein Problem für dich?«

»Überhaupt nicht«, log sie.

Eine halbe Stunde später klingelte jemand an der Tür ihrer Hotelsuite. Isabel wunderte sich. Schließlich erwartete sie niemanden. Als sie öffnete, überreichte ein Page ihr ein flaches Paket. Sie entlohnte ihn mit einem Fünfeuroschein und schloss die Tür hinter sich.

Der Karton war cremeweiß. Sie stellte ihn auf den Couchtisch und löste die blasslila Schleife. Als sie den Deckel hob, kam noch mehr zartes Lila zum Vorschein – Seidenpapier, das leise raschelte, als sie es beiseiteschob. Darunter lag ein Ensemble aus schwarzem Leder: ein knapper Minirock, ein BH und Ledermanschetten für die Handgelenke, an denen Ringösen befestigt waren. Eine Karte lag daneben. Sie erkannte die Schrift des Fremden sofort.

Wie ich höre, wirst du heute Abend da sein. Du ahnst, was dich erwartet? Ich hoffe, dieses Mal wirst du dich mir wieder hingeben …

Kein Vorwurf, keine Drohung. Er schien dort weiterzumachen, wo er vor seinem ersten Drohanruf begonnen hatte. Und er wollte sie in diesem Ensemble sehen …

Isabel zögerte.

Wenn sie seinem Wunsch entsprach und diese Kleidungsstücke anlegte, signalisierte sie ihm, dass sein Spiel weiterging. Nichts anderes.

War sie dafür wirklich bereit?

Und noch ein Gedanke kam ihr. Wenn Bastian sie zu der Party einlud und eine halbe Stunde später jemand ihr dieses Ensemble schickte – hieß das nicht, dass Bastian der Fremde war, der ihr so lustvolle Stunden schenkte? Oder war das nur ein dummer Zufall, wie das Leben nun mal dumme Zufälle zu schreiben vermochte?

Nun, sie würde es ausprobieren. Sie nahm die Kleidungsstücke und ging kurzerhand ins Bad, um sich umzuziehen.

Es wunderte sie nicht, dass die Sachen wie angegossen passten.

»Ich habe gedacht, die Party findet bei Pia statt?« Verwundert blickte Isabel sich im Vorraum des Clubs um.

»Hat dir das niemand erzählt? Ich dachte, du wüsstest, wohin wir gehen. Immerhin hast du genau das richtige Outfit gewählt.« Bastians Lächeln war gleichermaßen hoffnungsvoll wie verführerisch.

Pia hatte ihre Freunde in einen Club eingeladen, den sie für diese Gelegenheit angemietet hatte. Doch schien es kein gewöhnlicher Club zu sein. Hier wurde sicher Nacht für Nacht getanzt und getrunken, geflirtet und geküsst, doch gab es, wie Isabel feststellte, einige Gänge und Räume, die für einen normalen Club eher ungewöhnlich waren. Auch war das Ambiente – rotsamten, durchsetzt von Nachbildungen antiker Statuen, Ruhebetten statt Sitzgelegenheiten – eher dazu geeignet, die Fantasie anzuregen und zum Verweilen einzuladen.

Die anderen waren schon da. Johannes hatte sich entspannt auf einem Ruhebett ausgestreckt, Sonja und André lagen auf einem anderen und konnten die Hände nicht voneinander lassen. Sonja trug einen schwarzen Latexanzug, der ihre Körperformen perfekt zur Geltung brachte. Sie war wunderschön. Marie saß auf einem dritten Ruhebett, die Arme vor der Brust verschränkt, während Daniel lässig am Bettpfosten lehnte. Als Isabel mit Bastian eintrat, spürte sie die Blicke der Männer, die auf ihr ruhten. Johannes richtete sich halb auf und musterte sie von oben bis unten. Ihm schien zu gefallen, was er sah. Auch Daniel blickte zu ihr herüber, doch heftete er seinen Blick auf ihr Gesicht. Verlegen wandte sie den Kopf ab. Es war ihr unangenehm, so sehr im Mittelpunkt des Interesses zu stehen.

Zumal Pia, die in der Mitte des Raums stand und tatsächlich ein albernes Bunny-Kostüm trug, viel mehr Wert darauf legte, dass die Männer sie nicht aus den Augen ließen. Sie war nicht so schlank wie Sonja, aber irgendwie passte das Kostüm zu ihr, zumal sie einen Zylinder auf den brünetten Locken trug, den sie jetzt mit einer großen Geste zog, um sich mit einem spöttischen Lächeln vor Isabel und Bastian zu verbeugen.

»Seht nur, unser Ehrengast ist da.«

Sie kam zu Isabel herüber und küsste sie links und rechts auf die Wange. »Ich freu mich so, dass du da bist. Und du siehst toll aus, wer hat dir denn dieses bezaubernde Outfit besorgt?«

Isabel wusste nicht, was sie darauf antworten sollte.

»Na, ist ja nicht wichtig. Hauptsache, du bist angemessen gekleidet.« Wie zufällig strichen Pias Finger über Isabels Handgelenk und berührten ihre Ledermanschette. »Du weißt schon, dass du das hier erst später brauchst?«

Ehe Isabel antworten konnte, wandte sie sich ab und klatschte in die Hände. »Möge die Show beginnen!«

Hinter einem Vorhang trat ein Mann hervor, der außer schwarzen Pluderhosen nichts am Leib trug. Er trug ein silbernes Tablett mit Champagnerflöten, und als er zu Pia kam, die sogleich zwei Gläser nahm und eines an Isabel weiterreichte, erklärte sie: »Gustav ist mein Sklave. Er wird mir heute jeden Wunsch erfüllen.«

Ihr Lächeln wirkte irgendwie ... falsch. Als führte sie etwas im Schilde.

Isabel stürzte das halbe Glas Champagner mit wenigen Schlucken herunter. Nachdem jeder sein Glas hatte, trat Pia in die Mitte.

»Auf den Abend! Auf die Lust!«

Gustav tauchte wieder auf. Diesmal trug er auf dem Silbertablett einige Klappkärtchen vor sich her und blieb neben Pia abwartend stehen. Sie reichte ihr Glas an Daniel weiter und nahm den Zylinder ab.

»Oh, ich vergaß! Die Regeln!« Sie wandte sich mit einem Lächeln an Isabel. »Es ist ganz einfach. Jeder schreibt jetzt auf sein Kärtchen den Namen desjenigen, den er sich heute Abend als unser aller Spielgefährten – vor allem seinen eigenen Spielgefährten wünscht. Dann werden die Kärtchen gemischt, und wir ziehen den Namen desjenigen, von dem sich jeder Einzelne heute Abend etwas wünschen darf.«

Isabel wurde blass.

»Ich hoffe, das findet dein Einverständnis?«

»Ich weiß nicht«, stotterte Isabel. Nein, natürlich nicht. All ihre neuen Freunde waren – jeder auf seine Art – begehrenswert, aber sich vorzustellen, sie müsste nacheinander mit jedem ... nein. O nein.

Sie stellte ihre Champagnerflöte auf das Tablett und machte einen Schritt zurück. »Ich glaube nicht, dass ich die Richtige bin ...«

»Doch, bestimmt bist du das.« Pia nahm ihre Hand. »Komm schon, wir machen es anders. Du ziehst das Los. Ist doch nur gerecht, findest du nicht? Und überleg dir schon mal, was du mit deinem Los machen willst.«

Ihr Lächeln war so falsch. Isabel wusste, dass sie geradewegs in eine Falle tappte. Sie drehte sich im Kreis. Die Blicke aller maßen sie prüfend. Sogar Marie hatte sich aufgerichtet und beobachtete sie gespannt, während sie an ihrem Champagner nippte. André hatte den Arm um Sonja geschlungen und beobachtete sie über die Schulter seiner Frau hinweg. Daniel blinzelte müde. Bastian und Johannes wirkten wie Raubtiere, die sich zum Sprung bereitmachten.

»Komm schon. Wir haben uns alle auf dich gefreut …«

Isabel senkte den Kopf.

Der Fremde ist einer dieser vier Männer. Wenn ich mich darauf einlasse, bekomme ich heute Nacht die Gelegenheit, ihn zu entlarven. Und er wird mir nichts antun. Nicht hier, vor den Augen der anderen.

Sie nickte leicht.

»Wunderbar!« Pia nickte, und Gustav schritt durch den Raum, damit jeder ein Kärtchen vom Tablett nehmen und mit schwarzem Filzstift einen Namen notieren konnte. Als er zu Isabel trat, atmete sie tief durch, nahm ein Kärtchen und schrieb darauf: Isabel.

Sie ahnte, dass sie nicht die Einzige war, die ihren Namen aufschrieb. Im Gegenteil: Vermutlich wollten alle sie, Isabel. Wie groß war schon die Wahrscheinlichkeit, dass unter acht Kärtchen ausgerechnet ihres gezogen wurde?

Nein, wenn sie sich auf dieses Spiel einließ, dann auch ganz und gar.

Gustav warf die Kärtchen in Pias Zylinder, die mit der Hand die Lose mischte, ehe sie Isabel den Zylinder hinhielt. Isabel blickte ihrer Cousine in die Augen, als ihre Hand in der Schwärze verschwand. Sie ließ sich Zeit, ihre Finger umspielten die Kärtchen, ehe sie sich für eines entschied und es mit einem leisen Lächeln herauszog.

Es überraschte niemanden im Raum, als Pia sich umdrehte und für alle hörbar laut vorlas: »Isabel.«

Es war dennoch ein leichter Schock, als sie ihren Namen hörte. Isabel atmete tief durch.

»Nun«, sagte sie, und ihre Stimme zitterte leicht. »Wer fängt an?«

Pia schnippte mit den Fingern, und sofort huschte Gustav wieder heran und bot ihr auf dem Silbertablett einen Würfelbecher dar.

»Das werden wir jetzt herausfinden. Aber bitte, Liebes. Du brauchst nicht stehen. Komm, setz dich doch.«

Isabel sank auf das freie Ruhebett und lehnte sich zurück. Alles schien sich um sie zu drehen, während die anderen sieben sich in der Mitte des Raumes versammelten. Jetzt kauerte Gustav am Boden, und er hielt das Tablett auf seinem Rücken, so dass ein Würfeltisch für die Umstehenden entstand. Wenn er schwankte, versetzte Pia ihm einen spielerischen Klaps oder wies ihn mit scharfen Worten zurecht.

Gott, was würden die anderen von ihr verlangen? Es war ein Wahnsinn, was sie hier tat, oder? Was war, wenn irgendwer von ihr Dinge verlangte, die sie einfach nicht tun konnte?

Nachdem die anderen offenbar die Reihenfolge ausgewürfelt hatten – was nicht ohne albernes Kichern, Rempelei und einem geradezu kindischen Gebaren vonstattenging –, kam Johannes zu ihr herüber.

»Du musst dich noch für ein Safeword entscheiden.«

»Hm?«, machte Isabel.

»Ein Safeword«, wiederholte er geduldig. »Ein Wort, bei dem wir aufhören sollen.«

Sie schüttelte verwirrt den Kopf.

Johannes hockte sich vor sie hin. »Du hast so was noch nie gemacht?«, fragte er leise.

»Ich … es …«

»Du musst es nicht machen.«

Sie blickte zu Pia herüber. »Doch«, sagte sie leise. »Ich muss es machen, Johannes.« Sie straffte die Schultern. »Was ist ein gutes Safeword?«

»Du kannst zum Beispiel ›rot‹ sagen, wenn es zu viel ist, dann hören wir sofort auf.«

Sie nickte. »In Ordnung.«

Er streckte ihr die Hand hin. »Komm mit.«

»Wohin gehen wir?«

»Marie hat verloren, sie wird die Erste sein.«

»Und danach?«

Er lächelte. »Du musst nicht alles wissen, meine Schöne. Keine Sorge: Wenn du dich ganz und gar darauf einlässt, wirst du viel Spaß haben.«

Isabel atmete tief durch. »Also los.«

12. Kapitel

Johannes führte sie in einen Raum am Ende des Gangs. In der Mitte des Raums stand ein Tisch, neben dem Marie bereits auf sie wartete.

»Hallo, Isabel.«

»Marie ...«

Sie drehte sich nach Johannes um, aber er war bereits verschwunden.

»Komm. Wir machen heute den Anfang.«

Zögernd trat Isabel näher. »Was passiert hier?«, fragte sie und wies auf den Tisch.

»Oh, ich habe mir gedacht, wir könnten erst mal etwas zu essen vertragen. Ich habe schrecklichen Hunger, du nicht?«

»Essen? Mehr nicht?«

Nun, was hatte sie bei Marie auch anderes erwartet? Aber Isabel war froh, dass Marie ihr einen so leichten Einstieg in diese Nacht bot. Mit einer anderen Frau zusammenzusitzen und zu essen schien ihr geradezu angenehm. Vielleicht gelang es ihr ja, ein paar Details dessen, was sie danach erwartete, aus Marie herauszukitzeln ...

»Mehr nicht. Komm, leg dich hin.«

Isabel runzelte die Stirn. Hinter ihrem Rücken hörte sie, wie die Tür geöffnet wurde, dann das leise Scharren von Rollen auf dem Teppichboden. Sie drehte sich um.

Gustav stand hinter ihr, ein Wägelchen vor sich, das über und über mit Platten und Schüsseln beladen war, in denen kleine Köstlichkeiten darauf warteten, von ihnen vernascht zu werden.

»Leg dich hin«, wiederholte Marie. »Oh, und zieh doch bitte vorher den Rock und deinen BH aus. Die Manschetten lass ruhig an«, fügte sie hastig hinzu.

Isabel wusste noch immer nicht, was von ihr verlangt wurde. »Ich dachte, wir essen.«

»Das tun wir auch«, sagte Marie sanft. »Aber du wirst unser Teller sein. Und jetzt leg dich hin, sonst befehle ich Gustav, dass er dich auf den Tisch hebt.« Mit einer überheblichen Geste klatschte sie in die Hände.

Isabel leistete dem Befehl zögernd Folge. Marie war wie ausgewechselt. Geschäftig eilte sie zwischen dem großen Tisch und dem Rollwagen hin und her, hob die Silberglocken an, schaute darunter und nickte zufrieden.

»Nun zieh dich endlich aus!« Sie wurde langsam ungeduldig.

Isabel gehorchte. Solange sie nicht wusste, was als Nächstes geschah, hatte es vermutlich wenig Sinn, sich dagegen zu wehren, nicht wahr?

Und sie sollte bald erfahren, was Marie mit ihr vorhatte.

Nachdem Isabel sich bis auf den Slip ausgezogen hatte, kletterte sie unbeholfen auf den Tisch und streckte sich zögernd darauf aus. Marie beobachtete sie, dann nickte sie zufrieden.

Sie trat an den Tisch und stellte eine Platte mit kleinen Kanapees neben Isabel. »Liegst du bequem? In den nächsten anderthalb Stunden darfst du dich nicht bewegen.«

Isabel schluckte. Dann nickte sie entschlossen. »Wenn ich ein kleines Kissen für den Kopf bekomme, ist es okay.«

Es bedurfte nur eines Fingerschnippens von Marie, und schon eilte Gustav auf leisen Sohlen davon.

»Ich werde jetzt die Speisen auf deinem Körper arrangieren«, erklärte Marie. Sie hob eines der Kanapees hoch und legte es auf Isabels Bauch. Es fühlte sich überraschend kühl an, und Isabel keuchte leise. »Man nennt das Nyotaimori, und es ist eine japanische Tradition, die dort vor allem mit Sushi praktiziert wird. Aber ich mag kein Sushi.«

So lautlos, wie er vorhin verschwunden war, tauchte Gustav wieder auf und legte ein kleines Kissen unter Isabels Kopf. Dann begann er, Marie bei ihrer Arbeit zu helfen.

»Du wirst sehen, es ist eine ganz besondere Form, sich vor den anderen zu entblößen, wenn sie die Leckerbissen von deiner Haut herunterknabbern«, fuhr Marie fort. »Ich habe mir damit mein Studium verdient.«

Isabel schloss die Augen und versuchte, ihr klopfendes Herz zu beruhigen. Zuerst war sie skeptisch gewesen, aber je länger sie still dalag und spürte, wie die einzelnen Leckerbissen sich an ihre nackte Haut schmiegten, umso größer wurde ihre Ungeduld. Sie konnte es kaum erwarten, von allen hungrig betrachtet zu werden …

Es dauerte eine halbe Stunde, bis alle Speisen auf Isabels Körper drapiert waren. Es gab Kanapees, Reisbälle, gefüllte Pastetchen, Antipasti, ein Arrangement aus Früchten, das Marie um Isabels Bauchnabel anordnete. Zuletzt setzte sie eine einzelne kandierte Kirsche in Isabels Bauchnabel und trat zurück.

»Perfekt«, flüsterte sie. »Hol die anderen. Sag ihnen, das Essen ist angerichtet.«

Gustav ging hinaus, und ein letztes Mal wandte Marie sich an Isabel. »Keiner von uns wird mit dir reden, keiner wird dich wahrnehmen. Das sind die Regeln meines Spiels. Es ist dir verboten, zu sprechen oder dich zu bewegen. Verstanden?«

Isabel nickte schwach.

Sie konnte sich ohnehin kaum rühren, weil sie das Gefühl hatte, unter diesen Unmengen von Nahrungsmitteln schier erdrückt zu werden. Bis zu ihren Oberschenkeln zog sich das Arrangement, es reichte bis an ihren Hals und umschmiegte ihre Brüste. Sogar auf ihren Armen, die sie leicht vom Körper abspreizte, hatte Marie Häppchen verteilt, bis zu den Handgelenken. Sie wagte es kaum zu atmen.

Als die anderen den Raum betraten, wandte Isabel nicht den Kopf, sondern starrte nach oben. Leise flüsternd traten die anderen näher. Ein Finger streifte Isabels nackte Haut. Eine geradezu ehrfürchtige Stille legte sich über den Raum.

Es war Daniel, der als Erster sprach. »Marie, du hast dich selbst übertroffen.«

»Bedient euch! Es ist genug für alle da …«

Isabel schloss die Augen. Sie versuchte, sich nicht vorzustellen, wie sie wohl jetzt aussah – von oben bis unten in ein kaltes Büfett verwandelt, von dem die anderen ungehindert naschen durften. Wie erniedrigend!

Zugleich aber besaß die Vorstellung einen unwiderstehlichen Zauber. Sie spürte, dass sich jemand über sie beugte und vorsichtig eines der Pastetchen von ihrem Bauch aufnahm – mit den Lippen! Sanft leckte die Zunge ihre nackte Haut darunter. Isabel musste an sich halten, sich nicht zu bewegen.

Der nächste Hungrige knabberte an ihrem Hals, um den Marie wie ein Collier eingelegte Artischocken drapiert hatte. Isabel erschauerte. Ihre Hände ballten sich zu Fäusten, damit sie sich nicht bewegte.

»Köstlich«, sagte eine Stimme dicht an ihrem Ohr, die sie als Bastians identifizierte. »Wirklich, Marie. Du sorgst dafür, dass wir heute Nacht nicht verhungern.«

Danach gab es kein Halten mehr. Immer wieder beugten sich Köpfe über Isabels Körper, naschten die kleinen Häppchen direkt von ihrer Haut, leckten sie und knabberten an ihr. Keiner nahm die Speisen mit der Hand, jeder genoss es, ihre Haut zu küssen und zu liebkosen, während Isabel mit geschlossenen Augen dalag und versuchte, sich nicht zu rühren.

Dabei wünschte sie sich nichts mehr, als sich endlich zu bewegen. Ihren Rücken durchzubiegen, den gierigen Mündern entgegenzukommen, sie zu dirigieren und Köpfe dorthin zu schieben, wo sich die Hitze ihres Körpers langsam ausbreitete.

Sie hätte nicht gedacht, dass diese geradezu erniedrigende Haltung, dieses Stillhalten sie so sehr berührte. Aber es stimmte: Mit jeder Minute wuchs ihre Erregung. Mit jedem Happen, der von ihrem Körper im Mund eines Gastes verschwand, wünschte sie sich, den Geschmack der Speisen auf den Lippen der Männer und Frauen zu schmecken. Sie sehnte sich danach, auch Hände zu spüren – egal welche, möglichst viele. Sie fühlte sich begehrt. Sie wollte alles. Jeden.

Die Mahlzeit ging erstaunlich ruhig und gesittet vonstatten. Niemand sprach. Irgendwann öffnete Isabel die Augen und beobachtete mit stillem Staunen, wie Marie sich gerade über ein Reisbällchen auf ihrem Oberschenkel hermachte, während sich Daniel über ihren Bauch beugte. Seine Zunge umspielte die Cocktailkirsche, und als er bemerkte, dass sie ihn beobachtete, lächelte er. Dann schnappte er nach der Kirsche, richtete sich auf und trat einen Schritt zurück.

Es war noch viel aufregender, ihnen dabei zuzusehen, stellte Isabel fest. Während ihr Leib immer leerer genascht wurde, gingen heimlich Blicke hin und her. Eine Hand berührte sie wie zufällig, verharrte an ihrer Hüfte, während ein Mund sich wieder auf ihren Bauch legte und ein Stück Banane mit Schokoüberzug vertilgte. Die Schokolade schmolz auf ihrer nackten Haut. Sie fühlte sich klebrig an.

Das alles war ihr egal. Sie genoss, dass die anderen sie genossen.

Und plötzlich schien ihr die Vorstellung, an diesem Abend sieben verschiedene Aufgaben zu bewältigen, gar nicht mehr so schrecklich.

Im Gegenteil. Sie freute sich darauf. Was sich wohl Johannes für sie ausdachte? Oder Sonja und André? Maries Inszenierung machte auf jeden Fall Appetit auf mehr ...

Nach der Mahlzeit blieb keine Zeit, sich zu säubern. Marie trat an den Tisch und legte eine Hand auf Isabels Schulter, die von den Essensresten ganz klebrig war. »Du darfst dich jetzt wieder bewegen. Setz dich hin.«

Isabel gehorchte. Sie atmete tief durch und fuhr mit den Händen über ihre Oberschenkel.

»Und nun?«, fragte sie leise.

Pia trat in die Mitte des Zimmers.

»Nun, da wir alle satt sind, werde ich meine Aufgabe vorstellen.« Sie machte eine bedeutungsschwangere Pause.

Isabel stand vorsichtig auf. Marie legte ihr fürsorglich einen Schal um die Schultern, damit sie ihre nackten Brüste wenigstens notdürftig bedecken konnte, während Pia vor den Augen aller vier rote und vier blaue Kärtchen in den Zylinder warf, die Gustav ihr wieder auf dem Silbertablett reichte.

Sie beobachtete, wie Pia theatralisch mit der Hand im Zylinder rührte.

Bastian trat neben Isabel und drückte ihr ein Glas Champagner in die Hand. »Du hast bestimmt Durst.«

Sie durfte also für den Moment wieder mit den anderen reden ... »Danke«, flüsterte sie.

»Geht es dir gut?«

Sie nickte stumm. Ja, es ging ihr gut. Wenn sie davon absah, dass ihre Möse pochte. Die anderen hatten ihren

Hunger gestillt, aber Isabels Hunger war durch das Nyotaimori erst geweckt worden.

»Und was passiert jetzt?«

Bastian lachte leise. »Dir hat niemand vorher erzählt, was bei diesen Partys passiert, nicht wahr?«

Stumm schüttelte sie den Kopf. Sie fragte nicht, warum er es ihr verschwiegen hatte, sie fragte sich im Grunde, warum alle es ihr verschwiegen hatten.

Bastian schien zu ahnen, was sie dachte, denn er beugte sich zu ihr herüber. »Es hätte doch nur halb so viel Spaß gemacht, wenn du vorher schon davon gewusst hättest, denkst du nicht?«

»Isabel!«

Ihr Name wurde als Erster aus dem Hut gezogen, und Pia winkte sie zu sich heran, damit Isabel sich neben sie stellte.

Zögernd stellte Isabel ihr Champagnerglas ab, an dem sie ohnehin nur genippt hatte – denn im Gegensatz zu allen anderen hatte sie sich nicht soeben den Bauch mit all den Köstlichkeiten vollgeschlagen und spürte, dass der Alkohol nur allzu schnell seine Wirkung bei ihr entfalten würde. Sie ging langsam zu Pia herüber.

Pia ließ sich Zeit. Sie wühlte mit der Hand die Kärtchen im Zylinder durch, zog ein blaues Kärtchen heraus und öffnete es. Ein überraschtes Lächeln zeichnete sich auf ihrem Gesicht ab, als hätte sie diesen Namen nicht erwartet, aber sie hatte sich schnell wieder unter Kontrolle.

»Isabels Partner für die nächsten Stunden ist … Daniel!«

Leises Raunen, vereinzelt klatschten ein paar der Anwesenden. Johannes verzog das Gesicht, als Isabel flüchtig zu ihm herüberschaute.

Daniel kam zu ihr herüber und stellte sich neben sie. Es dauerte einen Moment, bis Isabel bewusst wurde, was hier wirklich geschah. Sie würde gleich mit Daniel in einem der angrenzenden Räume verschwinden – und dann?

Sie erinnerte sich wieder an Bastians Worte. Nichts musste. Alles durfte.

Sie atmete tief durch. Nun, sie würde es drauf ankommen lassen. Wenn Daniel und sie sich sympathisch waren, sprach doch nichts dagegen. Oder?

Andererseits galt heute Nacht wieder die Anweisung des Unbekannten … und inzwischen war sie sicher, er war einer der Anwesenden. Und wenn sie jetzt mit Daniel ging …

Was wollte sie überhaupt? Wollte sie den Fremden, der sie immer wieder bedrohte? Oder wollte sie in ihren Entscheidungen frei sein?

Ihr Herz kannte die Antwort bereits …

Nachdem die Paarungen ausgelost waren, klatschte Pia in die Hände.

»Auf geht's! Nehmt euren Partner für diese Nacht, und folgt mir in unser Spielzimmer …«

Sie hakte sich bei Johannes unter, den sie sich zu ihrem Glück zugelost hatte, und schritt voran. Bastian folgte mit Sonja, Marie ging neben André her, als würde sie ihn nicht kennen. Zuletzt bot Daniel Isabel den Arm.

Sie hakte sich bei ihm unter.

»Keine Angst«, flüsterte Daniel.

Dankbar blickte sie zu ihm auf.

Im angrenzenden Raum waren vier römische Ruhebetten aufgestellt, die jeweils zwei Personen Platz boten. Gustav servierte auf einem Tischchen vor jedem der Betten Champagner und kleine Häppchen, die jenen ähnelten, die Isabel bis vor kurzem noch auf ihrer Haut gespürt hatte. Dankbar, dass auch sie endlich etwas zu essen bekam, ließ sie sich neben Daniel auf einem der Ruhebetten nieder. Sie musste zugeben, dass Pias Arrangement sehr stilvoll war – eigentlich hatte sie von ihrer Cousine etwas eher Vulgäres erwartet, das nur darauf abzielte, Isabel zu erniedrigen. Aber vielleicht täuschte sie sich ja in Pia?

Es waren keine richtigen Speiseliegen, sondern Betten, die denen im Clubraum ähnelten. Vorhänge aus dünnem weißen Stoff konnten bei Bedarf geschlossen werden, falls man ungestört sein wollte – obwohl man vermutlich nicht wirklich ungestört wäre, denn durch die Vorhänge würden die anderen die Bewegungen in diesem Kokon nur allzu deutlich erkennen.

Sie zog die Beine an. Den Schal hielt sie fest vor ihrer Brust umklammert, obwohl Daniel sie wie alle anderen bis vor wenigen Minuten noch um einiges nackter gesehen hatte.

Daniel streckte sich entspannt auf dem Bett aus. Er trug eine weiße Hose und ein weißes Hemd, die perfekt zu seiner gebräunten Haut und den verwuschelten dunklen Haaren passten. Er beugte sich vor, streifte die Schuhe ab, warf die Socken in die Schuhe und setzte sich im Schneidersitz neben sie.

»Hast du Hunger?«, fragte er leise.

Isabel schüttelte den Kopf. Sie blickte zu den anderen Betten herüber. Pia und Johannes hatten nicht lange gewartet. Gerade bot Pia ihrem Partner einen Appetithappen an, der zwischen ihren Brüsten ruhte, und Johannes beugte sich über ihr Dekolleté, um nicht nur von dem Häppchen zu naschen.

Etwas zurückhaltender, aber nicht minder begeistert gingen Bastian und Sonja zu Werke, die sich gegenüberlagen, den Kopf auf die Hand gestützt, und leise plauderten, während sie sich gegenseitig fütterten.

André saß neben Marie, die irgendwie verloren wirkte, doch jetzt sagte er etwas, das sie lächeln ließ.

Isabel wandte sich ab. Es schien, als hätte Maries anregendes Nyotaimori den Appetit aller geweckt. Im Stillen fragte Isabel sich, was sie noch erwarten mochte …

»Wir müssen nichts von dem machen, was die anderen tun«, murmelte Daniel. Er war näher an sie herangerückt. Nicht unangenehm nah, aber so nah, dass nur sie seine Worte verstand. »Wenn wir die Vorhänge schließen, sind wir nahezu ungestört.«

Isabel nickte. Sie hatte nicht vor, mit Daniel irgendwas zu tun, wofür man ungestört sein sollte, aber vor den Blicken der anderen geschützt, fühlte sie sich etwas weniger unwohl in ihrer Haut.

Daniel gab Gustav einen Wink, der barfuß zu ihnen herüberkam und für sie die Vorhänge schloss. Wie in einer lichten Höhle saßen sie beisammen. Isabel räusperte sich verlegen und hielt sich an ihrem Glas fest.

Daniel lehnte sich entspannt zurück und trank einen Schluck Champagner. Er beobachtete sie, aber seine Blicke waren nicht unangenehm. Es ging ihm nicht darum, sie zu taxieren oder ihre Schwachstelle zu finden.

»Wovon träumst du?«, fragte er unvermittelt.

Isabel wusste nicht, was sie darauf antworten sollte. »Wie meinst du das?«, fragte sie darum zurück.

Er machte eine weit ausholende Handbewegung. »Wie ich's sage. Es geht mir nicht allein um erotische Träume, die du gerne erfüllt wissen willst. Mich interessiert jeder Traum. Vielleicht gibt es ja noch anderes, wovon du träumst.« Er beugte sich vor. »Wir müssen nicht nur über Sex reden. Oder uns sofort die Klamotten vom Leib reißen. Auch wenn die anderen es permanent tun.«

Isabel lauschte in die Stille, die seinen Worten folgte, und hörte die Geräusche von den anderen Betten. Leises Seufzen, Stöhnen, das Rascheln, das sich bewegende Körper auf Bettlaken verursachten. Ein Glas kippte klirrend um, eine der Frauen kicherte. Sonja? Angestrengt lauschend schloss Isabel die Augen.

Daniel schob sich näher. Sie ließ es zu, dass er direkt neben ihr saß. »Wovon träumst du?«, flüsterte er.

Sie seufzte leise und legte sich auf die Matratze. Das Laken fühlte sich kühl unter ihrer nackten Haut an, und als sie die Hand nach ihm ausstreckte, kam er zu ihr. Er legte sich neben sie, ihre Körper berührten sich leicht. Noch immer wahrte er einen gewissen Abstand, als wartete er auf ein Zeichen von ihr.

Wovon träumte sie? Isabel wusste es nicht. Sie träumte davon, in das Gesicht des Fremden zu blicken. Endlich zu wissen, wer er war. Aber ob Daniel diesen Wunsch verstand?

»Ich habe immer schon davon geträumt, mit dir zu reden«, flüsterte er, und sie lächelte leise. Plötzlich kam ihr das gar nicht so abwegig vor. Bisher hatte sich Daniel ihr gegenüber eher reserviert verhalten, manches Mal hatte sie geglaubt, in seinem Blick eine gewisse Feindseligkeit zu erkennen, wenn er sie beobachtete. Oder nein, es war mehr so, als unterdrückte er krampfhaft etwas. Die Art, wie er den Kopf wegdrehte ...

Oder bildete sie sich das jetzt nur ein, weil sie sich in diesem Moment wünschte, er hätte sie schon immer begehrt? Damit sie tun konnten, wonach ihnen war, ohne nach dem Später zu fragen?

Isabel schüttelte leicht den Kopf.

Absurd. Würde sie auch so denken, wenn einer der anderen Männer ihr zugelost worden wäre? André? Oder Bastian? Bei Johannes lag die Sache anders; bei ihm hätte sie nicht lange gezögert.

»Was ist?«, fragte er.

Sie lächelte. »Ich habe nur gerade überlegt ...« Aber dann fehlten ihr die Worte, und warum sollte sie auch Worte suchen, wenn ihr Körper eine völlig andere Sprache fand?

Später würde sie sich fragen, warum Daniel ihr nicht

schon vorher aufgefallen war. Warum sie nicht vorher auch an ihn als möglichen Kandidaten für die Rolle des Unbekannten gedacht hatte.

»Nicht nachdenken.« Er hob die Hand und strich mit dem Zeigefinger über ihre Stirn. »Du bekommst dann diese Falten. Hier … und hier …«

Sie ließ sich fallen.

Was zählte denn jetzt noch? Sie wusste, irgendwo lauerte der Fremde auf einen Fehler von ihr, irgendwo wartete er nur darauf, dass sie etwas tat, das ihm nicht gefiel, und dann würde er zu ihr kommen und sie für ihren Ungehorsam bestrafen. Doch sie wollte sich nichts von ihm diktieren lassen.

Sie war frei.

Daniels Mund legte sich an ihren Hals, erst vorsichtig, dann saugte er an ihrer empfindlichen Haut und ließ anschließend wie zum Trost seine Zunge darübergleiten. Sie stöhnte auf, lag jetzt auf dem Rücken und bog das Kreuz durch, als wollte sie ihm entgegenkommen. Seine Hand fuhr zu ihrem Dekolleté, schob den Schal beiseite, und es wunderte sie nicht, dass ihre Nippel schon hart und rosig überhaucht waren, obwohl er sie noch gar nicht berührt hatte.

Die andere Hand schob sich unter ihre Hüfte, zog Isabel auf ihn, so dass sie rittlings auf seinem Schoß kniete, sich über ihn beugte, während seine Lippen sich um ihren Nippel schlossen, seine Zähne an ihr knabberten. Sie bebte. Spürte seine erwachende Lust und hatte jetzt keine Zeit mehr für Spielchen, keine Zeit für leise geflüsterte Worte, um den anderen zu ermutigen. Mit einer Hand stützte sie sich ab, die andere nestelte an seiner Hose herum, was ihn grinsen ließ.

»Sei nicht so ungeduldig. Wir haben die ganze Nacht.«

»Nein«, flüsterte sie. »Ich will dich spüren. Sofort.«

Als hätte sie Angst, jemand könne im nächsten Moment kommen und sie von ihm losreißen, klammerte sie sich an ihn. Sie schloss die Augen. Atmete seinen Duft ein, sauber und männlich. Ein Duft, der ihr so vertraut schien, dass allein davon ihre Erregung wuchs. Sie rieb sich an ihm. Flüsterte seinen Namen. Schmeckte seinen Namen, weil sie das erste Mal in seinen Armen reden durfte. Weil er ihr nicht den Mund verbot, da er sonst die Fesseln lösen und sie wieder heimbringen würde, ohne sie anzurühren. Weil er sie nicht, sobald sie ihre Stimme erhob, allein auf den kalten Steinfliesen ihres Wohnzimmers im Ferienhaus zurücklassen würde, dass sie sich anschließend in den Schlaf weinte.

Er war es. Kein Zaudern, kein Zögern, nichts ließ sie zweifeln: Er war der Fremde.

»Daniel, Daniel …«

Sein Finger legte sich auf ihre Lippen. »Kein Wort«, flüsterte er, und mit dieser Geste, diesen geflüsterten Worten konnte erst recht kein Zweifel mehr bestehen. Sie schluchzte vor Erleichterung auf, klammerte sich an ihn, wollte ihn nie mehr loslassen.

Seine Hände waren so zärtlich, er hielt sie behutsam, als wäre sie zerbrechlich. Sie hob sich ihm entgegen, als er ihr den Slip auszog, lag still da und hielt die Augen offen, trank seinen Anblick, während er sich auszog, die Kleidungsstücke beiseitewarf und sich vor sie kniete.

Isabel streckte die Hand nach ihm aus. Wie sehr sie sich danach gesehnt hatte, nicht nur von ihm berührt zu werden, sondern ihn auch zu berühren, ihn zu sehen. All ihre Sinne wollte sie mit ihm überfluten.

Ihm erging es wohl ähnlich, denn er verharrte einen Moment, kniete zwischen ihren geöffneten Beinen und blickte sie einfach nur an. Dann streckte er die Hand nach ihr aus und berührte ihre Wange.

Isabel hatte so viele Fragen. Warum war er damals zu

ihr gekommen, in ihre Wohnung? Warum hatte er sich ihr nicht zu erkennen gegeben, als sie ihm an ihrem ersten Abend in Hamburg gegenüberstand?

Zugleich aber verstand sie vieles. Sein Verhalten, zum Beispiel. Seine finsteren Blicke, die immer in ihre Richtung gingen, galten nicht ihr, sondern jeweils dem Mann, mit dem sie sich unterhielt, mit dem sie flirtete, mit dem sie in einem Nebenzimmer verschwand. Einen Moment schloss Isabel die Augen und versuchte, das Gefühl der Hilflosigkeit auszublenden. Wie musste es ihm ergangen sein, wenn er sie mit anderen Männern beobachtet hatte?

Der Gedanke war zu schmerzlich. Er gehörte nicht hierher.

Es gab jetzt nur noch Daniel und sie.

Er kam zu ihr. Beinahe behutsam legte er sich auf sie, und sie öffnete sich für ihn. Es bedurfte keiner Ablenkung, keiner Spielerei. Sie wollte jetzt nur ihn. Mit ihm verschmelzen und alles um sich herum vergessen.

Seine Hände umfassten ihren Kopf. Sie hob ihm ihr Gesicht entgegen, ihr Leib bot sich ihm dar. Es schien ihr ganz selbstverständlich, als er in sie eindrang. Er verharrte, bewegte sich nicht. Sie spürte das Pulsieren ihrer Vagina.

Seine Lippen legten sich auf ihre, und mit diesem Kuss schien es ihr, als besiegelten sie ein Versprechen, das sie sich früher gegeben hatten. Isabel stöhnte in seinen Mund, als Daniel langsam begann, sich in ihr zu bewegen. Sie brauchte nichts außer ihn. Sie wollte, dass es ewig dauerte. Sie wollte endlich spüren, wie er kam, es ging ihr nicht schnell genug.

Er spielte auf der Klaviatur ihrer Lust mit derselben Kunstfertigkeit, die er bei all den anderen Gelegenheiten gezeigt hatte. Sie wusste nicht, wie sie ihm dafür danken konnte, außer dass sie sich ganz fallen ließ. Dass sie mit sich tun ließ, was auch immer er sich ausdachte.

Jetzt aber wollte er sie einfach lieben.

Isabel vergaß die Welt um sich. Sie vergaß die anderen, die sich auf den Betten im Raum vergnügten, vergaß die fünf Aufgaben, die noch auf sie warteten, und vergaß, dass es außer Daniel und ihr noch jemanden gab auf dieser Welt. Für sie war Daniel die Welt.

Es dauerte nicht lange. Seine tiefen, harten Stöße ließen sie schon bald kommen, und als sich ihre hellen Schreie in dem Betthimmel über ihren Köpfen verloren, barg er sein Gesicht an ihrer Schulter, nahm ihren Duft tief in sich auf und kam ebenfalls.

Danach regten sie sich nicht. Isabels Hände krallten sich in Daniels Rücken, ihre Finger strichen auf der Haut, unter der sich seine festen Muskeln abzeichneten, auf und ab. Wie sehr sie sich danach gesehnt hatte! Und es endlich spüren zu dürfen war sogar mehr, als sie sich je hatte erhoffen können.

Sie atmete tief durch. Nur zögernd löste Daniel sich von ihr. Seine grünen Augen ließen nicht von ihr, als er sich neben sie legte. »Komm«, flüsterte er, und Isabel schmiegte sich in seine ausgebreiteten Arme, drückte ihren Hintern gegen seinen Bauch. Seine Arme schlossen sich um sie und hüllten sie beschützend ein.

Sie schlief ein.

»Auf geht's, die nächste Runde steht an!«

Pia stand in der Mitte des Raums und wartete mit ungeduldig tippendem Fuß, bis alle sich wieder um sie versammelten. Statt des Bunny-Kostüms trug sie inzwischen nur noch einen Kimono, der ihr bis an die Knie reichte. Sie winkte herrisch, dass Isabel neben sie trat.

Isabel zögerte. Sie wollte dieses Spiel nicht länger mitmachen. Im Grunde war sie doch nur hergekommen, um herauszufinden, wer ihr Fremder war, und der Zufall hatte ihr die Antwort sehr früh geliefert.

An den anderen hatte sie kein Interesse mehr. Also gut, Interesse schon, aber sie wollte sich nicht in dieser Orgie verlieren, wenn ihr doch ein Mann voll und ganz genügte. Johannes und Bastian, André und Sonja waren für den Augenblick ein Vergnügen gewesen. Doch sie wusste, zu wem sie gehörte.

»Als Nächster darf Johannes bestimmen, was mit dir geschieht.«

Ausgerechnet Johannes. Isabel seufzte, als Pia sie am Handgelenk packte und zu Johannes schob. Gehorsam und mit gesenktem Kopf stellte sie sich neben Johannes. Sie mochte ihn. Er hatte sie in Hamburg empfangen, hatte sie den anderen vorgestellt und war der Erste gewesen, der ihre neu erwachte Lust erleben durfte. Immer wieder hatte sie schließlich gehofft, er wäre der Fremde.

»Und, was wirst du mit ihr tun, Johannes?«, zwitscherte Pia. Sie konnte ein Strahlen nicht unterdrücken, und Isabel wusste, was jetzt kam. Sie wusste es, und in ihr regte sich ein Widerwille, geradezu Ekel, dass Pia mit ihrem falschen Spiel zum Schluss doch ihren Willen bekam.

»Ich will mit ihr und dir zusammen eine Ménage à trois erleben«, sagte Johannes, und es klang für Isabel, als hätte er diese Worte schon vor Tagen auswendig gelernt. »Die anderen sind herzlich eingeladen, uns dabei zuzusehen.«

Pia spielte die Überraschte. »Wirklich?«

Johannes nickte. Er drehte sich zu Isabel um, legte zwei Finger unter ihr Kinn und hob ihr Gesicht, damit sie ihm in die Augen blickte. »Wenn du zustimmst, natürlich nur.«

Sie hatte es schon in dem Moment gewusst, als Pia alle zusammenrief, aber dennoch klang es aus ihrem Mund fremd, als sie mit rauer Stimme sagte: »Rot. Ich mache nicht mehr mit.«

Johannes starrte sie sprachlos an. Dann ließ er sie los und trat einen Schritt zurück.

Pia aber verlor die Beherrschung. Sie kreischte auf und warf ihre Champagnerflöte voller Wut auf den Boden, wo sie in tausend Scherben zersprang.

Isabel drehte sich um, so, wie sie war: nur mit dem Schal bekleidet, den sie notdürftig um die Taille geschlungen hatte. Sie trat zu Daniel, der sich inzwischen angezogen hatte. Ihre Finger kreuzten sich mit seinen, als sie seine Hand nahm.

»Lass uns nach Hause gehen.«

Es erstaunte sie, dass niemand protestierte, als sie mit Daniel den Raum verließ. An der Tür stand Gustav mit regloser Miene. »Zeig uns den Ausgang«, befahl Isabel ihm, und er nickte gehorsam. »Und hol mir meine Sachen«, fügte sie hinzu.

Sie schaute sich nicht um.

13. Kapitel

Pia war wie erstarrt. Sie blickte Isabel nach, die so selbstverständlich aus dem Raum spazierte, als hätte es diesen Abend mit all seinen Arrangements und sorgfältig erdachten Regeln nie gegeben. Sie zeigte Pia ihre Grenzen auf.

Fast hätte Johannes mit Pia Mitleid gehabt.

Sie drehte sich zu ihm um, betrachtete ihn lange und schien nach den richtigen Worten zu suchen. Dann räusperte sie sich. »Hol Gustav«, flüsterte sie. »Wir treffen uns wie verabredet in der Kammer.«

Sie drehte sich abrupt um und marschierte aus dem Zimmer. Bastian, der sich ihr in den Weg stellte, wurde rücksichtslos beiseitegeschubst. Johannes seufzte und folgte ihr, um nach Gustav zu suchen. Es kam ihm vor, als sehnte Pia sich danach, sich selbst jetzt die Schmerzen zuzufügen, die sie ursprünglich für Isabel erdacht hatte.

Er fand Gustav im Clubraum. »Deine Herrin verlangt nach dir«, sagte er nur. »Geh in die Kammer. Du weißt schon, wo.«

Gustav neigte den Kopf und eilte davon. Er gehörte schon seit langem zu Pia. Sie lud ihn immer wieder zu den Partys ein, um sich mit ihm zu vergnügen. Er war ihr Sklave, erfüllte ihr jeden Wunsch und war ihr auf jede erdenkliche Weise gefügig. Er genoss es, ihr zu gehorchen, und noch nie hatte Johannes erlebt, dass Gustav Pia einen Wunsch abschlug. So würde es auch heute sein, und kurz fürchtete Johannes um Gustavs Gesundheit und Sicherheit, denn in ihrer Raserei konnte Pia gnadenlos sein.

»Sag ihr, ich komme gleich!«, rief er Gustav hinterher, wusste jedoch nicht, ob dieser ihn wirklich hörte.

Was zählte das jetzt noch? Er hatte Isabel verloren.

Auch in ihm wuchs plötzlich der Wunsch, jemandem weh zu tun. Doch vorher musste er noch etwas erledigen …

Ungeduldig tigerte Pia in der Kammer auf und ab. Immer wieder versuchte sie zu ergründen, wie das, was sich soeben zugetragen hatte, passieren konnte. Warum hatte Isabel plötzlich einen Rückzieher gemacht?

Es musste an ihr liegen, ganz klar. Soweit Pia wusste, hatte Isabel inzwischen mit jedem das Bett geteilt – sogar mit Daniel, der sich ebenso wie Marie meistens aus ihren Spielen heraushielt. Marie, gut. Die ließ ja nicht jeden an sich heran. Aber dass Isabel, die doch sonst für jeden die Beine breit machte, ausgerechnet sie abwies, war zu viel! Was gäbe sie darum, dieser Schlampe ihre Sturheit auszuprügeln!

Gustav kam ihr da gerade recht. Er betrat die Kammer und blieb neben der Tür stehen.

»Komm her!«, befahl Pia ihm. Sie hatte sich bereits ausgezogen und trug nur noch ein Hemdchen und einen Slip – sie wusste genau, was sie jetzt wollte. Wen sie wollte. Wie sie es wollte.

Und keiner der beiden Männer war in der Position, ihr das jetzt zu verweigern.

Gustav kam beflissen zu ihr herüber. »Was wünschst du, Herrin?«, fragte er und senkte demütig den Kopf.

Sie überlegte nicht lange. »Hol die Gerte.«

»Ja, Herrin.« In seinen Augen glitzerte etwas auf. Verlangen. Sie wusste, er genoss es, von ihr gezüchtigt zu werden, obwohl es nicht seine Schuld war, dass Isabel ihr eine Abfuhr erteilt hatte. Er liebte den Schmerz.

Sie liebte die Macht.

Dass sie über Isabel keine Macht hatte, belastete sie am meisten.

Sie sah sich in der Kammer um. Es war der Raum, in den sie mit Isabel und Johannes gegangen wäre, wenn Isabel nicht das Safeword gesagt hätte. Sie ballte die Fäuste. Sie wollte etwas Schönes zerstören, wollte all die Wut, die sich in ihr staute, herauslassen. Herausschreien.

In diesem Moment schlenderte Johannes in die Kammer. »Schließ die Tür!«, befahl Pia ihm mit barscher Stimme, und er gehorchte ohne Widerspruch. Trotzdem gefiel ihr sein Grinsen nicht, und sie ließ es Gustav spüren, als er ihr die Gerte brachte. Sie versetzte ihm mit der flachen Hand einen Schlag ins Gesicht. »Ging das nicht schneller, du nutzloser Dreckskerl?«

Gustav zuckte zusammen, doch er senkte nur den Kopf und entschuldigte sich leise.

Aber heute konnte nichts Pias Wut beruhigen. Sie befahl Gustav, sich ans Fußende des breiten Bettes zu kauern, das in der Mitte des Raums stand. Sie wusste, wie sehr es ihn quälte, wenn er sie mit einem anderen Mann beobachten sollte. Es war für ihn die Höchststrafe. Er ließ sich zwar oft und gerne von ihr züchtigen und erziehen, nahm jede von ihr auferlegte Strafe ohne ein Wimpernzucken hin und gehorchte aufs Wort, wenn sie ihm Befehle erteilte, doch er hatte ihr vor ein paar Monaten erzählt, als sie in einen Club ausgingen und sich fabelhaft unterhielten – nicht als Herrin und Sklave, sondern als Freunde –, dass es für ihn eine schreckliche Vorstellung sei. Er ertrug es zwar, wenn sie mit anderen Männern schlief, doch es war ihm zuwider, dabei zuzusehen.

Genau das sollte er heute Abend tun. Es war die Strafe, die sich Pia ursprünglich für Isabel ausgedacht hatte. Doch jetzt musste Gustav an Isabels Stelle leiden.

»Rühr dich nicht vom Fleck!«, befahl Pia ihm, und er

duckte sich, die Arme um die Knie geschlungen. Aber Pia war noch immer nicht zufrieden, sie stolzierte vor ihm auf und ab und überlegte, wie sie ihm noch mehr weh tun konnte. Die Gerte schwang hin und her, und als ihr das Glänzen in Gustavs Augen nicht gefiel, ließ sie die Gerte auf seinen Rücken hinabsausen. Er wimmerte leise. So heftig hatte sie ihn noch nie geschlagen.

»Pia …« Johannes trat zwischen sie und ihren Sklaven. »Lass das doch.«

»Geh mir aus dem Weg, du elender Verräter!«, kreischte sie. Als sie versuchte, mit der Reitgerte auch nach Johannes zu schlagen, fing er ihr Handgelenk in der Luft ab.

»Herrgott, Pia! Du bist ja wie von Sinnen, was ist denn bloß in dich gefahren?«

»Lass mich los!« Sie rang mit ihm, stürzte rücklings aufs Bett und zog Johannes mit sich. Schwer landete sein Körper auf ihrem, seine Hände umklammerten schmerzhaft ihre Handgelenke. Sie ließ die Gerte los, wand sich unter ihm, versuchte, nach ihm zu treten, doch Johannes war stärker. Er rang sie nieder, bis sie sich nicht mehr rühren konnte.

»Ich habe dich nicht verraten«, flüsterte er. »Ich werde dich nie verraten. Soll sie doch mit Daniel glücklich werden. Was kümmert es uns? Hör mir zu, Pia, bitte. Es ist vorbei.«

Sie schluchzte auf. Mit aller Macht wehrte sie sich gegen Johannes, aber zugleich reagierte ihr Körper auf seinen. Die in ihr wachsende Anspannung verriet ihm, was sie wirklich wollte.

Wenn sie es nicht im Grunde auch gewollt hätte, dann hätte sie Johannes jetzt dafür verachtet. Hätte ihren Hass auch gegen ihn gerichtet.

»Du tust mir weh«, wimmerte sie und versuchte, ihre Hände aus seiner Umklammerung zu befreien.

»Das willst du doch, oder?«

Sie schüttelte den Kopf. Nein, das wollte sie nicht. Sie wollte anderen Schmerzen zufügen, wenn ihr weh getan wurde. Nicht die ihr zugefügten Schmerzen durch schlimmere Pein ausradieren.

Johannes stand auf und begann, sich zu entkleiden. »Zieh dich aus«, befahl er ihr.

Sie richtete sich auf. »Du hast mir überhaupt nichts zu befehlen«, zischte sie. Ihre Wut auf Johannes wuchs. Wie konnte er es wagen, sie vor ihrem Sklaven so zu behandeln? Kurz blickte sie zu Gustav hinüber, der sich am Fußende des Bettes zusammenkauerte. Hatte sie ein Grinsen gesehen, das in seinem Gesicht aufleuchtete?

Sie hätte ihm am liebsten mit der flachen Hand ins Gesicht geschlagen oder mit der Faust seine Nase zertrümmert. Aber Johannes, der inzwischen nackt war, packte sie und warf Pia auf die Matratze. »Wenn du nicht gehorchen willst, werde ich dir das wohl erst beibringen müssen?«

Pia schrie und strampelte, schlug um sich und versuchte, Johannes zu kratzen und zu beißen, aber er war stärker. Ein Strick legte sich um ihr rechtes Handgelenk, ihr Arm wurde in die Höhe gerissen, und obwohl sie versuchte, sich zu wehren, war er stärker. Sie versuchte, wenigstens ihre linke Hand frei zu behalten, doch auch sie griff er, bog ihren Arm schmerzhaft nach oben und fesselte beide Hände aneinander. Dann streckte er sich nach dem Deckenbalken, warf das Seil darüber und zog daran, bis Pia gezwungen war, zu knien. Erst dann verknüpfte er das Seil.

Ihr Blick funkelte, ihre Atemzüge gingen bebend schnell.

»Bind mich los«, forderte sie.

»Wieso?«, fragte Johannes. »So gefällst du mir noch besser.« Er schob sich näher, kniete direkt vor ihr, nackt, wie er war, und sein erigierter Penis berührte ihren Unterleib. »Es wäre mir lieber, wenn du dich nicht so sehr wehren würdest, aber ich vermute, das gehört für dich dazu. Ich hingegen schätze es gar nicht.« Er beugte sich herüber und hob die Gerte vom Fußboden auf. Sanft strich er damit über ihre Brüste. »Im Gegenteil. Wenn es nach mir ginge, müsstest du jetzt den Mund halten, bis ich mit dir fertig bin.«

Sie riss an den Fesseln, aber Johannes verstand sein Handwerk – sie waren fest, aber nicht so fest, dass ihre Hände eingeschnürt und der Blutfluss unterbrochen wurde. Pia sank zurück auf die Knie und seufzte.

Johannes hatte sie in der Hand.

Er trat wieder ans Bett, dieses Mal hielt er ein Messer in der Hand. »Schade um den schönen Stoff«, bemerkte er, dann beugte er sich vor und schnitt den Kimono von oben bis unten auf und zerrte den Stoff von ihrer Haut.

Ihre Nippel waren hart und schmerzten fast, so sehr zogen sie sich zusammen. Das lag nicht an der Kälte, denn in der Kammer war es warm, dafür hatte Pia vorher gesorgt.

Nein. Sie, die es sonst immer genoss, die Herrin zu sein, fand plötzlich Gefallen an ihrer neuen Rolle. Sie war Opfer, war Johannes ausgeliefert.

Seinem bösen Lächeln merkte sie an, dass er um seine Machtposition wusste. Und sie genoss.

Pia senkte den Kopf, ließ ihre Locken vors Gesicht fallen und versuchte, ihre Atmung zu beruhigen. Panik schwappte in ihr hoch. Aber zum Glück erinnerte sie sich daran, dass Johannes und sie schon manches Mal – wenn auch im Scherz – ein ähnliches Szenario diskutiert hatten, ohne es je durchzuführen, da Pia sich bisher geweigert hatte. Er kannte ihre Grenzen. Er kannte ihr Safeword.

Jetzt hoffte sie nur, er erinnerte sich daran.

Sie so hilflos zu sehen erregte ihn. Es war nach all den unzähligen Gelegenheiten, bei denen Pia ihn nach ihrer Pfeife hatte tanzen lassen, nur die gerechte Chance zur Revanche, die er heute wahrnehmen würde.

Das Bett in der Mitte des Raums bot auf allen Seiten genug Platz, dass er es lauernd umrunden konnte, wieder und wieder, während Pia mit gesenktem Kopf, die Hände nach oben gezerrt und über ihrem Kopf gefesselt auf der Matratze kniete. Nur ihre heftigen Atemzüge waren zu hören.

Gustavs Blick ruhte auf ihm. Johannes überlegte, was er mit Pias Sklaven machen sollte. »Gehorchst du mir?«, flüsterte er, und Gustav nickte mit vor Schreck geweiteten Augen. Auch ihn überrumpelte offenbar diese völlig neue Situation, da es jetzt seine Herrin war, die sich unterwerfen musste.

Es gab also zwei, die ihm zu Willen waren. Er konnte alles so machen, wie es ihm gefiel.

»Zieh dich aus«, befahl er Gustav, der sogleich ohne Widerspruch gehorchte. Gut.

Johannes wanderte durch das Zimmer, ließ seine Hand an seinem erigierten Penis auf und ab gleiten, während er beobachtete, wie Pia auf dem Bett kniete. Anbetungswürdig. Er wünschte, sie würde sich ihm immer so gehorsam hingeben. Er wünschte, er wäre derjenige, der in ihrer Beziehung die Macht ausübte, der bestimmte, wo es langging. Er wünschte, er wäre ihren Reizen nicht immer hilflos ausgeliefert.

Im Grunde wünschte er sich nur, dass endlich ein gewisses Gleichgewicht herrschte. Nun, der Zufall hatte ihn in eine Situation gebracht, in der er die Verhältnisse etwas geraderücken durfte.

Pia hatte für ihre Ménage à trois einige Vorbereitungen getroffen. Dazu gehörte auch, dass auf einem Tischchen neben dem Bett eine Tube Gleitmittel und einige Sextoys lagen. Johannes setzte sich auf die Bettkante, nahm die Tube und berührte mit der freien Hand Pias nackte Hüfte. Sie zuckte zusammen, ihr Kopf ruckte hoch, ihre Augen fixierten ihn. »Wage es nicht, mich anzurühren«, zischte sie. Offensichtlich hatte sie ihren Mut wiedergefunden und versuchte, ihn in seine Schranken zu weisen.

»Halt's Maul«, gab Johannes gleichmütig zurück. Er stieg aufs Bett, kniete sich hinter Pia, die versuchte, sich ihm zu entziehen, doch ihre Fesseln ließen ihr kaum Spielraum. Johannes schlang den Arm um ihre Taille, ließ die Hand zwischen ihre Beine gleiten und spürte ihre Nässe. Er lachte leise.

»Lass mich los«, wimmerte Pia und wand sich in seinen Armen, doch er fuhr statt einer Antwort mit den Fingern zwischen ihren Schamlippen auf und ab, verteilte ihre Säfte auf ihrer Klitoris, rieb sie und steckte den Finger mit einer abrupten Bewegung in ihre Möse. Sie stöhnte auf, und ermutigt machte er weiter.

Gustav lauerte wieder am Fußende des Bettes. Seine Augen wirkten seltsam groß, und wie ein kleines Kind hockte er da und schien zu warten, bis Johannes ihn einlud, sich zu ihnen zu gesellen.

Noch nicht.

Mit der freien Hand öffnete er die Tube mit dem Gleitmittel. Sie rutschte ihm aus den Fingern, und als er die andere Hand zur Hilfe nahm, stöhnte Pia frustriert und rüttelte an den Fesseln.

»Hör auf!« Seine Stimme gewann an Schärfe, doch sie kämpfte weiter gegen ihre Fesseln, bis Johannes ihr mit der flachen Hand einen Hieb auf den Po verpasste. »Lass das, sonst hole ich mir Marie. Vielleicht ist sie ja williger als du.«

Er gab reichlich Gleitmittel auf seine Hand und beugte sich vor. Sein Atem streifte ihren Hals, und er sah, dass ihre Augenlider flatterten, als seine Hand sich zwischen ihre Pobacken schob. »Ich glaube, es würde mir mit ihr tatsächlich mehr Spaß machen.« Sanft massierte er ihren Anus, und als sie aufstöhnte, schob er einen Finger langsam in sie hinein. Mit der anderen Hand hielt er sie wieder fest, damit sie sich nicht zu heftig bewegte und sich weh tat. »Würde dir das gefallen? Wenn ich dich von Gustav festhalten lasse, während ich es mit Marie treibe?«

Sie riss an den Fesseln, die sich tief ins Fleisch fraßen. Johannes weitete ihren Anus, schob den zweiten Finger hinein und spürte, wie ihr enges Arschloch zuckte. »Nein«, flüsterte er. »Ich weiß, was ich mache. Ich werde es mit Isabel tun. Vor deinen Augen werde ich sie vögeln, bis ihr Hören und Sehen vergeht. Bis du mich anflehst, dass ich meinen Schwanz in deine Möse stoße, bis du mich anbettelst, damit ich dir den Finger in den Arsch stecke.«

Pia keuchte auf. Seine Finger steckten inzwischen vollständig in ihr. »Vielleicht willst du ja auch mehr als nur meine Finger spüren?«

Sie wimmerte.

»Willst du, dass ich meinen Schwanz in deinen Arsch stecke?«

Sie antwortete nicht. Johannes hatte es auch nicht erwartet, aber die Art, wie sie ihm den Hintern entgegenreckte, war ihm Antwort genug.

»Dann sollst du bekommen, was du willst.«

Sie war feucht und für ihn bereit. Johannes schnippte mit den Fingern, nickte zu dem Tischchen herüber, auf dem einige Kondompackungen lagen. Gustav verstand, erhob sich mit einer geschmeidigen Bewegung und brachte ihm das Gewünschte.

»Hilf mir.« Seine Befehle waren knapp, aber auch diesmal wusste Gustav, was er zu tun hatte. Während Johannes' Finger weiterhin in Pias Arsch vor- und zurückglitten, rückte er ein Stück von ihr ab, damit Gustav leichter an seinen Schwanz herankam. Gustavs Finger zitterten leicht, als er die Verpackung aufriss, und Johannes ließ ihn nicht aus den Augen. Pia versuchte, den Kopf nach ihnen umzudrehen, doch Johannes packte sie und drückte ihren Kopf herunter. »Lass das, Schlampe.«

Er musste sie wohl etwas härter rannehmen, wenn sie sich nicht langsam benahm!

Sie rührte sich nicht. Seine Finger fuhren in ihrem Arschloch vor und zurück, weiteten sie für seinen Schwanz, über den Gustav soeben das Kondom rollte. Gustav hatte kapiert, dass er jetzt der Herr in diesem Spiel war. Gut. Er hatte keine Lust, zwei ungezogene Sklaven zu erziehen.

Außerdem hatte er Gustav eine ganz besondere Rolle in diesem Spiel zugedacht. Sicher war es das erste Mal, dass er ohne großes Vorgeplänkel seine Herrin ficken durfte.

Johannes verteilte das Gleitmittel großzügig auf seinem Schwanz, dann setzte er sich auf die Matratze und schob Pia auf seinen Schoß. Sein Penis glitt durch ihre glitschige Arschspalte, dann drang er behutsam in sie ein. Zentimeter für Zentimeter schob er sich in ihre Enge und genoss das herrliche Gefühl, sie ganz und gar zu beherrschen.

Pias Kopf sank herab. Sie murmelte etwas, das er nicht verstand, und er hob die Hand, strich ihre Locken beiseite und streichelte die weiche Haut ihres Halses. Ließ seine Finger über ihre Lippen gleiten und spürte, wie sie nach ihm schnappte.

Sie biss zu.

Der Schmerz war so heftig, dass er aufkeuchte. Johannes widerstand dem Impuls, seinen Penis bis zum Anschlag in ihren Arsch zu treiben, sondern krallte sich stattdessen in ihr Haar und riss ihren Kopf zurück. »Du willst also, dass es weh tut?«, zischte er.

Pia wimmerte.

»Sag mir, ob ich dir weh tun soll. Willst du leiden?«

»Bitte, Herr …« Ihre Stimme war nur ein Flüstern.

Aber sie nannte ihn »Herr«. Und auf ihrem Gesicht lag ein so verzückter Ausdruck, dass er nicht anders konnte – er musste glauben, dass ihr gefiel, was er mit ihr anstellte.

Ihm ging es nicht anders.

Sie machten weiter. Pia seufzte, als er ganz in sie eindrang, und seine Hand stieß ihren Kopf nach vorne – was sie erneut mit einem Wimmern quittierte. Sie kniete jetzt rittlings auf seinem Schoß, er war ganz in ihr und schob sie langsam hoch, um sie im nächsten Moment wieder ganz zu erfüllen. Pia stöhnte.

»Ja, das gefällt dir, nicht wahr? Tut's weh?«

Sie nickte leicht, und er spielte den Besorgten.

»Doch nicht zu sehr?«

Da schüttelte sie nachdrücklich den Kopf und versuchte, sich aus eigener Kraft auf ihm zu bewegen. Aber weil ihre Hände über ihrem Kopf gefesselt waren, fehlte ihr die Kraft, sie konnte sich nirgends abstützen und sank zurück, hatte sich kaum einen Zentimeter bewegt.

»Gustav, komm her.«

Gustav kletterte vor Pia aufs Bett. Gespannt kniete er da, sein Schwanz ragte steif und rot hervor, doch er berührte ihn nicht. Vermutlich war das eine der Regeln, mit denen Pia ihn quälte – er durfte sich nicht berühren.

»Nimm ihre Beine. Sie soll die Beine schön breit für uns machen.«

Gustav zögerte. Sein Blick glitt zu Pia, die inzwischen nur noch in den Seilen hing und scheinbar teilnahmslos über sich ergehen ließ, was Johannes mit ihr tat.

Er bewegte sich in ihr. Sie zitterte am ganzen Körper. Die Lust überrollte sie, und er machte langsam weiter.

Gustav zögerte noch immer.

»Mach schon!«

Endlich löste der andere sich aus seiner Erstarrung, kroch näher und griff nach Pias Wade, bog ihr Bein nach vorne, schob es nach außen. Sie stöhnte, ließ es aber mit sich machen, während Gustav sie immer wieder fragend anblickte, als gehörte es ebenso wenig zu den Dingen, die ihm gestattet waren, sie zu berühren.

Schließlich saß sie mit gespreizten Beinen auf Johannes' Schoß.

Er nickte zu dem Seil hinauf, mit dem Pias Fessel an dem Deckenbalken hochgezogen war. Gustav stand auf, sein Schwanz wippte kurz vor Pias Gesicht auf und ab, berührte sie an der Wange, berührte ihre Lippen, und sie drehte den Kopf weg, als wäre ihr der Gedanke zuwider, Gustavs Schwanz in den Mund zu nehmen. Johannes packte ihren Kopf, während Gustav das Seil lockerte, so dass Pia jetzt – wenn sie wollte – rücklings auf Johannes liegen konnte. Sie war bereit.

»Nimm ihn in den Mund. Gustav, bleib stehen.«

Er fand zunehmend Gefallen an dieser Spielart. Verdammt, er hätte Pia schon viel eher zeigen müssen, dass er derjenige war, der in ihrer Affäre regierte. Er hätte sie schon viel früher in den Arsch ficken sollen!

Gustav stand etwas unsicher, während Pia versuchte, den Kopf wegzudrehen, weil sie seinen Penis nicht lutschen wollte. Während Johannes sie mit einem Arm fest an sich drückte, zwang die andere Hand ihren Kopf nach vorne, damit sie direkt auf Gustavs Penis starrte. Gustav schwankte.

»Halt dich an ihr fest, Gustav. Ich erlaube es dir.«

Dennoch zögerte Gustav. Johannes nutzte die Zeit, um Pia auf ihm zu bewegen. Rauf, runter. Sie stöhnte dumpf. Er musste eine Pause machen. Ihre Enge war zu viel für ihn.

Gustavs Finger legten sich behutsam auf Pias Schulter.

Als sie ihn nicht anfuhr, nein, nicht einmal protestierte, wurde er mutiger. Beide Hände ruhten auf ihren Schultern, und dann umspielte sein Glied ihre Lippen, die sie leicht öffnete.

»Nimm ihn, Pia. Sei ein braves Mädchen.«

Er verlieh seinen Worten mit einem heftigen Schlag auf ihren Po Nachdruck.

Sie gehorchte.

Er wusste, dass ihr dieses Spiel gefiel. Er wusste, wie sehr sie es – vermutlich zu ihrer eigenen Überraschung – genoss. Es dauerte nicht lange, und sie begann, unkontrolliert zu seufzen und zu stöhnen, während Gustavs Schwanz immer schneller in ihren Mund fuhr.

Bald befahl er Gustav leise, dass es genug sei, und sofort gehorchte Gustav. »Ich erlaube dir, sie jetzt zu ficken«, fügte Johannes hinzu.

Das Erstaunen in Gustavs Miene überraschte ihn nicht. Pia war eine Schlange. Sie hatte in ihrem Spiel um Dominanz und Unterwerfung mit Gustav nicht nur die Regeln diktiert, sondern hatte ihm offenbar immer wieder das verwehrt, was er sich am meisten wünschte.

»Meister, das geht nicht«, stammelte Gustav, und auch Pia zerrte wieder an ihren Fesseln und versuchte vergeblich, sich von Johannes herunterzurollen.

»Natürlich geht das«, widersprach Johannes. Er streichelte ihre glattrasierte Möse, öffnete mit den Fingern die Blütenblätter ihrer Vagina und blickte Gustav herausfordernd an, der andächtig vor Pia auf die Knie sank.

Wenn er gleich anfängt zu beten, kann ich nicht ernst bleiben, dachte Johannes.

Aber Gustav wusste, was sich gehörte. Und es gehörte sich definitiv nicht, ein so kostbares Geschenk auszuschlagen.

Seine Hand zitterte leicht, als er sie hob und mit seinen Fingern über Pias nasse Spalte fuhr. Dann hob er den

Kopf, und kurz schien es Johannes, als wollte er um Erlaubnis bitten. Ungeduldig nickte er.

Durch Johannes ermutigt, bestieg Gustav Pia. Er drang langsam in sie ein, und Johannes konnte sehen, wie Gustav verzückt die Augen schloss. Pia schrie auf, aber es war ein Laut so großer Lust, dass Gustav mutiger wurde und begann, sie mit schnellen Stößen zu ficken. Johannes blieb derweil wenig anderes übrig, als zu verharren und Pia festzuhalten, die zwischen ihnen eingeklemmt war.

Sie kam mit einem erstickten Stöhnen, sank in sich zusammen, während Gustav sich immer schneller in ihr bewegte, das Gesicht von Lust verzerrt. Pia schrie erneut, dann brach Gustav mit einem letzten Keuchen über ihr zusammen und ergoss sich in ihr.

Er lag einen Moment auf ihnen, dann zog er sich zurück, lächelte beinahe verlegen und kroch vom Bett herunter. Johannes bedeutete ihm schweigend, Pia loszubinden.

Sie sank auf ihn wie ein nasser Sack. Ihre Haut war verschwitzt und heiß, ihr Haar hing wirr um den Kopf. Johannes schob sie von sich herunter und brachte sie in eine kniende Position. Ihre Hände waren noch immer gefesselt, und er ahnte, dass es ihr weh tat, wenn sie sich jetzt auf ihre Arme stützte.

Das war aber kein Grund, darauf Rücksicht zu nehmen, zumal sie schon wieder stöhnte und ihm ihren Arsch entgegenreckte. Sie bettelte förmlich darum, ihn in sich zu spüren.

Johannes massierte mit dem Finger ihr Arschloch und spreizte ihre Hinterbacken. Dann drang er wieder in sie ein, und dieses Mal würde er nicht aufhören. Er würde sie erbarmungslos in den Arsch ficken, wie sie es verdiente. Wie sie es wollte.

Es dauerte nicht lange. Ihre Enge, das unkontrollierte Zucken ihrer Muskeln, als der nächste Orgasmus sie überrollte und Pia wimmernd ins Kissen beißen ließ – er gab sich ganz dem machtvollen Gefühl hin, sie zu beherrschen. Das war es, wonach er sich all die Monate gesehnt hatte.

Danach sank Pia erschöpft auf die Matratze, und Johannes legte sich neben sie. Er zog sie in die Arme, spürte ihr Zittern und bettete ihren Kopf an seiner Brust. Ihre Hände ruhten an ihrem Gesicht, und als sie zu ihm aufblickte, las Johannes so viel Begehren in ihren Augen, dass er sich wünschte, sie hätten schon früher entdeckt, was Pia und ihn wirklich verband.

Jetzt war es dafür vermutlich zu spät.

Er küsste sie sanft auf den Scheitel und strich ihr ein paar Locken aus dem Gesicht. Es tat ihm leid, dass es nun vorbei war. Wäre sie nicht verheiratet gewesen, wären sie einander vielleicht in diesem Moment so nahegekommen, dass es mehr werden könnte. Ihn hätte es nicht einmal gestört, wenn sie sich weiterhin mit Gustav vergnügt hätte.

»Ich muss weg«, flüsterte er, küsste sie ein letztes Mal auf die Stirn und schob sie behutsam beiseite, um aufzustehen.

»Wann kommst du wieder?«, murmelte sie träge.

»Bald«, versprach er ihr, während er seine Kleidungsstücke zusammensuchte und begann, sich anzuziehen. »Gustav wird sich um dich kümmern.«

Er blickte zu dem anderen Mann herüber. Gustav hatte sich bereits wieder angekleidet und hockte abwartend am Fußende des Bettes.

»Ich komme bald wieder«, versprach er ihr. Ein letzter Kuss, für den sie sich mühsam aufrichtete, ihr Mund schmeckte so süß, dass er sie ganz auskosten wollte und ihr Gesicht in beide Hände nahm. Sie seufzte zufrieden und sank zurück in die Kissen.

»Kümmere dich gut um sie«, sagte Johannes, obwohl

er wusste, dass Gustav nichts anderes im Sinn hatte. Er verließ die Kammer, ohne zurückzublicken. Draußen hielt er inne, schloss kurz die Augen.

Doch, es war nötig. Er musste diesen Verrat begehen.

14. Kapitel

»Ich begleite dich ins Hotel, wenn du magst.«

Isabel war Daniel dankbar, dass er den Vorschlag machte, denn nach den vorangegangenen Ereignissen fiel es ihr schwer, allein zu sein. Andererseits wollte sie Daniel nicht unbedingt sofort einladen, die Nacht bei ihr zu verbringen.

Sie hatte Jorge angerufen, der keine zehn Minuten später vor dem Club hielt. Trotzdem war Isabel schon bald durchgefroren, denn sie hatte sich nur notdürftig wieder ankleiden können. Daniel hatte fürsorglich die Jacke um ihre Schultern gelegt und rauchte eine Zigarette. Plötzlich wussten beide nicht mehr, was sie sagen sollten.

Diese kurze Wartezeit gab Isabel Gelegenheit nachzudenken. Und ihr gefiel nicht, was sie dachte. Immer noch waren da die Anrufe, mit denen Daniel sie in Angst und Schrecken versetzt hatte. Wie ein Damoklesschwert hing dieses Thema über ihrem Schweigen. Sie hatte es vorhin vergessen, hatte den Gedanken einfach beiseitegeschoben zugunsten der Leidenschaft, die sie überwältigt hatte. Aber jetzt dachte sie fröstelnd daran, wie er ihr gedroht hatte.

»Was ist?«, fragte er, doch sie schüttelte nur nachdrücklich den Kopf, trat zwei Schritte beiseite und hielt nach der dunklen Limousine Ausschau.

»Wo bleibt er nur?«, murmelte sie.

Und wenn sie Daniel einfach darauf ansprach? Vielleicht war er mit diesen Anrufen einfach übers Ziel hinausgeschossen, und es tat ihm inzwischen leid … Aber sie fand nicht die richtigen Worte, es fanden sich nur jene, die irgendwie falsch und unbeholfen klangen. Und ehe sie dazu kam, sich etwas zurechtzulegen, bog die Limousine um die Ecke, und sie beschloss, das Thema später anzusprechen. Bald.

Doch als sie in die Limousine stieg, klingelte ihr Handy. Sie zögerte.

»Willst du nicht rangehen?«

Eine unbekannte Nummer wurde angezeigt. Isabel hatte das Gefühl, ihr würde der Boden unter den Füßen weggezogen.

Sie nahm das Gespräch an.

»Hallo?«

»Du bist immer noch in Hamburg.«

Sie schloss die Augen. Seine Stimme traf sie ins Mark. Verzerrt, tief, kaum zu entschlüsseln, aber auf jeden Fall war er es.

Und was bedeutete das? Dass Daniel nicht ihr Fremder war?

Sie antwortete nicht.

»Ich war heute Abend da. Und wenn du nicht sofort verschwindest, werde ich meine Drohung wahr machen. Du wirst leiden. Den Tod wirst du als Gnade empfinden …«

Er legte auf.

Isabel erschauderte. Ihre Hand sank kraftlos herab. Nein, das war keine leere Drohung mehr.

»Ich kann nicht«, flüsterte sie.

»Wie bitte?«

Daniel beugte sich zu ihr herüber.

»Ich kann nicht«, wiederholte Isabel. Sie räusperte sich, klopfte an die Scheibe und wies Jorge an, zuerst zu Daniels Wohnung zu fahren. Danach wollte sie direkt ins Hotel, ihre wenigen Sachen zusammenpacken und dann schleunigst die Stadt verlassen. Sofort.

»Isabel, was ist los?«

»Ich muss fort.« Ihre Stimme versagte. Tränen schossen ihr in die Augen, aber es war vor allem der Schock, vermischt mit der aufkeimenden Panik, die von ihr Besitz ergriff. Wenn der Fremde am Telefon nicht mit dem Mann identisch war, der sie nachts in ihren Träumen heimsuchte oder sie zu Rendezvous einlud, bei denen sie sich ihm völlig auslieferte – was bedeutete das dann für sie?

War Daniel wirklich der, der er vorgab zu sein? Oder war alles eine große Lüge?

Sie wusste nicht, wem sie glauben sollte, wem sie vertrauen durfte. Sie warf sich in die Polster zurück und schloss die Augen. O Gott, was sollte sie nur tun?

Jemand spielte dieses dreckige Spiel mit ihr, und es bereitete ihm Vergnügen. Auch sie hatte eine Zeitlang genossen, wie der Fremde sie verwöhnte, aber inzwischen wurde er von Mal zu Mal grausamer und brutaler. Beim letzten Mal hatte er sie zu Boden gestoßen. Was war, wenn er dieses Mal weitermachte, obwohl sie sprach? Wenn er sie gegen ihren Willen nahm, wenn er ihr danach etwas antat?

Dieses Spiel musste aufhören. Sofort.

Daniel berührte sie vorsichtig an der Schulter. »Isabel?«

Sie fuhr zu ihm herum. Wut, sie verspürte plötzlich nur noch Wut, weil er es wagte, sie zu belügen. Weil er ihr vorgaukelte, der Mann zu sein, nach dem sie sich seit Tagen sehnte, dem sie in die Augen sehen wollte. Den sie nicht nur spüren, sondern mit allen Sinnen erleben wollte.

»Du Lügner«, flüsterte sie tonlos. »Du kleiner, verdammter, dreckiger Lügner.«

»Isabel, was ist los? Komm her.« Er wollte sie in die Arme ziehen, doch sie machte sich von ihm los, schlug in ihrer Verzweiflung nach ihm, wollte sich von ihm losmachen, als er sie packte.

»Du tust mir weh!«, kreischte sie. »Lass mich, verdammt, lass mich los!«

Seine Arme sackten herunter. Er blickte sie von der Seite an, suchte in ihren Augen nach Antworten, doch sie wandte das Gesicht ab und weinte hemmungslos.

»Isabel …«

Doch sie schüttelte ihn ab, barg das Gesicht in den Händen und sagte kein Wort mehr, bis die Limousine vor dem Haus hielt, in dem Daniel wohnte.

Er zögerte. Sie spürte, wie er sie beobachtete, blickte jedoch starr nach draußen.

»Ich weiß nicht, was mit dir los ist«, sagte er schließlich. »Ich habe geglaubt … na ja, ich habe wohl geglaubt, dass wir zueinanderfinden. Nicht nur für den Augenblick.« Er schwieg, und sie versuchte, sich gegen den Schmerz zu wappnen, denn sie wusste, sobald er aus der Limousine stieg, war es vorbei. Dann war er fort, und sie würde ihn nie wiedersehen.

»Geh«, wisperte sie. »Geh endlich!«

Daniel zögerte, dann öffnete er die Tür und stieg aus. Sie hörte, wie die Autotür zuschlug, dann wies sie Jorge mit scharfer Stimme an, zum Hotel zu fahren.

»Beeil dich«, fügte sie hinzu. Dann warf sie sich in den Sitz und weinte, das Gesicht in seiner Jacke verborgen, die so sehr nach ihm roch.

Isabel blickte sich ein letztes Mal in der Suite um. Ihre Sachen standen gepackt neben der Tür, sie brauchte nur noch zu gehen und das Licht zu löschen. Ein Page würde ihr Gepäck in die Limousine bringen, wenn sie auscheckte.

Aber wollte sie das überhaupt?

Sie sank auf das Sofa. Plötzlich schien ihre Reaktion so überzogen … Warum hatte sie Daniel nicht vertraut?

Wenn sie ihm von dem Unbekannten erzählt hätte, der sie mit seinen Anrufen bedrohte, hätte er sicher Verständnis gezeigt, ja, vielleicht hätte er auch gewusst, was sie dagegen unternehmen konnte.

Noch immer waren so viele Fragen unbeantwortet. Und je länger sie darüber nachdachte, umso mehr war Isabel davon überzeugt, dass es Daniel gewesen war, der sie nachts besucht hatte, der sie eingeladen hatte, sich von ihm verführen zu lassen. Der ihr so lustvolle Stunden geschenkt und in dessen Armen sie sich geborgen gefühlt hatte.

Vorhin war sie sicher gewesen. Hatte sich in seinen Armen verloren, weil es für sie nur diese Möglichkeit gab: Er war der Mann, der ihre Lust geweckt hatte. Der ihr zeigte, wie sehr sie geliebt wurde. Wie sehr sie lieben konnte.

Isabel starrte ihr Handy an. Natürlich hatte sie keine Telefonnummer von Daniel, warum auch? Bis heute Abend hatte sie ihn kaum wahrgenommen.

Sie seufzte, stand auf und wanderte durch die Suite. Sank aufs Bett, legte sich auf den Rücken. Hörte das Blut in ihren Ohren rauschen, rollte sich auf der Tagesdecke zusammen und schloss die Augen. Wenn er doch nur anrufen würde, dachte sie wehmütig. Wenn er anruft, könnte ich ihm alles erklären …

Und auch er könnte ihr alles erklären.

War sie eingeschlafen? Isabel schreckte hoch, starrte auf ihr Handy, das in ihrer Hand vibrierte. Sie zögerte. Die Nummer, die angezeigt wurde, war ihr unbekannt.

»Hallo?«

»Isabel.«

Sie schloss die Augen. Daniel.

Er klang atemlos. »Bitte, ich muss mit dir reden.

Sie richtete sich auf, war plötzlich hellwach. Etwas in seiner Stimme beunruhigte sie.

»Was ist los?«, fragte sie.

»Es ist ... Bitte, Isabel. Darf ich zu dir kommen? Bist du noch im Hotel?«

»Ja, ich wollte eigentlich abreisen, aber ich muss eingeschlafen sein ...« Verwirrt blickte sie sich um. Der Radiowecker neben dem Bett zeigte drei Uhr. Sie hatte knapp eine Stunde geschlafen.

»Bitte, hör mir jetzt genau zu, Isabel. Du darfst niemandem außer mir die Tür öffnen, hörst du? Niemandem. Ich fürchte, du bist in großer Gefahr.«

»Aber was hat das alles zu bedeuten?«

»Bitte vertrau mir, ja? Ich bin unterwegs zu dir. In zwanzig Minuten bin ich da. Isabel? Vertrau mir«, wiederholte er eindringlich, dann legte er auf.

Sie zog eines der großen Kissen heran und umarmte es, ihre Hand umklammerte noch immer krampfhaft das Handy. Vertrauen ... Es gab nichts, das ihr in diesem Moment zwischen Wachen und Schlaf so schwerfiel.

Sie ertrug es nicht zu warten. Irgendwann stand sie auf, durchmaß mit schnellen Schritten die Suite und blieb vor der Tür zum Hotelflur stehen und lauschte. Nichts rührte sich. Stille. Hörte sie da nicht Schritte?

Was meinte Daniel bloß damit, dass sie in großer Gefahr schwebte?

Sie schlich zurück ins Wohnzimmer. Gerade wollte sie ins Schlafzimmer weitergehen, als jemand klopfte. Laut. Sie zuckte zusammen.

»Wer ist da?«

»Isabel, bist du da?«

»Johannes?« Sie erkannte die Stimme.

»Mach auf, ich muss mit dir reden.«

Isabel zögerte.

Du darfst niemandem die Tür öffnen.

»Was gibt's denn?«, rief sie.

Schweigen. Sie lauschte angestrengt, aber Johannes

schien ebenso vor der Tür zu stehen. Gerade wollte Isabel zur Tür gehen und ihm öffnen, als seine Faust mit so viel Wucht gegen die Tür hämmerte, dass sie glaubte, er wolle sie zerschmettern.

»Mach auf, Isabel! Schnell!«

Sie zögerte.

»Isabel, bitte. Ich habe keine Zeit für diesen Unsinn. Warum machst du nicht einfach die Tür auf, und wir reden miteinander? Es ist wirklich dringend.« Seine Stimme wurde zu einem eindringlichen Flüstern. »Es geht um dein Geld. Du weißt schon.«

Sie trat an die Tür und entriegelte sie. Kurz zögerte sie, denn sie hatte Daniel versprochen, niemandem die Tür zu öffnen ... Aber Johannes konnte sie vertrauen, Johannes stand auf ihrer Seite.

Sie öffnete die Tür.

»Gott sei Dank. Ich habe mir schon Sorgen gemacht. Ist alles in Ordnung?«

Johannes schob sich an Isabel vorbei ins Zimmer. Sein dunkles Haar war zerzaust, er wirkte atemlos.

Isabel schloss die Tür und lehnte sich mit dem Rücken dagegen. »Was ist denn los, dass du mitten in der Nacht herkommst?«

Johannes marschierte auf und ab. »Entschuldige, ich hoffe, ich habe dich nicht geweckt. Ich habe gedacht ... also, ich wollte es dir sofort erzählen.« Er fuhr sich nervös mit den Händen durchs Haar, murmelte leise vor sich hin, hielt inne und schien nach den richtigen Worten zu suchen.

»Ich weiß jetzt, wer es war.«

»Wer was war?«, fragte Isabel. Sie dachte an den Mann, der sie mit diesen merkwürdigen Telefonanrufen belästigt hatte. Konnte es sein, dass Johannes davon erfahren hatte? Dass er dieses Geheimnis gelüftet hatte? Aber wie?

»Ich weiß, wer dein Geld veruntreut hat.«

»Und deshalb kommst du mitten in der Nacht her? Hätte das nicht Zeit bis morgen gehabt?«

»Nein, verdammt!« Johannes war mit zwei schnellen Schritten bei ihr und packte sie an den Oberarmen. Seine Stimme war eindringlich. »Isabel, hör mir zu! Wir müssen der Sache ein Ende machen, und zwar so schnell wie möglich! Wir müssen zur Polizei!«

Der fiebrige Glanz in seinen Augen gefiel ihr nicht. Unwillig machte sie sich von ihm los, drehte sich um und marschierte ins Wohnzimmer.

»Bitte, Johannes. Ich habe keine Zeit dafür. Geh meinetwegen zur Polizei, oder besprich das mit deinem Vater.«

»Interessiert es dich denn nicht, wer dich betrogen hat?«

Isabel seufzte. Sie öffnete die Minibar und bückte sich. Sie war nicht durstig, aber irgendwie übertrug sich Johannes' Rastlosigkeit auf sie, und sie musste irgendwas tun, sonst hatte sie das Gefühl, verrückt zu werden.

Wo blieb nur Daniel?

»Es war Pia.«

Isabel fuhr herum. Die Saftflasche glitt ihr aus den Fingern und schlug dumpf auf dem Boden auf. »Pia?«

Sie richtete sich auf.

Johannes kam langsam näher. Er nickte leicht, auf seinem Gesicht zeichnete sich ein Schmerz ab, den Isabel nur allzu gut verstand.

Wortlos griff Isabel in die Minibar und nahm zwei Schnapsfläschchen heraus.

»Komm, wir trinken erst mal einen«, sagte sie sanft. Sie trat zu Johannes und schob ihn zum Sofa. Kraftlos sackte er in die Polster, nahm das Fläschchen von ihr, schraubte es auf und kippte stumm den kompletten Inhalt herunter. Wortlos reichte Isabel ihm das zweite

Fläschchen, das er ebenso widerspruchslos herunterschüttete.

»Da glaubt man, einen Menschen zu kennen …« Er fuhr sich mit der Hand übers Gesicht. Isabel nahm ihm die Fläschchen ab und holte noch zwei aus der Minibar.

»Wann hast du davon erfahren?«, fragte sie beiläufig, während sie in der Minibar herumsuchte. Fläschchen klirrten. Sie lauschte, aber Johannes sagte nichts. Als sie sich zu ihm umdrehte, schüttelte er müde den Kopf.

Etwas an seinen Bewegungen, seinem müden Lächeln, als sie ihm erneut ein Fläschchen reichte und das zweite öffnete, ließ sie innehalten. »Johannes, was ist los? Möchtest du nicht darüber reden?«

»Ich möchte nicht ausgerechnet mit dir darüber reden.« Er runzelte die Stirn. »Arme Pia.«

»Arme Pia?« Verblüfft starrte Isabel ihn an. »Entschuldige, aber …«

Ihr fehlten die Worte. Johannes kam her, bedrängte sie, zur Polizei zu gehen, und zeigte zugleich Mitleid für die Frau, die sie um hunderttausend Euro betrogen hatte?

»Es ist wohl das Beste, wenn du jetzt gehst.« Ihre Stimme klang eisig. Fremd. Sie verschränkte die Arme vor der Brust.

»Es war doch nur, weil sie den Luxus liebt. Und ich habe gedacht, wenn ich ihr was Schönes kaufe … Sie hat von ihrem Mann immer alles bekommen, da konnte ich nicht mithalten, und darum habe ich gedacht, ich schenke ihr etwas von dem, was ohnehin schon ihr gehört. Du musst mir glauben, Isabel, ich habe es nur wegen Pia getan. Nichts von dem Geld habe ich für mich verwendet. Ich wollte sie nur halten. Sie gehört doch zu mir …«

Es dauerte einen Moment, bis Isabel verstand. Kälte kroch ihren Rücken hinauf, kitzelte ihren Nacken, machte ihren Körper ganz steif und starr. Sie widerstand dem Impuls wegzulaufen.

Johannes war der Dieb.

»Aber ich dachte …«

»Du dachtest, ja? Dachtest wohl, die Welt ist so einfach? Gott, nein. Du bist so ein kleines, naives Dummchen, und ich habe kurz geglaubt, ich könnte dir die Wahrheit verheimlichen. Wenn du wenigstens abgehauen wärst, aber du hast dich ja durch meine Drohungen nicht vertreiben lassen!« Sein Gesicht war vor Wut verzerrt.

Isabel begriff.

»Dann warst du es, der …«

Sie kam nicht weiter. Er sprang auf, und ehe sie wusste, wie ihr geschah, lagen seine Hände um ihren Hals. Isabel ruderte mit den Armen, versuchte, sich loszumachen. Ihr wurde schwarz vor Augen, sie bekam keine Luft mehr, und das Einzige, was sie hervorbrachte, war ein jämmerliches Krächzen.

Er drückte zu. Sie sah nur sein Gesicht, sonst verschwamm die Welt um sie herum, und der letzte Gedanke, der in ihrem Kopf hämmerte, war: Warum tut er das? Er bringt mich um!

Vielleicht war es genau das, was er plante.

Aber warum?

Ehe sie eine Antwort auf diese Frage fand, spürte sie, wie Johannes' Hände plötzlich an ihrem Hals rissen, seine Fingernägel gruben sich schmerzhaft in ihre Haut und kratzten sie blutig. Er taumelte. Sie sank gegen den Schrank mit der Minibar, spürte, wie die Beine unter ihr nachgaben, und versank in der wohltuenden Schwärze, die sie willkommen hieß und ihr Trost versprach.

Isabel riss sich zusammen. Sie durfte nicht ohnmächtig werden. Irgendwas – irgendwer, besser gesagt – hatte Johannes abgelenkt.

Sie blinzelte und versuchte, die verschwommenen Fragmente vor ihren Augen zu einem schlüssigen Bild zusammenzusetzen.

Daniel. Er kniete auf Johannes, der bäuchlings auf dem Boden lag. Johannes' Hände, hinter seinem Rücken von Daniel umklammert. Daniels Mund, der sich bewegte. Laute, die zu ihr drangen, die aber keinen Sinn ergaben. Daniels Faust, die niedersauste und gegen Johannes' Schläfe prallte.

Und dann hob sich der Schleier. Isabel hörte sich schreien.

Daniel versuchte, Isabel zu beruhigen, aber ihre Schreie weckten einige Hotelgäste auf der Etage. Er nahm sie in den Arm, ignorierte das Gellen ihrer Stimme in seinen Ohren und hielt sie einfach fest. Die ersten Gestalten tauchten in der offenen Tür auf, die er aufgetreten hatte, als er aus der Suite merkwürdige Geräusche gehört hatte.

Trotzdem wäre er fast zu spät gekommen.

Johannes lag noch immer bäuchlings auf dem Boden, aber er bewegte sich bereits wieder und versuchte benommen, sich aufzurichten.

»Schnell, rufen Sie die Polizei!«, rief Daniel über Isabels Schluchzen einem der im Hotelbademantel an der Tür herumlungernden Personen zu. Der Mann nickte hastig und schlurfte in Frotteepantoffeln eilig davon.

Daniel betete, dass er auch so geistesgegenwärtig war, einen Krankenwagen zu rufen.

Isabel weinte. Ihre Stimme klang rau und heiser, als sie ihren Kopf an seiner Schulter barg und flüsterte: »Er hat mir weh getan.«

»Ich weiß.« Und dafür hasste Daniel ihn. Dafür wollte er Johannes am liebsten umbringen.

Aber es gab in diesem Moment Wichtigeres. Er beruhigte Isabel, führte sie ins Schlafzimmer und wartete auf die Polizei.

Später war vielleicht genug Zeit, Isabel die wahren Umstände zu erklären. Er hoffte, sie gab ihm die Zeit und schob nicht ihm die Schuld zu, weil er beinahe zu spät gekommen wäre.

Kurz darauf traf die Polizei ein, und wenige Minuten später schob sich ein Notarzt an den Gaffern vorbei, die sich an der offenen Tür versammelt hatten. Daniel hätte sie alle am liebsten fortgeschickt. Es war ihm zuwider, dass halb Hamburg zusehen konnte, wie der Mann festgenommen wurde, den er bis zu diesem Abend für seinen Freund gehalten hatte.

Er wusste nicht genau, warum Johannes versucht hatte, Isabel mit den Anrufen so zu verschrecken, dass sie Hamburg verließ. Es war nicht schwer gewesen herauszufinden, wer der anonyme Anrufer war, der sie auch an diesem Abend anrief und sie so sehr verängstigte, dass sie nur noch fortwollte.

Sie hatte Johannes vertraut. Ausgerechnet. Hatte ihn in ihre Suite gelassen. Den Mann, der – das reimte Daniel sich jetzt zusammen – ihre Konten leer geräumt und sie von Anfang an belogen hatte. Er wollte sie vertreiben, damit sie seinen Machenschaften nicht auf die Spur kam. Und beinahe hätte Johannes auch Erfolg gehabt, wenn nicht Daniel bereits von Johannes' Vater auf die Unregelmäßigkeiten bei den Konten von Isabels Tante angesetzt worden wäre.

Davon hatte Johannes offenbar nichts gewusst … sonst hätte er eher gehandelt.

Die Polizisten hörten sich Daniels Bericht an. Er würde alles noch mal zu Protokoll geben müssen, und auch Isabel würde man es nicht ersparen können, eine Aussage zu machen.

Aber es war vorbei. Es würde keine Anrufe mehr geben, die sie in Angst und Schrecken versetzten.

Sie war bei ihm sicher.

Isabel wachte auf, als ein Mann im weißen Polohemd neben dem Bett kniete und etwas sagte.

»Frau Schwarz, können Sie mich hören?«

Sie nickte benommen. Und dann erinnerte sie sich plötzlich, sie brauchte nicht zu fragen, was passiert war.

Johannes.

Und mit der Erinnerung kam das Begreifen.

Vorsichtig richtete sie sich auf, obwohl der Rettungsarzt versuchte, sie daran zu hindern. Er legte die Hand auf ihre Schulter, wollte sie in die Kissen drücken, doch sie machte sich geradezu unwillig von ihm los.

»Durst«, krächzte sie mit einer Stimme, die ihr fremd war.

Der Notarzt versprach, ihr Wasser zu holen, wenn sie in der Zwischenzeit liegen blieb. Benommen nickte sie. Der Raum schien sich um sie zu drehen, und sie sank zurück aufs Bett, rollte sich mit einem trockenen Schluchzen auf der Seite ein.

Es war vorbei.

Nach wenigen Minuten war es nicht der Rettungsarzt, der ihr ein Glas Wasser brachte. Plötzlich stand er in der Tür, und sie blinzelte müde, versuchte, sein Auftauchen mit den letzten Stunden in Einklang zu bringen, aber für den Moment fehlte ihr so vieles, dass ihr sogar sein Name entfallen war. Aber sie wusste, dass ihr Platz an der Seite dieses Mannes war. Sie wusste, dass er und sie zusammengehörten, und daran konnten auch die Ereignisse dieser Nacht nichts ändern.

Isabel streckte die Hand nach ihm aus.

Daniel setzte sich zu ihr und nahm ihre Hand. Mehr brauchte sie nicht im Moment, das genügte ihr.

15. Kapitel

Es dauerte, bis Isabel das ganze Ausmaß dessen begriff, was Johannes ihr angetan hatte. Es waren nicht nur die Ereignisse jener Nacht. Schon vorher hatte Johannes sein doppeltes Spiel getrieben.

Sie musste über Nacht ins Krankenhaus, aber am nächsten Morgen, nachdem sie vor zwei Polizisten ihre Aussage gemacht hatte, bestand sie darauf, entlassen zu werden.

Der Drang zu flüchten war übermächtig. Aber zu viele Fragen brannten ihr auf der Seele, und sie hoffte, Daniel konnte ihr die Antworten liefern.

Sie ließ sich von Jorge abholen und zu Daniels Apartmenthaus fahren. Es war eine der wenigen Gelegenheiten, bei denen Jorge von sich aus mit ihr sprach, als sie mit langsamen, ungelenken Bewegungen aus dem Wagen stieg.

»Passen Sie auf sich auf«, sagte er.

Isabel lächelte. »Danke, Jorge. Ich bin bald wieder da.«

Daniel öffnete direkt nach ihrem Klingeln die Tür. Er hatte sie erwartet. Lange musterten sie einander, und als Isabel Luft holte, schmerzten ihr Brustkorb, ihre Lunge, ihr Hals. Sie fühlte sich zerschunden, und die Würgemale an ihrem Hals hatte sie bewusst nicht mit einem Schal bedeckt, wie sie auch darauf verzichtet hatte, die tiefen Schatten um ihre Augen zu überschminken.

»Isabel.«

»Darf ich reinkommen?«

»Natürlich.« Es schien, als hätte er sich aus der Erstarrung gelöst, und er trat beiseite. Isabel ging an ihm vorbei, sie zögerte, als sie im Flur stand.

»Komm, wir gehen ins Arbeitszimmer …«

»Nein, nicht ins Arbeitszimmer«, widersprach sie hastig. Ihre Hand fuhr zum Hals. »Mir wäre es lieber, wenn wir ins Wohnzimmer gehen.«

Daniel nickte und ließ sie vorgehen.

Sie sank auf das weiße Sofa. Alles schien so anders zu sein als damals. War das wirklich erst knapp zwei Wochen her, dass sie hier das erste Mal zu Gast gewesen war?

Daniel setzte sich auf das andere Sofa ihr gegenüber und faltete die Hände. Sie betrachtete ihn, von den Händen über die legere Freizeitkleidung, den muskulösen Brustkorb. Nahm seinen Anblick in sich auf, das dunkle Haar, das seine Augen beschattete und dunkler wirken ließ. Wie hatte sie es nicht merken können, dass er der Mann war, der sie in ihren Nächten besuchte?

»Du wirst einige Erklärungen von mir verlangen, vermute ich.«

Er besaß den Mut, das Gespräch zu beginnen, und dafür war sie ihm dankbar. Sie hätte nicht gewusst, wie sie's anfangen sollte, darum nickte sie nur stumm und faltete ebenfalls die Hände.

»Ich erhielt vor einigen Wochen, kurz nach dem Tod deiner Tante, von der Kanzlei Franck und Söhne den Auftrag, dich zu finden.« Er blickte hinunter auf seine Hände. »Man sieht es mir vermutlich nicht an, aber genau das ist mein Job. Sensible Fälle wie dieser. Denn es ging hier von vornherein um eine Menge Geld.«

Hast du mich darum verführt? Weil du von vornherein von dem Geld wusstest?

Einer von vielen Gedanken, die ihr in den letzten Stunden durch den Kopf gegangen waren, aber nein, sie verwarf ihn auch diesmal.

»Es war nicht allzu schwer, dich zu finden. Aber als ich dich das erste Mal sah …« Er verstummte.

Sie machte es ihm nicht leicht, nein. Sie wollte alles von ihm hören, und er schien zu verstehen, als sie nichts darauf antwortete, sondern unverwandt den Blick auf ihn gerichtet hielt.

Er versuchte es erneut. »Als ich dich das erste Mal sah, habe ich nicht länger an meinen Job gedacht. Der war in dem Moment erledigt. Ich hätte einfach zurück nach Hamburg fahren und Bericht erstatten können. Aber ich konnte es nicht.«

Sie wollte ihm ja glauben, doch es klang zu verrückt.

»Ich habe dich eine Woche lang beobachtet. Dann habe ich entschieden, dass es besser wäre, wenn du nicht nach Hamburg kommst. Ich habe überlegt, wie ich es dir ausreden könnte. Nie hätte ich gedacht, dass dir hier tatsächlich Gefahr drohen könnte. Es war eher ein Spiel, ein Zeitvertreib. Und dann …« Wieder dieses Zögern. Er fuhr sich mit den Händen durchs Haar, hielt den Kopf umfasst und sprach immer schneller. »Deine Reaktion, als ich dich überwältigte. Du reagiertest auf mich. Ich redete mir ein, dass auch du diese Anziehung spürtest. Aber ich dachte, das dürfe nicht sein, und da ich dir ausredete, nach Hamburg zu kommen …«

»Aber ich bin nach Hamburg gekommen.« Endlich fand sie ihre Stimme wieder.

»Ja.« Er nickte leicht, blickte zu ihr auf. Etwas lag in seinem Blick, dass sie am liebsten aufgestanden und zu ihm gegangen wäre. »Es war für mich ein ziemlicher Schock, als du an jenem Abend hier auftauchtest. Aber danach habe ich gehofft … Ich habe eben geglaubt, ich könnte dir zeigen, was ich für dich empfinde. Weil ich gespürt habe, dass du diese neue Seite an dir entdeckt hast und sie dir fremd war …«

Isabel nickte leicht. Es waren nicht die Antworten, die

sie sich erhofft hatte, aber es waren Antworten, die sie verstand. Die ihr für den Moment genügten.

»Und jetzt?«, fragte sie leise.

»Ich wollte dir nie schaden. Das musst du mir glauben, Isabel.«

Sie versuchte es ja. Aber immer, wenn sie die Augen schloss, war da Johannes, der seine Hände um ihren Hals legte und ihr die Luft abdrückte. Und in ihren Erinnerungen verschmolz seine Gewalt mit dem Spiel aus Macht und Unterwerfung, das Daniel und sie zusammengebracht hatte.

Es hätte funktionieren können, oder nicht? Aber jetzt fühlte sie sich kaputt.

Isabel stand auf. »Ich muss allein sein«, sagte sie leise.

Er nickte, als wüsste er um seine Niederlage. »Wann sehen wir uns wieder?«, fragte er, obwohl er die Antwort vermutlich kannte.

»Ich weiß es nicht. Ich weiß gar nicht, ob ich überhaupt wieder nach Hamburg kommen werde.«

Ein Muskel in seinem Gesicht zuckte, sonst zeigte er keine Regung. »Gut«, sagte er leise. »Gut.«

Sie wussten beide, dass gar nichts gut war.

Daniel brachte sie zur Tür. Sie zögerte, doch dann legte sie die Hand auf seine Wange, stellte sich auf die Zehenspitzen und drückte ihre Lippen auf seinen Mund. Er tat nichts, sie zu ermutigen oder davon abzuhalten, genoss einfach ihren Kuss und lächelte aufmunternd. »Hoffentlich bis bald«, verabschiedete er sich von ihr.

Sie verließ das Gebäude. Als sie sich der Limousine näherte, schaltete Jorge den Motor ein. Sie brauchte nichts zu sagen, als sie einstieg – er wusste, wohin sie wollte.

Isabel schaute nicht zurück.

Der späte Sommer ging, und mit dem Herbst fegten die ersten Stürme über die Insel hinweg. Isabel seufzte und blickte aus dem Fenster. Ihre Finger krallten sich in den Brief, der heute früh mit der Post gekommen war. Ihre Vorladung.

Man würde Johannes den Prozess machen. Sie fühlte sich schuldig.

In den letzten Wochen hatte sie versucht, sich ganz und gar aus der Welt zurückzuziehen, die Johannes ihr eröffnet hatte. Doch jetzt bemerkte sie, dass nicht nur das Vergnügen die Freunde zusammenhielt, sondern dass sie auch in schweren Stunden zusammenhielten.

Die Ersten, die Isabel in ihrem Haus auf Sylt besuchten, waren Sonja und André. Sonja brachte Isabel Bücher und eine kuschelige Decke mit, André hatte sich die Zeit genommen, ihr ein paar DVDs zu besorgen, und trug mit Naschereien dazu bei, dass Isabel sich von so viel Fürsorge völlig überrumpelt fühlte.

»Wir machen uns alle Sorgen«, erzählte Sonja. »Pia fragt fast täglich nach dir. Die Arme, sie kann einem schon leidtun. Ich glaube, ihr ist jetzt erst bewusst geworden, dass sie Johannes liebt. Sie hat die Scheidung eingereicht.«

An Pia musste Isabel tatsächlich oft denken, doch weder Sonja und André noch Bastian oder Marie, die in der darauf folgenden Woche mit ebenso vielen Gaben vorbeikamen und versuchten, Isabel aufzumuntern, wussten Bescheid, ob Pia auch vorhatte zu kommen. Dabei hätte Isabel sich gefreut. Sie hätte gerne so manches Missverständnis aus dem Weg geräumt.

Die Gelegenheit ergab sich nach vier Wochen, als Pia sie endlich besuchte. Isabel stand in der Küche und versuchte, Brownies zu backen. Backen beruhigte sie, hatte sie bemerkt, und sie hatte das Gefühl, ihr Körper lechzte täglich nach Süßem – wenn sie auch sonst kaum Hunger hatte.

Pia war blass. Sie hatte ein paar Kilo verloren und

wirkte übermüdet. Als Isabel sie hereinbat und ihr Kaffee anbot, nickte sie dankbar. Es dauerte, bis sie ihr Schweigen brach, in dem nur das Klappern des Kaffeelöffels zu hören war, mit dem sie heftig in der Tasse rührte.

»Du musst mich hassen«, begann sie.

»Warum sollte ich dich hassen?«

Isabel setzte sich ihr gegenüber an den Küchentisch und stellte einen Teller mit ofenwarmen Brownies zwischen sie.

»Wegen Johannes. Ich habe ihn ja geradezu ... Also, ich habe ihn auf dich angesetzt.« Noch heftigeres Rühren. Der Kaffee schwappte über.

»Hast du das?« Isabel seufzte. »Ich fürchte, da bin ich es eher, die sich entschuldigen muss. Ich wusste, was du vorhattest. Ich habe euch an jenem Abend bei Daniel belauscht.«

Nur durch ein leichtes Heben ihrer Augenbrauen signalisierte Pia ihr, dass sie begriff.

»Ich hätte die Finger von ihm lassen sollen. Vielleicht wäre die Situation dann nicht so eskaliert. Jetzt geht es nicht nur darum, dass er meine Tante um das Geld erleichtert hat, sondern auch um seinen Versuch, mich zu töten.«

»Ich hoffe, du gibst nicht mir die Schuld daran.«

Nein, daran hatte Isabel nie gedacht. Pia wirkte so klein und schmal, dass es ihr gar nicht in den Sinn gekommen wäre.

»Vielleicht haben wir eine zweite Chance«, sagte Isabel bedächtig. »Irgendwann, wenn diese Sache ausgestanden ist.«

Sie unterhielten sich noch ein wenig, ehe Pia heimfuhr. Das Haus um Isabel herum wurde wieder still.

Sie konnte sich nicht ewig verstecken. Irgendwann musste sie nach Hamburg zurückkehren. Einige Zeit blieb ihr noch, und sie wollte diese Zeit nutzen. Allein sein, sich darüber klarwerden, wohin sie gehörte. Dabei war die Antwort doch so einfach.

Als sie an diesem Abend zu Bett ging, ließ sie die Terrassentür einen Spaltbreit offen.

Sie wachte mit trommelndem Herzschlag auf und lauschte in die Dunkelheit.

Es war still.

Zu still.

Isabel richtete sich auf und versuchte, aus der Stille irgendein Geräusch herauszuhören.

Er ist hier.

Der Gedanke ängstigte sie nicht. Nein, im Gegenteil. Sie hatte ihn erwartet.

Aus der Dunkelheit glitt ein Schatten heran. Lautlos näherte er sich dem Bett. Sie spürte, wie sich die Matratze unter seinem Gewicht senkte. Er wartete, doch sie rührte sich nicht. Sie wollte nicht vor ihm fliehen.

Seine Hand legte sich auf ihren Mund. Nicht so schmerzlich wie zuletzt, nicht zwingend, sondern ganz sanft, um sie am Sprechen zu hindern.

Ihr Körper war umso beredter. Ihre Beine strampelten die Bettdecke fort. Sie hatte sich angewöhnt, nackt zu schlafen. Die Wolken fegten in diesem Moment über den Mond hinweg, silbriges Licht erfüllte den Raum und tauchte ihren nackten Körper in einen unwirklichen Schimmer.

Er beugte sich zu ihr hinab, sie hob sich ihm entgegen. Ihre Lippen trafen aufeinander. Ihre Körper baten einander um Verzeihung. Isabels Hände zerrten an seinem Hemd, fingerten an seinem Gürtel. Er half ihr, stand kurz auf und warf die Kleidungsstücke achtlos zu Boden, kam zu ihr. Sie fröstelte, während der Wind durch das halboffene Fenster strich.

Er wärmte sie mit seinem Körper. Lag auf ihr, hielt

ihren Körper in seinen Händen, als wäre er unendlich kostbar. Seine Lippen erforschten sie. Isabel stöhnte. Flüsterte seinen Namen, während sein Mund sich um ihren Nippel schloss. Sie bog den Rücken, kam ihm entgegen und wollte doch nicht länger warten, ihn endlich in sich zu spüren.

Er spürte ihr Verlangen. Er wusste, was sie wollte, las ihren Körper wie ein offenes Buch. Isabel öffnete sich ihm, er glitt in sie und verharrte einen Moment.

Sie hielt die Augen geschlossen. Hörte ihn flüstern. »Sieh mich an.«

Im Mondlicht waren seine Gesichtszüge so fein und zart, als würde sie ihn nur träumen. Seine Augen, sie kannte die Farbe seiner Augen inzwischen so gut, rief sie sich immer und immer wieder in Erinnerung, doch in der Dunkelheit wirkte das Grün schwarz wie alles andere. Das Haar kitzelte ihre Stirn, als er sie erneut küsste.

Sie hielt sich an ihm fest, als er langsam begann, sich in ihr zu bewegen. Ihr Blick klammerte sich an seinen, ihre Hände krallten sich in seinen Rücken. Ihre Beine schlangen sich um seinen Leib, sie wollte ihn ganz und gar erfahren.

Mit jedem Stoß kamen sie einander näher. Sie trank seinen Anblick. Genoss es, ihn zu berühren und zu betrachten, nicht länger nur auf ihre wenigen Sinne beschränkt zu sein, sondern alle Sinne mit ihm zu fluten.

Sie wünschte, es könnte ewig dauern. Doch dieser Wunsch verblasste, als ihre Erregung wuchs. Ein stilles Zittern durchlief ihren Körper, Vorbote jener explosionsartigen Kraft, die ihr den Verstand raubte und sie alles um sich herum vergessen ließ außer diesem Mann, den sie von Anfang an geliebt hatte, seit jener ersten Nacht, als er zu ihr kam.

»Daniel, Daniel«, flüsterte sie, und dann schrie sie seinen Namen, als er sich immer schneller in ihr bewegte, bis sie glaubte, es gebe kein Davor und Danach. Sie verlor sich im Rausch ihres Höhepunkts.

Als sie wieder zu Atem kam, er sie sanft auf die Stirn küsste und sich neben sie legte, sie in den Arm nahm und fest an sich drückte, lauschte sie, wie das Blut in ihren Ohren rauschte. Wie das Meer, das draußen gegen den Strand brandete.

»Verlass mich nie«, flüsterte sie. Seine Hände hielten sie noch fester und besiegelten sein Versprechen, wie Worte es nicht vermocht hätten.

Sie schlief in seinen Armen ein und wusste, dass es ein Morgen gab.